保證得分！

最完整的N3
文法+單字
在這裡！

言語知識

日檢N3

文法・文字・語彙

日本語能力試驗N3完全マスター：文法＋語彙

本書特色

日本語能力試驗 (JLPT) 著重「活用」，並非單純的文法考試，而是考驗是否能融會貫通所學的單字和句型。本書的目的在於讓學習者在記文法背單字之餘，更能將所學應用在靈活的題型中。以下為本書特色及使用例：

【文法篇】介紹 N3 程度的文法句型，詳細解說及比較，並透過豐富例句協助熟悉用法。

· 說明：解釋文法句型的意思及用途。

· 畫重點：條列文法接續形式，一目了然幫助快速記憶。

· 文法放大鏡：提醒相關的文法知識，比較類似的句型、並列出常與句型同時使用詞彙。

· 例句及應用練習：透過充足多樣的例句學習並應用句型的各種用法。

· 文法補給站：針對同類型或是易混淆的句型進行匯整分析，讓文法觀念更清晰。

【單字篇】精選 N3 必備單字，詳列字義、詞類及例句以協助理解。

【初級單字復習】【進階單字挑戰】廣收初、中級字彙，擴充日語單字量。

【常用句】日語常見的短句，整句背誦更利於增進日語的理解閱讀能力。

文法接續及範例

文法形式	說明及使用範例
[動－辭書形]	動詞的辭書形 (字典形)，例如：聞く、食べる、する、来る
[動－ます形語幹]	動詞的ます形語幹，例如：聞き、食べ、し、来
[動－ない形]	動詞的ない形語幹，例如：聞か、食べ、し、来
[動－ない形] ＋ない	動詞的ない形語幹加上表示否定的ない，例如：聞かない、食べない、しない、来ない
[動－て形]	動詞的て形，例如：聞いて、食べて、して、来て
[動－ている]	動詞的ている形，例如：聞いている、食べている、している、来ている (「～ている」口語上可以說「～てる」)
[動－た形]	動詞的た形，例如：聞いた、食べた、した、来た
[動－命令形]	動詞命令形，例如：聞け、食べろ、しろ、来い
[動－意向形]	動詞意向形，例如：聞こう、食べよう、しよう、来よう
[動－被動形]	動詞被動形，例如：聞かれる、食べられる、される、来られる
[動－可能形]	動詞可能形，例如：聞ける、食べられる、できる、来られる
[動－使役形]	動詞使役形，例如：聞かせる、食べさせる、させる、来させる
[動－使役被動形]	動詞使役被動形，例如：聞かされる / 聞かせられる、教えさせられる、させられる、来させられる

[い形ー○]	い形容詞不加最後的い，例如：おもしろ (おもしろい不加い)
[い形ーい]	い形容詞不做任何變化 (包含最後い)，例如：おもしろい
[い形ーく]	い形容詞的い改成く，例如：おもしろく
[な形ー○]	な形容詞 (不加な)，例如：にぎやか
[な形ーな]	な形容詞加な，例如：にぎやかな
[な形ーで]	な形容詞加で，例如：にぎやかで
[な形ーである]	な形容詞加である，例如：にぎやかである
[名ー○]	名詞不加任何字，例如：学生
[名ーで]	名詞加で，例如：学生で
[名ーの]	名詞加の，例如：学生の
[名ーである]	名詞加である，例如：学生である
[動ー普通形]	動詞的普通形，包含非過去肯定、非過去否定、過去肯定、過去否定，例如：聞く、聞かない、聞いた、聞かなかった
[い形ー普通形]	い形容詞的普通形，例如：おもしろい、おもしろくない、おもしろかった、おもしろくなかった
[な形ー普通形]	な形容詞的普通形，例如：にぎやかだ、にぎやかではない、にぎやかだった、にぎやかではなかった
[名詞ー普通形]	名詞的普通形，例如：学生だ、学生ではない、学生だった、学生ではなかった
[動ーば形]	動詞的ば形 (條件形)，例如：聞けば、食べれば、すれば、来れば
[い形ーければ]	い形容詞的ば形 (條件形)，例如：おもしろければ
[な形ーなら]	な形容詞的條件形，例如：にぎやかなら
[名ーなら]	名詞的條件形，例如：学生なら
動詞修飾名詞	[動ー普通形] ＋名詞，例如：聞くこと、聞かないこと、聞いたこと、聞かなかったこと
い形容詞修飾名詞	[い形ー普通形] ＋名詞，例如：おもしろいこと、おもしろくないこと、おもしろかったこと、おもそろくなかったこと
な形容詞修飾名詞	[な形ーな] ＋名詞 /[な形ーではない] ＋名詞 /[な形ーだった] ＋名詞 /[な形ーではなかった] ＋名詞 例如：にぎやかなところ、にぎやかではないところ、にぎやかだったところ、にぎやかではなかったところ
名詞修飾名詞	[名ーの] ＋名詞 /[名ーではない] ＋名詞 [名ーだった] ＋名詞 /[名ーではなかった] ＋名詞 例如：学生のとき、学生ではないとき、学生だったとき、学生ではなかったとき

目錄

保證得分！

日檢 言語知識 N3 文法・文字・語彙

文法篇

〜合う

互相…；彼此…

例句

3人で話し合って問題を解決しましょう。

3人彼此商量來解決問題吧。

說明

「合う」原本是「適合」「一致」的意思；在前面加上其他動詞的ます形語幹，則變成複合動詞，有「互相...」「一起...」的意思。

畫重點

[動－ます形語幹]＋合う

文法放大鏡

常見含「合う」複合動詞有：助け合う(互助)、話し合う(彼此溝通)、愛し合う(相愛)、語り合う(互相暢談)、言い合う(爭吵)、教え合う(互相教學)、殺し合う(相殺)、殴り合う(互毆)、見つめ合う(彼此凝視)。

應用練習

例 親友と夜遅くまで語り合いました。

和好友一起暢談到深夜。

例 これからどんなことがあっても夫婦で助け合って生きていく。

從今以後不管發生什麼事，夫妻都會彼此幫助生活下去。

例 後輩とわからないところを教え合いながら勉強します。

和學弟妹一邊互相教導不懂的地方一邊學習。

例 テストの結果を見せ合いましょう。

給彼此看考試的結果。

例 みんなで意見を出し合いながら計画を立てた。

大家彼此提出意見，制定了計畫。

Track
002

文法補給站

複合動詞

說明

　　複合動詞是由 2 個以上的動詞結合成 1 個動詞，目的是用簡潔的文法形式表達更多字義。文法形式則是前方動詞ます形語幹再加上後面的動詞。

畫重點

N5 ～ N3 程度常用複合動詞有：
[動－ます形語幹] ＋ [始める / 終わる / 続ける / 出す / 直す / 合う / きる / かける]

應用練習

～始める / 開始…

例 話し始める (開始說)、読み始める (開始讀)、食べ始める (開始吃)

～終わる /…結束

例 書き終わる (寫完)、読み終わる (讀完)、食べ終わる (吃完)

～続ける / 持續…

例 待ち続ける (持續等待)、使い続ける (持續使用)、減り続ける (持續減少)

～出す / 開始…

例 走り出す (開始跑)、泣き出す (哭出來)、歌い出す (唱出歌)、降り出す (開始下)、飛び出す (飛奔出來 / 跳出)

～直す / 重新…

例 やり直す (重做)、書き直す (重寫)、見直す (重看 / 刮目相看)、作り直す (重做)、建て直す (改建 / 重新建造)

～合う / 互相…

例 出し合う (共同提出)、殴り合う (互毆)、信じ合う (彼此信任)、言い合う (爭吵)、騙し合う (互相欺騙)

～きる / 完全…(可參考第 27 頁)

例 使いきる (用完)、飲みきる (喝完)、走りきる (跑完全程)

～かける /…途中、差點…(可參考第 20 頁)

例 食べかける (吃到一半)、飲みかける (喝到一半)、死にかける (差點死了)

文法篇

單字篇 あ行

單字篇 か行

單字篇 さ行

單字篇 た行

單字篇 な行

單字篇 は行

Track
003

～間
あいだ

在…期間；…時

例句

かのじょ かいぎ あいだ いねむ
彼女は会議の間ずっと居眠りをしていた。

開會的時候她一直在打瞌睡。

說明

　　表示一段時間內持續進行某動作或狀態，後面接的句子若為動詞時，多以「動 - ている」或「動 - つづける」等表示持續進行的句型呈現。

畫重點

[動詞 / い形 / な形 / 名－普通形] ＋間
あいだ
な形容詞的非過去肯定：[な形－な] ＋間
あいだ
名詞的非過去肯定：[名－の] ＋間
あいだ

文法放大鏡

> 　　「～間」「～間に」前面的動詞，常見的形式有「動 - ている」「動 - ていない」「動 - 辭書形」「動 - ない形」。

應用練習

例 寝ている間、ずっと暖房をつけっぱなしだった。
ね　　　あいだ　　　　　だんぼう

睡覺的時候，一直開著暖氣。

例 料理を待っている間、スマホを見ていた。
りょうり　ま　　　　あいだ　　　　　　み

等待餐點的期間看著手機。

例 子供が小さい間は、なかなか海外旅行ができなかった。
こども　ちい　あいだ　　　　　　かいがいりょこう

孩子還小的時候，不太能夠去國外旅行。

例 電車に乗っている間、ずっと動画を見ています。
でんしゃ　の　　　　あいだ　　　　どうが　み

搭乘電車的期間，都在看影片。

～間に
…之間；趁…之時

例句

私 はアメリカにいる間に結婚しました。

我在赴美期間結婚了。

說明

「～間に」後面接的句子是在該期間內發生的動作或事態。

畫重點

[動詞 / い形 / な形 / 名－普通形] ＋間に

な形容詞的非過去肯定：[な形－な] ＋間に

名詞的非過去肯定：[名－の] ＋間に

文法放大鏡

「～間に」的「に」用於表達後接句子裡事情發生的時間點，所以後接句子不需是持續的動作。而「～間」則是表示一段期間內，後句的動作是持續進行的。

應用練習

例 留守の間に泥棒に入られた。

不在家時遭了小偷。

例 祖母が元気な間に、海外旅行に連れていきたいです。

趁祖母身體好，想帶她到國外旅行。

例 お風呂に入っている間に配達が来てしまいました。

洗澡的時候，剛好宅配的人來了。

例 子供が昼寝する間に、ご飯を作っておきます。

趁孩子午睡的時候把飯做好。

例 暇な間に、部屋を片付けた。

趁閒暇時間，把房間整理好。

文法篇

單字篇
あ行

單字篇
か行

單字篇
さ行

單字篇
た行

單字篇
な行

單字篇
は行

Track 005

いくら～ても

再怎麼…也…

例句

いくら説明しても、彼女はわかってくれない。

無論怎麼説明，她也不明白。

説明

　　「いくら～ても」（な形容詞和名詞則是「いくら～でも」）表示無論什麼條件或狀況，也不受影響或改變。「いくら」是強調程度，也可以用「どんなに」。

畫重點

いくら［動－て形／い形－くて］＋も
いくら［な形－で／名－で］＋も

文法放大鏡

> 　　和「いくら～ても」同樣意思的還有「どんなに～ても」，但若是強調次數的情況，用「いくら～ても」較適合。

應用練習

例 いくら嫌いでも仕事に行かなければならない。
　　再怎麼討厭也要去工作。

例 いくら安くても、いらないものは買いません。
　　再怎麼便宜，也不買不需要的東西。

例 いくら先輩でも、嘘は許さない。
　　就算是前輩，也不允許説謊。

例 あの人は、いくら食べても太らないからすごい。
　　那個人，不管怎麼吃都不會胖，真厲害。

例 最近は、いくら寝ても眠いんだ。
　　最近不管睡再多都還想睡。

～一方だ

不斷地…；越來越…

例句

雨は強くなる一方だ。

雨勢越來越大。

說明

名詞「一方」是單一方向、面向的意思，「～一方だ」/「～一方です」用來表示事物往同一情況或方向持續進行。好與壞的情況都可以用。

畫重點

[動－辭書形] ＋一方だ

[名－の] ＋一方だ

應用練習

例 部屋の換気をしなければ空気が悪くなる一方だ。

房間不換氣的話空氣會越來越差。

例 運動しないと太っていく一方だ。

不運動的話會越變越胖。

例 物価は年々高くなる一方だ。

物價每年持續攀高。

例 雨ばかりで洗濯物がたまる一方だ。

老是下雨，所以待洗衣物不斷地累積。

例 日本に来る観光客の数は増える一方だ。

訪日觀光客的人數不斷增加。

例 ものを捨てられない性格なので、家にいらないものがたまる一方だ。

因為捨不得丟東西的個性，所以家裡不需要的東西越積越多。

例 法律が変更された結果、交通事故は減少の一方です。

修法的結果，交通事故持續減少。

文法篇

單字篇
あ行

單字篇
か行

單字篇
さ行

單字篇
た行

單字篇
な行

單字篇
は行

Track
007

～上に

不僅…

例句

あのお店は安い上に、サービスもいい。

那家店不僅便宜，而且服務很好。

說明

　　用來在既有的情況下，發生程度或規模更擴大的事情。好與壞的情況都可以用「A 上に B」的句型，但是句子前後要一致，AB 都是好事，或 AB 都是負面事物。可以省略「に」成為「～上」。

畫重點

[動詞 / い形 / な形 / 名－普通形] ＋上に
な形容詞的非過去肯定：[な形－な / である] ＋上に
名詞的非過去肯定：[名－の / である] ＋上に

應用練習

例 先生はきれいな上に、性格もいい。

老師不僅漂亮，個性也好。

例 遅刻した上に謝らないなんて最悪だ。

不但遲到還不道歉，糟糕至極。

例 そんなやりかたは、危険な上に、迷惑です。

那種做法，不但危險還造成他人困擾。

例 彼は俳優である上に小説家でもある。

他不但是演員還是小說家。

例 この市場のものは安い上に新鮮だ。

這個市場的東西不但便宜還很新鮮。

例 電気自動車は静かな上に環境に優しい。

電動車不但安靜而且環保。

〜うちに

趁…時；在…之內

例句

コーヒーが冷めないうちに、お召し上がりください。

趁咖啡還沒冷，請享用。

説明

「A うちに B」是指在某件事 A 發生的期間之內，發生的事物或動作 B。

畫重點

[動－辭書形 / ている] ＋うちに

[動－ない形] ＋ない＋うちに

[い形－い] ＋うちに

[な形－な] ＋うちに

[名－の] ＋うちに

應用練習

例 料理が温かいうちに食べてください。

趁著菜還熱的時候請吃。

例 今日のうちに買い物を済ませる。

在今天內把東西買好。

例 どんなことでも、やり続けているうちに楽しくなる。

不管什麼事，只要繼續下去就會變得開心。

例 まだ元気なうちに体を鍛えておきましょう。

趁著還健康，鍛練好身體吧。

例 雨が降らないうちに、早く帰りましょう。

趁還沒下雨，快點回去吧。

例 明るいうちにベランダの掃除を終わらせてしまおう。

趁天色還亮，來完成陽台的打掃工作吧。

文法補給站

「～間に」「～うちに」的比較

畫重點

「間に」和「うちに」的意思類似，但在使用上：

(1) 期間為確切的日期、時間，要用「間に」。

(2) 「うちに」帶有把握時間，機不可失的意思，若是較急迫或強調必要性的事，適合用「うちに」。

(3) 後半句若是不自覺、無法控制自然發生無意識動作，常用「うちに」。

應用練習

例 7月から8月までの間に遊びに来てください。

請在7到8月之間來玩。(具體的月份，用「間に」)

例 若いうちに資格を取っておきたいです。

趁年輕，想要取得證照。(語義中強調趁年輕取得證照的必要性)

例 若い間に資格を取っておきたいです。

在年輕時想要取得證照。(表達想法，想在這個期間做到的事)

例 音楽を聞いているうちに寝てしまった。

聽著音樂時不小心睡著了。(強調不知不覺睡著)

例 音楽を聞いている間に寝てしまった。

聽著音樂時不小心睡著了。(不小心睡著這件事在聽音樂時發生)

例 生きているうちに一度は富士山に登りたい。

死之前想去登一次富士山。(人生只有一次，這期間一定要做的事)

例 雨が降りそうで、今のうちに早く帰りましょう。

好像快下雨了，趁現在快回去吧。(具有急迫性，必須快點回去)

例 空に虹が出ているうちに写真を撮っておいた。

趁天空出現彩虹時拍了照。(在彩虹消失前就要拍好)

例 休みの間、一度も家から出なかった。

休假期間，一次也沒出家門。(表達休假這段具體的時間)

～おかげで

多虧了…；託…的福

例句

先生のおかげで大学に行けることになりました。
<small>せんせい　　　　　　　だいがく　い</small>

託老師的福，能進大學了。

說明

　　名詞「おかげ」的意思是受到庇祐，「で」則為表示原因的助詞，所以「おかげで」就引申為「託福」「靠...幫忙」「多虧了」的意思，也可以說「おかげさまで」。

畫重點

[動 / い形 / な形 / 名－普通形] ＋おかげで

な形容詞、名詞的非過去肯定：[な形－な / 名－の] ＋おかげで

文法放大鏡

　　若放在句尾，則可以說「おかげだ」或「おかげです」，接續方式和「おかげで」相同。「おかげさまで」也是慣用句，接受恭喜時用來表示感謝「託您的福」。

應用練習

例 みなさんが手伝ってくれたおかげでなんとかなりました。
<small>てつだ</small>

　　多虧了大家的幫忙，總算是解決了。

例 世代が近いおかげで、先輩にもすごく相談しやすい。
<small>せだい　ちか　　　　　　　せんぱい　　　　　　そうだん</small>

　　多虧了年紀相近，所以能很輕鬆地和前輩商量。

例 手続きが簡単なおかげで作業があっという間に終わった。
<small>てつづ　かんたん　　　　　　さぎょう　　　　　　ま　お</small>

　　多虧了手續很簡單，所以作業很快就完成了。

例 健康保険のおかげで、病気になった時に手術ができた。
<small>けんこうほけん　　　　　びょうき　　　　とき　しゅじゅつ</small>

　　多虧了健康保險，生病時才能動手術。

例 英語が話せるおかげで、世界中の人と友だちになれた。
<small>えいご　はな　　　　　　せかいじゅう　ひと　とも</small>

　　多虧了會說英文，才能和全球的人成為朋友。

文法篇

單字篇 あ行

單字篇 か行

單字篇 さ行

單字篇 た行

單字篇 な行

單字篇 は行

Track 011

～かける / ～かけの

…途中；差點就…

例句

子供は宿題をやりかけて、遊びに行った。

孩子功課寫到一半，就跑去玩了。

說明

「～かける」是前面加上動詞ます形語幹所組合成的複合動詞，用來表示正在做的途中或是差點發生的動作。「～かけの」則是把「～かける」名詞化，「の」後面接名詞。

畫重點

[動－ます形語幹] ＋かける

[動－ます形語幹] ＋かけの＋名詞

應用練習

例 机の上に、飲みかけのコーヒーが何杯もある。

桌子上有好幾杯沒喝完的咖啡。

例 家に帰ったら、読みかけの小説を読もう。

回家之後，要看讀到一半的小說。

例 事故で死にかけた。

因為意外而差點喪命。(死にかける：有死亡的可能性而最後保住性命)

例 彼は何かを言いかけたが、やめてしまった。

他開口想說點什麼，但最後放棄了。(有開口的動作但最後沒說)

例 あのアニメは、面白くなりかけたところで終わってしまった。

那部動畫，正變得有趣的時候卻結束了。(開始變得有趣就無疾而終)

例 食べかけのりんごがテーブルの上においてある。

桌上放著吃一半的蘋果。

文法補給站

「～始める」「～出す」「～かける」的比較

說明

「～始める」「～出す」「～かける」都是表示開始的複合動詞，但在使用的情況和句義上有些微不同，可參考以下的整理和例句。要注意的是，三者都不能用在表示狀態或是動作結果的「ている」句型。

畫重點

(1) 單純表示「開始」：「～始める」「～出す」「～かける」都可用
(2) 突發性的狀況：只能用「～出す」
(3) 具有意圖或表達目的意圖的句子：只能用「～始める」

應用練習

例 彼女は [言い始め / 言い出し / 言いかけ] たが、先生の顔を見て言うのをやめた。

她雖然開了口，但看到老師的臉就又不說了。(單純敘述開始說的情況)

例 犬が急に道路に飛び出した。

狗突然衝到道路上。(表示突發的狀態)

例 バスが急に動き出したので、びっくりした。

巴士突然啟動，嚇了我一跳。(表示突發的狀態)

例 宿題を書き始めよう。

開始寫功課吧。(表達有意志和目的的動作)

例 次の行から書き始めてください。

請從下一行開始寫。(請對方有明確目的地開始寫)

例 来年から、スペイン語を勉強し始めようと思っている。

想要明年開始學西班牙語。(表達意志)

文法篇

單字篇
あ行

單字篇
か行

單字篇
さ行

單字篇
た行

單字篇
な行

單字篇
は行

Track
013

～から～にかけて

從…到…

例句

展示会 (てんじかい) が 5 月 (ごがつ) から 7 月 (しちがつ) にかけて開催 (かいさい) されることになりました。

展覽決定在 5 月到 7 月間舉行。

說明

「かける」有「到」「涵蓋」的意思，所以「～から～にかけて」可以用來表示「兩個地點之間」或是「一段時間之內」。

畫重點

[名－○] ＋から＋ [名－○] ＋にかけて

文法放大鏡

> 關於「～にかけて」的用法，可參考第 88、89 頁的文型說明進行比較。同樣用來表示範圍的句型還有本書 110 頁介紹的「～にわたって」。

應用練習

例 中部地方 (ちゅうぶちほう) から関東地方 (かんとうちほう) にかけて、晴 (は) れになるでしょう。

從中部到關東地區，都是晴天。(天氣預報用語)

例 天気予報 (てんきよほう) によると、台風 (たいふう) は今晩 (こんばん) から明日 (あした) の朝 (あさ) にかけて上陸 (じょうりく) するとのことです。

根據天氣預報，颱風在今晚到明早間會登陸。

例 春 (はる) から夏 (なつ) にかけて、緑 (みどり) が濃 (こ) くなっていく。

從春天到夏天之類，綠意越來越濃。

例 彼女 (かのじょ) は 1 週間 (いっしゅうかん) の間 (あいだ) 、毎日午前 (まいにちごぜん) 9 時から午後 (ごご) 3 時 (じ) にかけてギターを練習 (れんしゅう) しました。

她在 1 週的期間，每天從早上 9 點練習吉他到下午 3 點。

例 渋谷 (しぶや) から新宿 (しんじゅく) にかけて渋滞 (じゅうたい) が続 (つづ) いている。

從澀谷到新宿都持續塞車。

～がち

容易會…；有…的傾向

例句

天気が悪い日は、電車が遅れがちだ。

天氣不好的日子，電車容易誤點。

説明

　　「がち」為接尾詞，通常接在名詞或動詞ます形語幹後面，表示「總是…」「動不動就…」「常常…」等經常發生的無奈或負面情況。

畫重點

[動－ます形語幹] ＋がち

[名－○] ＋がち

應用練習

例 最近曇りがちで、洗濯物がなかなか乾かない。

最近常常陰天，衣服總晒不乾。

例 彼は病気で日頃から会社を休みがちです。

他因為疾病，平常就常常請假沒上班。

例 わたしは傘を会社に忘れがちだ。

我老是把傘忘在公司。

例 この単語は間違って読みがちですから、気をつけてください。

這個單字很容易念錯，要注意。

例 子供の頃は病気がちで、よく学校を休んだ。

小時候容易生病，常向學校請假。

例 この文法の間違いは初級者にありがちだ。

這個錯誤是初級學習者常犯的。

文法篇

單字篇
あ行

單字篇
か行

單字篇
さ行

單字篇
た行

單字篇
な行

單字篇
は行

～からには

既然…就該

例句

やるからには最後（さいご）まで頑張（がんば）りたい。

即然要做就想努力到最後。

說明

　　「～からには」是用來表示義務和決心的句型，意思為「既然是...就必須要...」，句子的後半通常是接必要的責任、義務、決心或判斷。

畫重點

[動 / い形 / な形 / 名－普通形] ＋からには

な形容詞的非過去肯定：[な形－である] ＋からには

名詞的非過去肯定：[名－である] ＋からには

文法放大鏡

　　「～からには」後面通常是接表示義務、命令、勸誘、決心、推斷的句子，也可以說「～からは」。

應用練習

例 警察官（けいさつかん）であるからには、人々（ひとびと）の安全（あんぜん）を守（まも）る義務（ぎむ）がある。

　　既然身為警察，就有保護人民安全的義務。

例 イギリスに留学（りゅうがく）したからには、できるだけ多（おお）くの外国人（がいこくじん）と友達（ともだち）になりたい。

　　既然到英國留學，就想盡可能和很多外國人成為朋友。

例 約束（やくそく）したからには、どんなことがあっても守（まも）るべきだ。

　　既然做了約定，不管有什麼事都應該遵守。

例 あのレストラン、人気（にんき）であるからには、おいしいに違（ちが）いないよ。

　　那間餐廳，既然那麼受歡迎，一定是很好吃啊。

～かわりに (1)
代替…

例句

社長のかわりに部長が会議に出席した。

部長代替社長出席了會議。

說明

「～かわりに」是「代替」「取代」的意思，通常用於代替或代理某人做事；或是用 A 事物取代 B 事物，做 A 事來取代 B 事。

畫重點

[動－辭書形]＋かわりに
[名－の]＋かわりに

應用練習

例 今日は天気が悪いから、動物園へ行くかわりに、デパートへ行こう。

因為今天氣候不佳，我們去百貨公司取代去動物園。

例 多くの人は、テレビを見るかわりに、ネットで動画を見ているそうだ。

許多人都在網路上看影片，取代看電視。

例 牛乳のかわりに、オーツミルクを使ってもいいですよ。

也可以用燕麥奶取代牛奶喔。(オーツミルク：燕麥奶)

例 パスポートのかわりに運転免許証でも構いません。

也可以用駕照代替護照。

例 彼が酔払ったので、彼のかわりに私がお金を払った。

因為他喝醉了，所以我代替他付錢。

例 健康のために、部長は車で通勤するかわりに、自転車で出勤するようにしている。

為了健康，部長以騎車取代開車上班。

文法篇

單字篇
あ行

單字篇
か行

單字篇
さ行

單字篇
た行

單字篇
な行

單字篇
は行

〜かわりに (2)

相對於…；作為…的補償；以…為交換

例句

私 がご飯を作るかわりにあなたはお皿を洗ってください。

我來煮飯，相對的你要洗碗。

說明

　　「〜かわりに」除了代理、取代的意思之外，還有「補償 / 交換條件」的用法，除此之外也可以用來敘述同一事物具有正反兩面特質。

畫重點

[動詞 / い形 / な形 / 名－普通形] ＋かわりに

な形的非過去肯定：[な形－な / である] ＋かわりに

名詞的非過去肯定：[名－の / である] ＋かわりに

文法放大鏡

> 　　「〜かわりに」共有 4 種用法：(1)「補償 / 交換條件」的用法 (2) 敘述同一事物具有正反兩面特質時 (3) 代替或代理某人做事 (4) 用 A 事物取代 B 事物，做 A 事來取代 B 事。

應用練習

例 このホテルは安いかわりに、部屋が汚い。

　　這間飯店很便宜，相對的房間很髒。(同一事物的正反面)

例 このホテルは駅に近くて便利なかわりに、宿泊料金が高い。

　　這間酒店離車站很近交通便利，相對的房價就很高。(同一事物的正反面)

例 私 が掃除する代わりに、あなたはゴミを出してください。

　　我來打掃，相對的你要去倒垃圾。(交換條件)

例 家族が増えると幸せであるかわりに、責任も重くなる。

　　增加了家族成員很幸福，相對的責任也會變重。(同一事物的正反面)

〜きる

徹底…；完成…

例句

体力を使いきって、初めてマラソンを走りきった。

用盡所有體力，第一次全程跑完馬拉松。

說明

「きる」(漢字寫作「切る」) 是「結束 / 斬斷」的意思，和其他動詞結合成複合動詞「〜きる」就是「結束.../ 完成.../ 完全...」的意思。

畫重點

[動－ます形語幹] ＋きる

文法放大鏡

> 常見含「〜きる」的複合動詞有：走りきる (跑完全程)、飲みきる (喝完)、食べきる (吃完)、疲れきる (累透了)、使いきる (用完)。「〜きる」的可能形是「〜きれる」，可能否定形是「〜きれない」，像是：食べきれない (吃不完)、数えきれない (數不盡)、感謝しきれない (感激不盡)。

應用練習

例 大変な仕事でしたが、やりきりました。

雖然是很辛苦的工作，但終於完成了。(堅持到最後的意思)

例 ゲームを買うためにお年玉を使いきってしまった。

為了買遊戲不小心把壓歲錢都用光了。

例 疲れきったので、お風呂に入らずに寝てしまった。

因為太疲累，沒洗澡就睡著了。

例 好きな仕事なので、向いてないと言われてもやっぱり諦めきれない。

因為是喜歡的工作，就算被說不適合，還是無法放棄。

例 いつも応援していただき、感謝してもしきれません。

總是受到 (您的) 支持打氣，感激不盡。

～くらい (1)
…的程度、大約是…

例句

試合に負けて、泣きたいくらい悔しかった。

比賽輸了，不甘心到想哭的程度。

說明

　　「くらい」用來表示事物的程度，可以形容事物到什麼程度，或者是形容兩個事物的程度差不多。

畫重點

[動 / い形 / な形 / 名－普通形] ＋くらい

な形容詞的非過去肯定：[な形－な] ＋くらい

名詞的非過去肯定：[名－○] ＋くらい

應用練習

例 彼の部屋は、この教室くらいの広さです。

他的房間和這間教室差不多大。

例 この子はまだ 10 歳ですが、大人と同じぐらい食べるよ。

這孩子雖然才 10 歲但食量和大人差不多喔。

例 彼女の歌声は、プロの歌手くらい素晴らしいです。

她的歌聲，和職業歌手差不多程度地美好。

例 子供の笑顔は、太陽くらい明るいです。

孩子的笑容，如同太陽般開朗明亮。

例 今日は食事もとれないくらい忙しかった。

今天忙到沒空吃飯的程度。

例 最近はちょっと心配なくらいインフルエンザが流行っています。

最近流感流行到令人擔心的程度。

～くらい (2)

只不過是…

例句

それくらいは誰<small>だれ</small>でも知<small>し</small>っている。

只不過那種程度的事情誰都懂。

說明

「～くらい」也可以說「～ぐらい」，原本是表達程度的副詞，引申其義用來表示事物的程度很輕，不重要、很簡單或微不足道。

畫重點

[動 / い形 / な形 / 名－普通形] ＋くらい
な形容詞的非過去肯定：[な形－な] ＋くらい
名詞的非過去肯定：[名－○] ＋くらい

文法放大鏡

> 「くらい」和「ぐらい」只是發音不同，兩者字義相同使用上也沒有嚴格區別，「ぐらい」常用在名詞之後，「この / その / あの / どの」後面常用「くらい」。

應用練習

例 トイレットペーパーぐらい自分<small>じぶん</small>で買<small>か</small>いなさいよ。

只不過是衛生紙，自己買啦。

例 道<small>みち</small>に迷<small>まよ</small>うくらいで慌<small>あわ</small>てるな。

只是迷路而已不要慌張。

例 忙<small>いそが</small>しいといっても、２０分<small>にじゅっぷん</small>ぐらい休<small>やす</small>んでも大丈夫<small>だいじょうぶ</small>でしょう。

雖然很忙，但只是休息 20 分鐘沒關係吧。

例 頭<small>あたま</small>が痛<small>いた</small>いくらいで会社<small>かいしゃ</small>を休<small>やす</small>むなんて、社会人<small>しゃかいじん</small>としてよくないよ。

只是頭痛就向公司請假，身為社會人士這樣不好喔。

文法篇

單字篇
あ行

單字篇
か行

單字篇
さ行

單字篇
た行

單字篇
な行

單字篇
は行

～結果
…的結果

例句

アンケートをした結果、旅行先はハワイに決まった。

進行了問卷調查的結果，決定旅行目的是夏威夷。

說明

「結果」為名詞，是「結果」的意思。在此句型中表示事情的結果，通常前面是用動詞過去式，或是名詞加上「の」。

畫重點

[動－た形] ＋結果

[名－の] ＋結果

應用練習

例 投票の結果、この曲が１位に選ばれた。

投票的結果，這首歌被選為第１名。

例 審査の結果、全員合格しました。

評審結果，全員都合格了。

例 みんなで話し合った結果、新しい洗濯機を購入することにした。

大家商量的結果，決定買新洗衣機。

例 家族と相談した結果、仕事を辞めることに決めました。

和家人商量的結果，決定辭去工作。

例 調べた結果、先生が間違っていることがわかりました。

調查結果，發現老師是錯的。

例 いろいろと考えた結果、学校を辞めて就職することにしました。

想了許多的結果，決定休學去找工作。

例 無理をした結果、再び体を壊してしまった。

太勉強的結果，就是再度弄壞了身體。(再び：再次)

～こそ

正是…

| 例句 |

このまくらこそ、私^{わたし}がずっと探^{さが}していたまくらです。

這個枕頭正是我一直在尋找的枕頭。

說明

　　「こそ」是用來強調某件事「才是／正是」想要的，以表達決心和選擇。

畫重點

[名－○] ＋こそ

| 應用練習 |

例 仕事^{しごと}こそ私^{わたし}の生^いきがいです。

　　工作就是我生活的意義。／工作就是我的一切。(生きがい：人生的意義)

例 今度^{こんど}こそ会^あいたいです。

　　下次一定要見面。

例 今日^{きょう}こそ仕事^{しごと}を早^{はや}く終^おわらせる。

　　今天一定要早一點完成工作。

例 彼^{かれ}こそが私^{わたし}の運命^{うんめい}の人^{ひと}です。

　　他正是我命中註定的人。

例 今年^{ことし}こそ絶対^{ぜったい}に司法試験^{しほうしけん}に合格^{ごうかく}したい。

　　就是今年一定要通過司法考試。

例 健康^{けんこう}こそが人生^{じんせい}で最^{もっと}も重要^{じゅうよう}な資産^{しさん}だ。

　　健康正是人生最重要的資產。

例 続^{つづ}けることこそが、上手^{じょうず}になる方法^{ほうほう}です。

　　想要進步的方法就是持之以恆。

文法篇

單字篇
あ行

單字篇
か行

單字篇
さ行

單字篇
た行

單字篇
な行

單字篇
は行

～ことだ
必須…

例句

図書館では静かにすることだ。

在圖書館必須保持安靜。

說明

　　初級文法曾經學習過用「こと」代指事物，「こと」還可以用來表達勸告或建議，要求對方做或禁止某事。

畫重點

[動－辭書形] ＋ことだ
[動－ない形] ＋ない＋ことだ

應用練習

例 休むときに、必ず上司に連絡をすることだ。

　　請假時，一定要跟主管聯絡。

例 レポートを来週の金曜日までに提出することだ。

　　報告必須在下週五前提出。

例 両親にちゃんと感謝の気持を伝えることだ。

　　要好好向父母表達感謝之意。

例 廊下は走らないことだ。

　　請勿在走廊奔跑。

例 自分がされたら嫌なことは、決して人にはしないことです。

　　己所不欲勿施於人。

例 早く病気を治したいなら、ちゃんと薬を飲んでゆっくり休むことだ。

　　想要早點治好病，就要好好吃藥好好休息。

〜ことになっている

約定是…；規定是…

例句

社員食堂に入るには社員証を見せることになっている。

要進員工餐廳規定要出示員工證。

說明

　　「〜ことになっている」也可以說「〜こととなっている」，用來表示規定、習慣。也可以用「〜ということとなっている」「〜ということになっている」。

畫重點

[動－辭書形] ＋ことになっている
[動－ない形] ＋ない＋ことになっている

文法放大鏡

　　「ことになっている」除了用來表示規則、習慣之外，也可以用於表達預定要做的事，像是「明日はお客様に会うことになっています」(明天預計要見客人)。

應用練習

例 日本では二十歳まではたばこを吸ってはいけないことになっています。
在日本，規定未滿 20 歲是不能吸菸的。

例 家の中では靴を脱ぐことになっています。
在家裡要脫鞋子。

例 この検査の前には水を飲んではいけないことになっています。
這個檢查規定檢查前不能喝水。

例 スタッフじゃない人はここには入れないこととなっている。
非工作人員規定不能入內。

文法補給站

和「する」「なる」相關的句型

說明

　　至今學過許多和「する」「なる」相關的句型，「する」主要是表示「做...」「使...」，「なる」則多用在「成為...狀態」的句型。匯整如下：

用法比較

〜をする：意思是「做…事」，屬於日語的基礎句型，前面會有一個受詞。

例 彼女は毎日料理をします。

　　她每天都會做菜。

〜がする：表示五感，前面通常是用氣味、聲音…等名詞。

例 いい匂いがします。

　　有很香的味道。

[い形－くする]、[な形－にする]：使事物的狀態改變，像是使東西變甜、變乾淨...等。

例 カレーを辛くします。

　　把咖哩弄辣一點。

例 部屋をきれいにしなさい。

　　把房間打掃乾淨。

〜にする：表示選擇，決定要…。前面通常是加名詞。

例 今日の晩ごはんはハンバーグにする。

　　決定今天晚上吃漢堡排。

例 台風が近づいてきているので、明日は休みにします。

　　因為颱風正在接近，決定明天休息。

〜ようにする：為了目的努力做某件事。

例 健康のために毎日野菜を食べるようにします。

　　為了健康每天都吃蔬菜。

例 カロリーが高いものは食べないようにします。

努力不吃高熱量的東西。

[い形－くなる]、[な形 / 名詞－になる]：人事物的狀態有所改變，成為某種狀態。

例 暖房を入れると、部屋が暖かくなった。

開了暖氣後房間就變暖了。

例 日本語がだいぶ上手になりました。

日語進步了很多。

例 今年、息子は 20 歳になります。

兒子今年要滿 20 歲了。

～ようになる：變成能做什麼。像是變得會說、變得會騎車⋯等。

例 自転車に乗れるようになりました。

變得會騎腳踏車了。

～なくなる：變成不能。

例 インフルエンザにかかって、旅行に行けなくなりました。

因為得了流感，不能去旅行了。

例 終電を逃して、帰れなくなりました。

錯過最後一班電車，回不了家了。

～ことになっている：用來表示規定、習慣。或是預定要做的事。

例 レストランでタバコは吸えないことになっている。

餐廳規定不能抽菸。

例 この店には女性しか入れないことになっている。

這間店規定只有女性能進入。

例 このマンションではペットを飼ってはいけないことになっている。

這間公寓規定不能養寵物。

文法篇

單字篇
あ行

單字篇
か行

單字篇
さ行

單字篇
た行

單字篇
な行

單字篇
は行

Track
026

～ごとに

每隔…；每當…

例句

でんしゃ ご ふん はっしゃ
電車は5分ごとに発車します。

電車每隔5分發車。

說明

　「ごとに」用於表示週期或單位，每當有某件事、或每隔某段時間、分為每個單位...等情況。

畫重點

[動－辭書形] ＋ごとに
[名－○] ＋ごとに

文法放大鏡

> 　「ごとに」和「たびに」都是「每當...」的意思，「ごとに」表示的事物通常是長期規律的進行和累積；而「たびに」則是同樣的現象發生好幾次時使用。

應用練習

例 オリンピックは4年ごとに開催される。
よねん　かいさい

　　奧運每4年舉辦一次。

例 彼は料理教室に行くごとに、料理が上達している。
かれ りょうりきょうしつ い りょうり じょうたつ

　　隨著他每次去料理教室，廚藝越來越進步。

例 アルバイトのシフトは2ヶ月ごとに決まります。
にかげつ き

　　打工的班表每2個月決定一次。

例 部屋の掃除は1週間ごとにしています。
へや そうじ いっしゅうかん

　　每隔1星期打掃房間。

例 今の勤務時間について、各部門ごとにアンケートを行った。
いま きんむじかん かくぶもん おこな

　　針對現在的上班時數，依各部門進行問卷調查。

～ことから

因為…

例句

道が濡れていることから、雨が降ったことがわかる。

因為道路是濕的，所以得知下過雨。

說明

以看到或發生的事為理由，或是用來進行判斷，「ことから」前面放進行判斷的理由。

畫重點

[動 / い形 / な形 / 名－普通形] ＋ことから
な形容詞的非過去肯定：[な形－な / である] ＋ことから
名詞的非過去肯定：[名－である] ＋ことから

應用練習

例 部屋がきれいであることから、母が掃除してくれたとわかる。

因為房間很乾淨知道母親幫忙打掃了。

例 課長の机がいつもきれいなことから、きれい好きな人だとわかる。

因為課長的桌子總是很乾淨可以知道他是愛乾淨的人。

例 指紋が見つかったことから、彼が犯人だとわかります。

因為發現了指紋，所以知道他是犯人。

例 2 人は顔がそっくりなことから、双子だとすぐにわかった。

從 2 人的臉很像來判斷得知是雙胞胎。

例 彼はバスに乗れず歩いて帰ったことから、まだそう遠くには行っていないと思う。

因為他沒搭上公車用走的回家，我想應該還沒走遠。

文法篇

單字篇
あ行

單字篇
か行

單字篇
さ行

單字篇
た行

單字篇
な行

單字篇
は行

〜ことはない

沒必要…

例句

あした やす はや お
明日は休みだから、早く起きることはない。

因為明天休假，沒必要早起。

說明

「ことはない」表示不需要做某件事，通常是進行忠告或是建議時使用。

畫重點

[動－辭書形] ＋ことはない

文法放大鏡

> 「ことはない」除了用在表示建議之外，也可以用於表達抗議的時候，像是「そんなに悪口を言うことはないだろう」(沒必要說那麼過分的壞話吧)，有抗議、指摘的意思。

應用練習

(例) やさい きら むり の
野菜ジュースが嫌いなら無理に飲むことはない。

討厭蔬菜汁的話，不必勉強喝。

(例) しんぱい
たいしたことではないから、心配することはありません。

不是什麼大事，所以不用擔心。

(例) かいぎ いちじかん いそ
会議まであと１時間あるから、そんなに急ぐことはないよ。

離會議還有１小時，沒必要那麼急。

(例) えいが おもしろ み い
あの映画は面白くありませんから、わざわざ見に行くことはないです。

那部電影不好看，沒必要特地去看。

(例) いっしょうけんめいれんしゅう ゆうしょう
一 生 懸 命 練 習 したんだから、優勝できなくてもがっかりすることはないよ。

拚了命練習，就算得不到優勝也不必失望喔。

～最中に

正在…

例句

会議の最中に大きな地震が起こった。

正在開會時發生了大地震。

說明

「最中に」是表示正在進行某件事或動作的狀態。

畫重點

[動－ている] ＋最中に
[名－の] ＋最中に

文法放大鏡

因為是表示正在進行某件事情，所以動詞都是用表示進行的「動 - て
いる」形，此外也不能使用如居住、結婚等表示長久狀態的動詞。

應用練習

例 試合の最中に雨が降ってきました。

比賽中下起雨來。

例 勉強している最中に友達がうちに来ました。

正在念書時朋友來了家裡。

例 お花見の最中に急に激しい雨が降ってきた。

正在賞櫻時突然下起大雨。

例 シャワーを浴びている最中にお湯が出なくなりました。

正在淋浴時，突然就沒熱水了。

例 考えている最中に話しかけないでください。

正在想事情時不要和我搭話。

Track
030

～さえ

連…(都)；甚至…(也)

例句

兄は１年もドイツ語を勉強したのに、挨拶さえできない。

哥哥學了１年德語，卻連打招呼都不會。

說明

　　「さえ」類似「も」的用法，是「竟然連...」「甚至連...」的意思，常用在表達發話者驚訝的心情。

畫重點

[動－ます形語幹]＋さえ

[名－○]＋さえ

[名－○]＋助詞＋さえ

應用練習

例 あの人は自分の食器を片付けさえずに帰ってしまった。

那個人連自己的餐具都沒收拾就回去了。

例 忙しすぎて、昼ごはんを食べる時間さえなかったんです。

實在太忙了，連吃午餐的時間都沒有。

例 そんなことは子供でさえ知ってるよ。

這種事連小孩都知道。

例 あの人のことが大嫌いで、名前さえ聞きたくない。

超級討厭那個人，連名字都不想聽到。

例 喉が痛くて、水さえ飲めない。

喉嚨很痛，連水都沒辦法喝。

例 彼は両親にさえ知らせずに婚約した。

他甚至沒告知雙親，就訂婚了。

～さえ～ば

只要…就…

例句

スマホさえあれば、どこでも仕事できます。

只要有智慧型手機，到哪都能工作。

說明

　　這個句型通常用於表示只要滿足「～さえ～ば」這個條件，其他都不成問題。也可以用「～さえ～たら」的形式。

畫重點

[名－○]＋さえ＋[動－ば]

[名－○]＋さえ＋[い形－ければ]

[名－○]＋さえ＋[な形－なら]

[名－○]＋さえ＋[名－なら]

[動－ます形語幹]＋さえ＋すれば / しなければ

[い形－く]＋さえ＋あれば / なければ

[な形－で]＋さえ＋あれば / なければ

應用練習

例 お金さえもらえば、どんな仕事でも構いません。

　　只要拿得到錢，什麼工作都可以。

例 交通が便利でさえあればどんなところでもいいんです。

　　只要交通方便，什麼樣的地方都可以。

例 コツさえわかれば誰でもうまく運転できる。

　　只要知道技巧，誰都可以駕駛得很好。

例 年をとっても、体さえ丈夫なら心配はいらない。

　　雖然上了年紀，只要身體健康的話就不需要擔心。

例 結果さえよければ手段は選ばない。

　　只要有好結果，不管用什麼方法都行。

文法篇

單字篇
あ行

單字篇
か行

單字篇
さ行

單字篇
た行

單字篇
な行

單字篇
は行

Track
032

～しかない / ～ほかない

只好…

例句

いちじかんまった が彼は来ない。もう帰るしかない。

１時間待ったが彼は来ない。もう帰るしかない。

等了１小時他都沒來。只好回去。

說明

「しか」是「只」的意思，通常接否定形「ない」。而「ほか」是「其他」的意思，「ほかない」是「ほかしかたがない」的簡略說法，也就是「別無他法」之意。「しかない」「ほかない」就是用於表達別無選擇、除此之外沒有其他方法的情況。

畫重點

[動－辭書形] ＋しかない

[動－辭書形] ＋ (より) ほか (しかたが) ない

文法放大鏡

> 和「～しなければならない」的意思相近，使用的情境也類似。

應用練習

例 どれだけ緊張しても試合が始まったら最後までやるしかない。

不管再緊張，一旦比賽開始了就只能比到最後。

例 待っていても誰もやらないなら自分でやるしかない。

等了半天都沒人要做的話就只好自己做了。

例 地震で電車が止まってしまったので、タクシーで行くほかないです。

因為地震的關係電車停駛，只好搭計程車去。

例 この扇風機は古いし、たまに回らないし、捨てるほかありません。

這台電風扇舊了，有時候還不會轉，只能丟掉了。

例 試験に合格したいなら、たくさん勉強するしかない。

想要通過考試的話，就只能好好用功。

文法補給站

表示限定的助詞：で、だけ、しか（ない）、さえ、ばかり、までに

說明

　　目前學過幾個具有「只有」「僅限」「只能」等「限定」意義的助詞，在這裡整理如下。

用法比較

で：用於限定時間或是數量的範圍。

例 この仕事は、1日で終わると思います。

　　這個工作我覺得1天就能結束。

だけ：在很多東西裡限定其中一部分。

例 今回の試験は3人だけが合格した。

　　這次的考試只有3個人合格。

しか（ない）：表示特定的事物特性，除了這項事物之外，其他的都不是。「しか」會和「ない」等否定形一起使用。

例 今、財布の中には1000円しかありません。

　　現在皮夾裡只有1000日圓。

さえ：限定達到目的所需的條件，通常使用「〜さえ〜ば」的句型。

例 道が混んでさえいなければ20分ほどで着くと思います。

　　如果路上車不多的話我想20分左右就會到。

ばかり：老是做某件事、同樣的事情不斷重複、擁有很多同樣的東西…等。

例 妹はゲームばかりしている。

　　妹妹老是在玩電玩。

までに：表示期限

例 5時までに帰りなさいね。

　　5點之前要回來唷。

文法篇

單字篇 あ行

單字篇 か行

單字篇 さ行

單字篇 た行

單字篇 な行

單字篇 は行

～じゃないか

不是…嗎

例句

店長はもう帰ったんじゃないか。

店長不是已經回去了嗎？

說明

「～じゃないか」是「ではないか」的口語說法；通常用於表達驚訝、指謫，或是向對方確認或尋求同意；也可以用於表達自己的推測及意見主張。

畫重點

[動 / い形 / な形 / 名－普通形] ＋じゃないか

(な形容詞、名詞的非過去肯定不加「だ」)

文法放大鏡

「～じゃないか」在表示推測、意見、主張時，通常會加上「ん」變成「～んじゃないか」。前面是動詞和い形容詞時，一樣是用普通形；而名詞和な形容詞的非過去肯定句型時，要加上「な」成為「な形 / 名 ＋ なんじゃないか」。

應用練習

例 営業成績が２倍になったなんてすごいじゃないか。

業績變成２倍不是很厲害嗎？

例 おお、田中君じゃないか。どうしてこんなところで。

喔，這不是田中嗎？你怎麼會在這裡？

例 この部屋、少し暑いんじゃないか。

這個房間，是不是有點熱？

例 今日の課長、ちょっと変じゃないか。

今天課長是不是有點怪？

～じゃない？

不是…嗎？

例句

あの人は森山さんじゃない？
（ひと　もりやま）

那個人不是森山先生嗎？

說明

　　「じゃないか」省略「か」就是「～じゃない？」，屬於口語用法；使用時句尾語氣上揚。在這裡用「？」表示語尾上揚的語氣。「～じゃない？」用於向對方確認，或是表達驚訝、責備時使用。也用於表示自己的推測和想法，意同於「だぶん～だと思う／たぶん～だろう」。
（おも）

畫重點

[動 / い形 / な形 / 名－普通形] ＋じゃない？

(な形容詞、名詞的非過去肯定不加「だ」)

文法放大鏡

　　和「～じゃないか」一樣，「～じゃない？」前面加上「ん」的「～んじゃない？」通常是用在發話者的推測、意見或主張。

應用練習

例 廊下を走っちゃだめよ。危ないじゃない？
（ろうか　はし）（あぶ）

　　不可以在走廊奔跑喔。不是很危險嗎？

例 だから言ったじゃん。(じゃん：じゃない的口語簡化說法)
（い）

　　我不是說過了嗎？

例 社長は忙しいって言ってたから、今日は来ないんじゃない？
（しゃちょう　いそが）（い）（きょう　こ）

　　社長說過很忙，今天不會來吧？

例 合格おめでとう。やればできるじゃない？
（ごうかく）

　　恭喜合格。肯努力不就辦得到了嗎？

例 ジュース？冷蔵庫の中にあるんじゃない？
（れいぞうこ　なか）

　　(在找) 果汁嗎？不是在冰箱裡嗎？

文法篇

單字篇
あ行

單字篇
か行

單字篇
さ行

單字篇
た行

單字篇
な行

單字篇
は行

～ずつ

各…；漸漸地…

例句

毎日、単語を３つずつ覚えています。

每天記３個單字。

說明

「～ずつ」是逐漸的意思，副詞後面加上「ずつ」是「漸漸地...」的意思；數詞後面加上「ずつ」，則是表示用固定的數量等分進行動作，例如：３人ずつ (３人一組) 或是３つずつ (每次３個)。

畫重點

[數詞 / 副詞] ＋ずつ

應用練習

例 体調は少しずつ良くなっています。

身體健康漸漸變好了。

例 クラスに女子と男子が２０人ずついます。

班上男女各20人。

例 このお店のお酒全部を１杯ずつ飲んでみたい。

想要把那家店的酒每種都各喝１杯看看。

例 ４人ずつでグループを作った。

４人一組分組。

例 一歩ずつ目標に向かって進んでいる。

正一步步朝目標邁進。

例 商品に汚れがないか１つずつ確かめてください。

請逐一確認商品有無髒污。

～せいで

因為…

例句

体調が悪かったせいで卒業旅行に行けなかった。

因為身體不舒服而沒能去畢業旅行。

說明

　　「～せい」是「所作所為．原因」的意思，「～せいで」就是用來說明事情發生的原因，這個句型通常是用在發生不好的結果時。

畫重點

[動 / い形 / な形 / 名－普通形] ＋せいで

な形容詞的非過去肯定：[な形－な / である] ＋せいで

名詞的非過去肯定：[名－の / である] ＋せいで

文法放大鏡

　　類似的文法還有第 19 頁介紹的「おかげで」；兩者都是用來說明原因，但「おかげで」通常用在好的結果，是「多虧了...才能...」的意思；而「せいで」則多用在不好的結果，表示「因為...的錯，才會...」。

應用練習

例　彼女は緊張しすぎたせいで、歌詞を間違えてしまった。

她因為太緊張了，而搞錯歌詞。

例　電車が遅れたせいで、大学の授業に遅刻してしまった。

因為電車誤點，到大學上課遲到了。

例　誰のせいでもない。

不是任何人的錯。

例　先生が嫌いなせいで学校も嫌いになってしまった。

因為討厭老師，變得也討厭學校。

文法篇

單字篇 あ行

單字篇 か行

單字篇 さ行

單字篇 た行

單字篇 な行

單字篇 は行

Track
038

～だけ / ～だけの

盡可能…

例句

食べ放題だから、好きなだけ食べていいよ。

因為是吃到飽，喜歡就盡量吃喔。

說明

　　過去學過「だけ」是表示限制「只有」的意思，這裡要再學習另一個「だけ」的用法，是表示特定的範圍，即「在…的範圍內，都…」。「～だけの」後面是加名詞。

畫重點

[動－辭書形] ＋だけ / だけの
[い形－い] ＋だけ / だけの
[な形－な] ＋だけ / だけの
(此句型だけ前面不使用名詞)

文法放大鏡

　　具有「盡可能」意思的「だけ」，常見的用法有「好きなだけ」(喜歡的都)「できるだけ」(盡可能)「ほしいだけ」(想要的都)…等。

應用練習

例 やれるだけのことは全部やった。後悔はない。

　　能做的事全都做了，不會後悔。

例 料理人になるためには、できるだけの努力をするつもりです。

　　為了成為廚師，打算盡所有的努力。

例 考えるだけ考えたが解決できなかった。

　　想盡了所有的方法但是無法解決。

例 ほしいだけゲームが買えたらどんなに幸せだろう。

　　如果可以把想買的遊戲全都買下來該有多幸福。

～だけでなく～も

不只…還…

例句

田中<ruby>田中<rt>たなか</rt></ruby>さんはピアノだけでなく、ギターも上手<ruby>上手<rt>じょうず</rt></ruby>です。

田中先生 (小姐) 不但很會彈鋼琴，吉他也彈得好。

說明

　　「だけ」是「只有」，否定形的「～だけでなく」就是「不只...」，後面的句子通常會用到「も」，表示「不只...，...也」「不只...還...」。「だけでなく」也可以說「だけではなく」「だけじゃなく」。

畫重點

[動 / い形 / な形 / 名－普通形] ＋だけでなく～も
[な形－な / である] ＋だけでなく～も
[名－○ / である] ＋だけでなく～も

文法放大鏡

　　「～だけでなく～も」的句型中，有時也會在前面加上「ただ」，加強表示「不光只有...，...也」。例如：「この製品<ruby>製品<rt>せいひん</rt></ruby>はただ安<ruby>安<rt>やす</rt></ruby>いだけでなく、クオリティも高<ruby>高<rt>たか</rt></ruby>いです。」(這個產品不只是便宜，品質也很好。)

應用練習

例 コナンは日本<ruby>日本<rt>にほん</rt></ruby>だけでなく、海外<ruby>海外<rt>かいがい</rt></ruby>でも人気<ruby>人気<rt>にんき</rt></ruby>のアニメです。

柯南不但在日本，在國外也是受歡迎的動畫。

例 地震<ruby>地震<rt>じしん</rt></ruby>のせいで、家<ruby>家<rt>いえ</rt></ruby>だけでなく、職場<ruby>職場<rt>しょくば</rt></ruby>も失<ruby>失<rt>うしな</rt></ruby>った。

因為地震，不但失去了房子也失去了工作。(失う：失去)

例 このレストランは魚<ruby>魚<rt>さかな</rt></ruby>だけじゃなく野菜<ruby>野菜<rt>やさい</rt></ruby>も新鮮<ruby>新鮮<rt>しんせん</rt></ruby>です。

這間餐廳不只是魚，蔬菜也很新鮮。

例 彼<ruby>彼<rt>かれ</rt></ruby>は英語<ruby>英語<rt>えいご</rt></ruby>を教<ruby>教<rt>おし</rt></ruby>えるだけでなく、通訳<ruby>通訳<rt>つうやく</rt></ruby>の仕事<ruby>仕事<rt>しごと</rt></ruby>もしています。

他不只教英語，還從事口譯工作。

文法篇

單字篇
あ行

單字篇
か行

單字篇
さ行

單字篇
た行

單字篇
な行

單字篇
は行

文法補給站

「だけ」的用法

說明

　　助詞「だけ」有許多不同的用法，到 N3 的程度學到的是限定、表示範圍等幾種不同的句型，在這裡做一個整理。

畫重點

(1) 表示限定：だけ

(2) 在範圍內盡可能：だけ、だけの

(3) 比限定的範圍還廣，不只是…還…：〜だけでなく〜も

應用練習

例 いちごを 1 つだけ食べた。

　　只吃了 1 顆草莓。(表示限定)

例 あの人にだけは負けたくない。

　　唯獨不想輸給那個人。(表示限定)

例 私 たちはできるだけ頑張った。

　　我們盡可能努力了。(在範圍內盡可能)

例 辛い時は、泣きたいだけ泣いてもいいよ。

　　覺得難受的時候，想哭就盡量哭沒關係。(在範圍內盡可能)

例 彼女は英語だけでなく、フランス語もできる。

　　她不只會英語還會法語。(不只…還…)

例 彼の曲はメロディーだけでなく、歌詞もとても美しい。

　　他的歌曲不只是旋律，歌詞也很優美。(不只…，…也)

例 彼女は授業に遅刻してきただけでなく、教科書も持ってこなかった。

　　她不但上課遲到，還沒帶課本來。(不只…還…)

たとえ～ても

就算…也；即便是…也

例句

たとえ忙しくても、毎日運動するようにしている。

就算很忙，也會每天運動。

說明

　　「たとえ」是副詞，通常用在假設或舉例，後面加上表示逆接的「ても／でも」，意思就是「假設有…的狀況，也…」。接續的形式上，動詞和い形容詞是用「ても」；名詞和な形容詞是用「でも」。

畫重點

たとえ [動－て形] ＋も
たとえ [い形－く] ＋ても
たとえ [な形－○] ＋でも / であっても
たとえ [名－○] ＋でも / であっても

応用練習

例 たとえみんなに反対されても、私は海外に行くつもりだ。

　　即使被大家反對，我也要去國外。

例 たとえ新しい家電が便利であっても高かったら買わない。

　　就算新家電很方便，太貴的話也不買。

例 たとえ有名でも観光客だらけのところには行きたくない。

　　就算是很有名，也不想去充滿觀光客的地方。

例 たとえどんな困難があっても、最後までやらなければならない。

　　不管遇到什麼困難，也一定要堅持到底。

例 たとえ冗談であっても、そんなひどいことを言うのはよくない。

　　就算是開玩笑，也不該說那種過分的話。

例 たとえ天気が悪くても行かなければならない。

　　就算天氣不好，也一定要去。

文法篇

單字篇
あ行

單字篇
か行

單字篇
さ行

單字篇
た行

單字篇
な行

單字篇
は行

Track
042

～たって / ～だって

就算…也

例句

お金<ruby>金<rt>かね</rt></ruby>がなくたって<ruby>楽<rt>たの</rt></ruby>しく<ruby>生<rt>い</rt></ruby>きていけます。

就算沒錢也能快樂生活。

說明

　「～たって / ～だって」意思是「就算...也...」，多用於發表評論、判斷。前面經常搭配「いくら」「たとえ」使用。

畫重點

[動－た形] ＋って
[い形－く] ＋たって
[な形－○] ＋だって
[名－○] ＋だって

文法放大鏡

　「～たって / ～だって」和「～ても / ～でも」都是用於前後句意思相反的情境，但「～たって / ～だって」較為口語。例如「<ruby>勉強<rt>べんきょう</rt></ruby>しても<ruby>合格<rt>ごうかく</rt></ruby>できない」也可以說「<ruby>勉強<rt>べんきょう</rt></ruby>したって<ruby>合格<rt>ごうかく</rt></ruby>できない」(就算用功也無法及格)。

應用練習

例 いくら<ruby>考<rt>かんが</rt></ruby>えたって、<ruby>答<rt>こた</rt></ruby>えがわからない。

再怎麼想也得不到答案。

例 たとえ<ruby>辛<rt>つら</rt></ruby>くたって<ruby>家族<rt>かぞく</rt></ruby>と<ruby>一緒<rt>いっしょ</rt></ruby>なら<ruby>進<rt>すす</rt></ruby>んでいける。

就算辛苦，只要和家人一起就能前進。

例 <ruby>作<rt>つく</rt></ruby>り<ruby>方<rt>かた</rt></ruby>が<ruby>簡単<rt>かんたん</rt></ruby>だって<ruby>誰<rt>だれ</rt></ruby>でもすぐにできるわけじゃない。

即使作法很簡單，也不是誰都做得到。

例 <ruby>今日<rt>きょう</rt></ruby>じゃなくたっていいよ。

就算不是今天也沒關係。

～だって

連…；都…

例句

そんなこと、子供だって知ってるよ。

那種事就算小孩也知道喔。

說明

　　「～だって」還有另一個意思是「連.../ 都...」。這個文法只限於使用名詞，疑問詞中的名詞也可以使用，例如：だれ、なに、どれ、どこ、どちら、いつ、いくつ、いくら...等。

畫重點

[名－○] ＋だって

文法放大鏡

　　這裡的「～だって」的意思是「也、都」，用法和「でも」一樣，例如「海外だって使えるよ」亦可以說「海外でも使えるよ。」(在國外也能使用)。

應用練習

例 わたしだって自由な時間がほしいです。

　　我也想要有自由的時間。

例 誰だって失敗することはある。

　　任誰都會失敗。

例 野菜が好きです。ピーマンだってにんじんだってなんだって食べます。

　　喜歡吃蔬菜。就算是青椒胡蘿蔔什麼也吃。

例 洗濯くらい私だってできるよ、任せて。

　　只是洗衣服，就算我也做得到。交給我吧。

文法篇

單字篇
あ行

單字篇
か行

單字篇
さ行

單字篇
た行

單字篇
な行

單字篇
は行

～たところ
…之後發現

例句

新しい包丁を使ってみたところ、思ったより使いやすかった。

試用了新的菜刀後，發現比預期的好用。

說明

用於說明新的發現或是出乎意料之外的事。

畫重點

[動－た形] ＋ところ

文法放大鏡

「～たところ」和「～たら」的意思一樣，例如「初めて唐揚げを作ったところ、とても簡単でびっくりした」(第一次做炸雞，出乎意料的簡單而嚇一跳)，也可以說「初めて唐揚げを作ったら、とても簡単でびっくりした」。

應用練習

例 学校に電話したところ、誰も出ませんでした。

打了電話去學校，但沒人接。

例 友達に誕生日プレゼントを送ったところ、住所を間違えたので届かなかった。

寄了生日禮物給朋友，但寫錯地址沒送達。

例 調べてみたところ、その本は図書館にありませんでした。

查詢了之後，圖書館沒有那本書。

例 課長にお願いしたところ、早速承諾のお返事をいただいた。

我向課長請求後，結果立刻得到他的同意。(承諾：同意)

～たとたん

— …就…

例句

席から立ち上がったとたん気分が悪くなった。

從位子上站起來的同時覺得不舒服。

說明

「とたん」(漢字是「途端」) 是副詞「立刻 / 馬上」的意思；動詞過去式的た形再加上「とたん」，是表示做了某個動作之後，馬上就發生後面的事情。「～たとたん」也可以加上表示時間點的「に」，成為「～たとたんに」。

畫重點

[動—た形] ＋とたん (に)

文法放大鏡

「～たとたん / ～たとたんに」後面接續的事件，通常都是非意志控制、預料之外的事情。

應用練習

例 両親の顔を見たとたんに涙が出た。

一見到雙親的臉就落淚。

例 外に出たとたんに雪が降ってきた。

一出門就下起了雪。

例 彼はボーナスをもらったとたんに無断欠勤しはじめた。

他一拿到獎金就開始曠職。(無断欠勤：曠職)

例 お弁当を開けたとたん、変なにおいがした。

一打開便當，就有股怪味。

例 座ったとたん、イスが壊れちゃった。

一坐下椅子就壞了。

文法篇

單字篇
あ行

單字篇
か行

單字篇
さ行

單字篇
た行

單字篇
な行

單字篇
は行

Track
046

文法補給站

「〜ばかり」「〜ところ」「〜とたん」的比較

說明

　　目前學過「〜ばかり」「〜ところ」「〜とたん」3 個副詞，都可以用來表示「動作完成後，馬上發生...」。使用時，前面已發生的動作都會用過去式「た形」來表示；這 3 個句型雖然都是「一...就...」的意思，但在使用上句義有些許不同。

畫重點

[動－た形]＋ばかり / ところ / とたん

(1)「A たばかり B」：A 動作後不一定馬上就發生 B，而是發話者在感受上覺得 B 發生期間短的話，就可以使用。

(2)「A たところ B」：A 動作之後馬上就發生 B，A 和 B 實際發生的時間必須是很接近的。此外 B 多半是出乎意料的發現。

(3)「A たとたん B」：A 動作之後立刻就發生 B，AB 幾乎同時發生，B 多半是意料之外、不能控制的事情。

應用練習

例 仕事から帰ったばかりだから、まだご飯を食べていない。

　才剛工作回來，還沒吃飯。

例 仕事から帰ったところだから、まだご飯を食べていない。

　才剛工作回來，還沒吃飯。

例 先週オープンしたばかりのモールに行きましょう。

　一起去上星期才開幕的購物中心吧。(只能用「ばかり」)

例 新しい掃除機を買ったばかりなのにもう壊れてる。

　新的吸塵器才剛買就壞了。(發話者覺得買來之後的時間還很短)

例 出かけようとしたところに、雨が降ってきた。

　正想出門的時候，就下雨了。(「に」「へ」「を」前面不可用ばかり)

例 疲れていたのでバスに乗ったとたん眠ってしまった。

　因為很累，一上巴士就睡了。(短時間，幾乎同時發生)

～たびに

毎次…都

例句

彼と会うたびに喧嘩をしてしまいます。

每次和他見面都會吵架。

說明

　　「～たびに」意思是「每次...都」「只要...就」的意思，這個句型是表示長期或經常性遇到某種條件就會發生的事。通常不會用來敘述理所當然的自然反應或現象。

畫重點

[動－辭書形] ＋たびに
[名－の] ＋たびに

應用練習

例 旅行のたびに写真を 1 冊にまとめています。

　　每次旅行都會把照片整理成冊。

例 国に帰るたびにこの調味料を買います。

　　每次回國都會買這個調味料。

例 この曲を聴くたびに昔を思い出す。

　　每次聽到這首歌就想起以前。

例 彼は出張のたびに必ず土産を買ってくる。

　　他每次去出差都會帶伴手禮回來。

例 このスカートは、洗濯するたびに、色が落ちます。

　　這件裙子，每次洗就會掉色。

例 親戚の子供は、会うたびにきれいになっている。

　　親戚的小孩，每次見面都變漂亮一些。

文法篇

單字篇
あ行

單字篇
か行

單字篇
さ行

單字篇
た行

單字篇
な行

單字篇
は行

～ために

因為…

例句

でんしゃ おく　　　　　　　　 めんせつ ま あ
電車が遅れたために、面接に間に合いませんでした。

因為電車誤點，沒趕上面試。

說明

　　「～ために」表示原因，意思和「ので」「から」相同。但是「ために」較為正式、文言。在使用時可以省略「に」。

畫重點

[動 / い形 / な形 / 名－普通形]＋ために

な形容詞、名詞的非過去肯定：[な形－な / 名－の]＋ために

文法放大鏡

> 　　除了表示原因的用法之外，初級文法裡也學過「ために」用來表示目的，像是「車を買うために朝から晩まで働く」(為了買車從早到晚工作)。

應用練習

例 かぜ つよ　　　　　　　 うんどうかい えんき
風が強かったために運動会は延期になりました。

因為風很強，所以運動會延期了。

例 　　　 ひま　　　　　　 へ や そうじ
とても暇だったため、部屋を掃除しました。

因為很閒，所以打掃了房間。

例 なま　　　 にがて　　　　　　 す し　　　　 た
生ものが苦手なために、お寿司はあまり食べません。

不喜歡生食，所以不太吃壽司。(生もの：生食)

例 こうじちゅう　　　　　　　　　　 くるま とお
工事中のため、ここから車は通れない。

因為正在施工，從這裡開始車輛無法通行。

例 みち こ　　　　　　　　　 かいぎ おく
道が混んでいるため、会議に遅れそうです。

因為路上車多，會議可能會遲到。

～だらけ

滿是…；都是…

例句

彼女の部屋はゴミだらけで驚いた。
かのじょ　へや　　　　　　　　　おどろ

被她的房間滿是垃圾嚇到。

說明

　「～だらけ」是表示相同的事物數量很多，「都是...」「滿是...」的意思。
經常用於表達較負面的情況。

畫重點

[名－○] ＋だらけ

應用練習

例 息子が駅の階段で転んじゃって、傷だらけで帰ってきた。
　むすこ　えき　かいだん　ころ　　　　　きず　　　　かえ

兒子在車站的樓梯跌倒，全身是傷的回來。

例 宿題が間違いだらけだったから、先生に怒られた。
　しゅくだい　まちが　　　　　　　　せんせい　おこ

因為功課一堆錯誤，所以被老師罵了。

例 泥だらけの靴で家に入らないで。
　どろ　　　　くつ　いえ　はい

不要穿著滿是污泥的鞋子進屋。

例 机がホコリだらけなのに、彼は全然掃除しない。
　つくえ　　　　　　　　　かれ　ぜんぜんそうじ

桌上都是灰塵，他卻完全不打掃。

例 課長の机の引き出しはゴミだらけだ。
　かちょう　つくえ　ひ　だ

課長的抽屜有好多垃圾。

例 新人時代はこの業界について知らないことだらけだった。
　しんじんじだい　　　　　　ぎょうかい　　　　　し

新人時期對這個業界有許多不懂的事。

文法篇

單字篇
あ行

單字篇
か行

單字篇
さ行

單字篇
た行

單字篇
な行

單字篇
は行

Track
050

～ついでに

…時順便

例句

しゅっきん だ
出勤のついでにゴミを出した。

上班的途中順便丟垃圾。

說明

　　「AついでにB」是趁著做A事時順便做B，A是主要想做的事，B是附帶的行為。「に」有時會被省略。

畫重點

[動－辭書形/た形]＋ついでに
[名－の]＋ついでに

應用練習

例　しゅっちょう　　　　　　かいがい　す　　　　　　とも　　　あ
　　出張のついでに、海外に住んでいる友だちに会ってきた。
　　去出差順便和住國外的朋友見了面。

例　　　　　　　　そうじ　　　　　　　　　　　いち　か
　　リビングを掃除するついで、ソファの位置も変えましょう。
　　打掃客廳時順便改變沙發的位置吧。

例　ちゃ　い　　　　　　　　　　　わたし　　　い
　　お茶を淹れるなら、ついでに私のも淹れてくれない。
　　如果要泡茶的話，可以順便沖我的嗎？

例　　　　　　たんご　いみ　しら　　　　　　　れいぶん　しら
　　ネットで単語の意味を調べるついでに、例文も調べておいた。
　　在網路上查單字的意思時，順便查了例句。

例　　　　　　　　　　　　　　か　　　　　　　　　　みっ　ちゅうもん
　　ほしいティーポットを買うついでに、カップも3つ注文した。
　　購買想要的茶壺時順便訂了3個茶杯。(ティーポット：茶壺)

例　じぶん　ひる　　　　　　か　　　　　　かのじょ　ぶん　か
　　自分の昼ごはんを買うついでに彼女の分も買ってあげた。
　　買自己的午餐時順便幫她買。

例　　　　　　　　　　　　　　か　　　　　　にもつ　だ
　　コンビニでドリンクを買うついでに、荷物も出した。
　　去便利商店買飲料，順便寄東西。

～っけ

是不是…來著

例句

午後（ごご）の会議（かいぎ）は、何時（なんじ）からだっけ。

下午的會議是幾點開始？

說明

「～っけ」用於發話者之前聽過、知道，但忘記或是想確認自己的記憶是否正確。

畫重點

[動 / い形 / な形 / 名－普通形] ＋っけ

文法放大鏡

「～っけ」也可以說「～でしたっけ」「～ましたっけ」。

應用練習

例 明日（あした）って、仕事（しごと）の締（し）め切（き）りだっけ。

明天是不是工作的截止日？

例 窓（まど）を閉（し）めたっけ。

窗戶關了嗎？

例 甘（あま）いものが嫌（きら）いだっけ。

是不是討厭甜食？

例 ９月（くがつ）ってこんなに暑（あつ）かったっけ。

９月有這麼熱嗎？（覺得今年特別熱所以產生疑問）

例 そうだ。今日（きょう）は田中（たなか）さんの誕生日（たんじょうび）だっけ。

對了，今天是不是田中先生 (小姐) 的生日？

文法篇

單字篇
あ行

單字篇
か行

單字篇
さ行

單字篇
た行

單字篇
な行

單字篇
は行

Track
052

〜つもりだ

以為…

例 句

メールの返信^{へんしん}をしたつもりだったが、送^{おく}れていなかった。

以為已經回電子郵件了，但 (實際上) 沒送出。

說明

　　初級文法學過「〜つもりだ」是「打算要...」，用來表示目標；「つもり」還有另一個意思「以為是...，但」，表示事與願違，結果事實和原本認知的不同；經常會用過去式「〜つもりだった」。

畫重點

[動−た形 / ている] ＋つもりだ
[い形 / な形 / 名−普通形] ＋つもりだ
な形容詞、名詞的非過去肯定：[な形−な / 名−の] ＋つもりだ

應用練習

例 テストの範囲^{はんい}を全^{すべ}て覚^{おぼ}えたつもりだったのですが、分^ぶからないところがたくさんありました。
覺得自己已經把考試範圍全記起來了，還是有很多不會的。

例 わたしは冗談^{じょうだん}のつもりだったけど、彼^{かれ}は本気^{ほんき}になってしまった。
我只是開玩笑，他卻認真了。

例 カバンの中^{なか}に入^いれたつもりなのに、かぎがない。
我以為已經放進包包了，但找不到鑰匙。

例 まだ元気^{げんき}なつもりだったが、歩^{ある}くとすぐ腰^{こし}が痛^{いた}くなってしまう。
覺得自己還很健康，但走一下就會腰痛。

例 自分^{じぶん}ではまだ若^{わか}いつもりだが、周^{まわ}りから見^みればもうおじさんかもしれない。
我覺得自己還很年輕，但在旁人眼中我說不定已經是大叔了。

～てからでないと

要是不…就

例句

ボタンを押してからでないと、ドアは開きません。

不按按鈕的話，門就不會開。

說明

　　「～てから」是先「做了…之後」的意思，「でないと」則是「不這樣就」，「～てからでないと」就是「不先…就會」。例如「ＡてからでないとＢ」是，不先做好Ａ的話，就會發生Ｂ。

畫重點

[動－て形] ＋からでないと

文法放大鏡

> 「～てからでないと」也可以說「～てからてなければ」。

應用練習

例 ちゃんと確かめてからでないと失敗するよ。

　　不好好確認的話會失敗喔。

例 妻に聞いてからでないと、決めることはできません。

　　不先問過老婆的話，就無法決定。

例 実際に見てからでないと、修理できるかどうかわかりません。

　　要是沒實際看過，就不知道能不能修理。

例 仕事を終わらせてからでないと、帰れません。

　　沒把工作完成的話，不能回去。

例 ビザを取ってからでなければ、その国に行けません。

　　沒取得簽證的話，就不能去那個國家。

文法篇

單字篇
あ行

單字篇
か行

單字篇
さ行

單字篇
た行

單字篇
な行

單字篇
は行

～てしかたがない / ～てしょうがない

…得不得了

例句

しごと　　　ひま
仕事が暇でしかたがない。

工作閒得不得了。

說明

「しかたがない」和「しょうがない」都是沒辦法的意思，「～てしか
たがない / ～てしょうがない」用於表示發話者無法克制的強烈情感，像是
喜愛得不得了、氣得受不了…等。

畫重點

[動－て形] ＋しかたがない / しょうがない

[い形－く] ＋てしかたがない / てしょうがない

[な形－で] ＋しかたがない / しょうがない

文法放大鏡

> 「～てしかたがない / ～てしょうがない」前面用な形容詞時，「て」
> 要改成「で」，成為「な形でしかたがない / な形でしょうがない」。

應用練習

例 この曲を聞く度に、涙が出てしかたがない。
きょく　き　　たび　　なみだ　で

每次聽到這首歌就忍不住落淚。

例 彼のことが気になってしょうがない。
かれ　　　　き

忍不住在意他的事。

例 孫がかわいくてしょうがない。
まご

覺得孫子可愛得不得了。

例 頑固な上司が嫌いでしかたがない。
がんこ　じょうし　きら

對頑固的上司討厭到不行。

例 予定があるため、会議中に時間が気になってしょうがない。
よてい　　　　　　　　かいぎちゅう　じかん　き

因為有事，開會中對時間在意得不得了。

～てたまらない

…得不得了

例句

新作^{しんさく}のゲームが欲^ほしくてたまらない。

對新遊戲想要得不得了。

說明

　「たまらない」是無法承受的意思，「～てたまらない」就是「…得不得了」，用來形容無法抑制的強烈情感。

畫重點

[動－て形] ＋たまらない

[い形－く] ＋てたまらない

[な形－で] ＋たまらない

文法放大鏡

　　「～てたまらない」和「～てしかたがない」「～てしょうがない」都是表達強烈情感「…得不得了」的意思。以字面上來看「～てたまらない」是「…得受不了」；而「～てしかたがない」「～てしょうがない」則是「…得沒辦法克制」。

應用練習

例 彼^{かれ}のわがままな態度^{たいど}にいらいらしてたまらない。

　　對他任性的態度感到非常煩燥。

例 首^{くび}が痛^{いた}くてたまらないので、湿布^{しっぷ}を貼^はった。

　　脖子痛得不得了，貼了痠痛貼布。

例 友人^{ゆうじん}が病気^{びょうき}だと聞^きいて心配^{しんぱい}でたまらない。

　　聽到朋友生病了，擔心得不得了。

例 風邪薬^{かぜぐすり}を飲^のんだせいで、眠^{ねむ}くてたまらない。

　　因為吃了感冒藥，想睡得不得了。

文法篇

單字篇
あ行

單字篇
か行

單字篇
さ行

單字篇
た行

單字篇
な行

單字篇
は行

～て済(す)む

以…解決

例句

これは謝(あやま)って済(す)む問題(もんだい)じゃない。

這不是道歉就能解決的問題。

説明

「済(す)む」是解決、結束的意思，「～て済(す)む」就是「以...解決」「以...處理」「...之後就能解決」的意思。

畫重點

[動－て形] ＋済(す)む
[い形－く] ＋て済(す)む
[な形－○] ＋で済(す)む
[名－○] ＋で済(す)む

應用練習

例 食事(しょくじ)の注文(ちゅうもん)もお支払(しはら)いもスマホひとつで済(す)むからとても便利(べんり)です。

點餐和結帳都可以用手機處理，十分方便。

例 車(くるま)の修理(しゅうり)にお金(かね)がかかると思(おも)ったけど5000円(ごせんえん)で済(す)んだ。

覺得修車要花不少錢，結果5000日圓就解決了。

例 昨夜(ゆうべ)地震(じしん)があったが、少(すこ)し揺(ゆ)れただけで済(す)んだのでよかった。

昨天雖然有地震，但還好只是稍微搖一下就結束。

例 明日(あした)は休(やす)みだから早起(はやお)きしなくて済(す)む。

明天是假日，所以可以不用早起。

例 駅(えき)から遠(とお)い場所(ばしょ)で暮(く)らせば、家賃(やちん)が安(やす)くて済(す)む。

如果住得離車站遠一點，就可以用便宜的租金解決。

例 朝食(ちょうしょく)は調理(ちょうり)が簡単(かんたん)で済(す)むものがいい。

早餐最好是能簡單烹煮就解決的。

～てはじめて

在…之後才

例句

けんこう うしな
健康を 失 ってはじめて、そのありがたさがわかる。

失去了健康才了解到它的珍貴。

說明

「はじめて」是副詞「初次」的意思，「～てはじめて」用來表示初次
經歷之後才認知或注意到的事情。

畫重點

[動－て形] ＋はじめて

應用練習

例 子供を産んではじめて親の大変さに気づいた。

生了孩子才發覺為人父母的辛苦。

例 一人暮らしをしてはじめて、生活するのにこんなにお金がかかるんだ
と分かった。

開始獨自生活，才知道生活很花錢。

例 大学院に行ってはじめて勉強の面白さを知った。

上了研究所才體會到學習的樂趣。

例 海外に行ってはじめてもっと英語を勉強したいと思った。

去了國外才開始想多學英語。

例 留学してはじめて自分の国について何も知らないことに気がついた。

留學之後才發覺對自己的國家一點也不了解。

例 入院してはじめて家族のありがたさがわかった。

住院了才知道家人的可貴。

文法篇

單字篇
あ行

單字篇
か行

單字篇
さ行

單字篇
た行

單字篇
な行

單字篇
は行

～ても構_{かま}わない

可以…

例句

店内_{てんない}で写真_{しゃしん}を撮_とっても構_{かま}いませんか。

可以在店裡拍照嗎？。

說明

「～ても構_{かま}わない」表示許可、同意或是讓步。「構_{かま}わない」是不介意、沒關係的意思。

畫重點

[動－て形] ＋も構_{かま}わない
[い形－く] ＋ても構_{かま}わない
[な形－○] ＋でも構_{かま}わない
[名－○] ＋でも構_{かま}わない

文法放大鏡

> 「～ても構_{かま}わない」和「～てもいい」「～ても問題_{もんだい}ない」的意思相同，例如「仕事_{しごと}が終_おわったら先_{さき}に帰_{かえ}っても構_{かま}わないよ」(工作做完可以先回去喔) 也可以說「仕事_{しごと}が終_おわったら先_{さき}に帰_{かえ}ってもいいよ」，但「～ても構_{かま}わない」的說法比較正式。

應用練習

例 今夜_{こんや}の飲_のみ会_{かい}は少_{すこ}しぐらい遅_{おく}れても構_{かま}わない。

今天的聚會晚點到也沒關係。

例 家賃_{やちん}が安_{やす}ければ建物_{たてもの}が古_{ふる}くても構_{かま}いません。

房租便宜的話，房子老舊也沒關係。

例 忙_{いそが}しいなら、無理_{むり}して来_こなくても構_{かま}いませんよ。

很忙的話，不用勉強過來也沒關係喔。

～といえば

提到…

例句

日本の春(にほん はる)といえばやはりお花見(はなみ)でしょう。

提到日本的春天，果然還是賞櫻吧。

說明

　　「～といえば」意思是「提到...，就想到」，用於表達提到主題時，立刻連想到的事物。這個事物通常是具代表性的，例如：「日本(にっぽん)の花(はな)といえば、やはり桜(さくら)でしょう」(提到日本的花，那就是櫻花吧)。

畫重點

[名－○]＋といえば

文法放大鏡

> 「～といえば」也可以說「～というと」「～といったら」。

應用練習

例 １２月(じゅうに がつ)といえばもうすぐクリスマスだね。

説到 12 月，馬上就是聖誕節了呢。

例 デートといえば、映画(えいが)かドライブがいい。

説到約會，看電影和開車兜風最好。

例 海外旅行(かいがいりょこう)といえば、ハワイが人気(にんき)です。

提到國外旅行，夏威夷很受歡迎。

例 夏(なつ)の行事(ぎょうじ)といえば、花火大会(はなびたいかい)です。

提到夏天的活動，就想到煙火大會。

例 世界(せかい)でよく食(た)べられているファーストフードといえば、やはりハンバーガーです。

説到世界最常吃的速食，就屬漢堡了。

文法篇

單字篇
あ行

單字篇
か行

單字篇
さ行

單字篇
た行

單字篇
な行

單字篇
は行

Track 060

～ということだ

據說…；就是…

例句

天気予報によると、明日は雨が降るということだ。

根據氣象預報，明天會下雨。

說明

「～ということだ」可用於表達聽聞到的事情 (傳聞)；也能用於對事物下結論時使用。

畫重點

[動 / い形 / な形 / 名－普通形] ＋ということだ

(な形容詞、名詞的非過去肯定可省略「だ」)

文法放大鏡

> 「～ということだ」用於表示傳聞或聽見的事，經常會與「によると」(參考第 109 頁) 一起使用。也可以說「～とのことだ」；意思和「～そうだ」「～と言っていた」相同，只是較為正式。而用於表示判斷或結論時，則是和「つまり～だ」「～という意味だ」意思相同。

應用練習

例 **SNS によると、犯人は捕まったということだ。**

據社群網路的資訊，犯人已經被逮捕了。(表示傳聞)

例 **ニュースによると、今年の夏はあまり暑くならないということです。**

據新聞報導，今年夏天不會太熱。(表示傳聞)

例 **来週来なくていいと言われた。つまりクビということだ。**

被說下星期不用來了。也就是被開除了。(表示結論)

例 **最近、ちょっと歩くと足が痛くなる。私も年を取ったということかな。**

最近稍微走一下腳就會痛。代表我也老了嗎。(表示結論)

例 **ここは「撮影禁止」。つまり「写真を撮ってはいけない」ということだ。**

這裡「禁止拍攝」。也就是「不能拍照」。(表示結論)

～というよりも

與其…

例句

この部屋（へや）は暖（あたた）かいというよりも暑（あつ）いくらいだ。

這房間與其說是溫暖不如說是熱。

說明

「～というよりも」也可以說「～というより」，這個句型用於前後兩者比較時，覺得後者比較恰當的情況，例如「A というよりも B」就是「與其說是 A，不如說 B」。

畫重點

[動 / い形 / な形 / 名－普通形] ＋というよりも

(な形容詞、名詞的非過去肯定可省略「だ」)

應用練習

例 私（わたし）は虫（むし）が嫌（きら）いというより怖（こわ）いと言（い）ったほうが合（あ）っていると思（おも）います。

與其說我討厭昆蟲不如說是害怕比較適合。(な形容詞的「だ」可以省略)

例 あの人（ひと）は俳優（はいゆう）というよりも、作家（さっか）として知（し）られている。

那個人比起演員的身分，作家身分更為人所知。(名詞的「だ」可以省略)

例 今（いま）はコーヒーというよりもお茶（ちゃ）が飲（の）みたい気分（きぶん）だ。

現在的心情比起咖啡更想喝茶。

例 大会（たいかい）に優勝（ゆうしょう）して、嬉（うれ）しいというより、ほっとした。

贏得大會優勝，比起開心更覺得鬆口氣。

例 この絵本（えほん）は、子供向（こどもむ）けというよりも大人向（おとなむ）けだね。

這個繪本，與其說適合小孩不如說適合大人。

例 あのゲームは人気（にんき）というより、ただ有名（ゆうめい）なだけです。

那個遊戲，與其說受歡迎，不如說只是有名而已。

文法篇

單字篇
あ行

單字篇
か行

單字篇
さ行

單字篇
た行

單字篇
な行

單字篇
は行

～といっても

雖然…

例 句

スペイン語が話せるといっても、挨拶ぐらいです。

雖然說會西班牙語，也只是會打招呼。

說 明

　　「～といっても」意思是「雖說是...但」，用於想法認知和實際不同的情形，屬於逆接的用法。

畫重點

[動 / い形 / な形 / 名－普通形] ＋といっても

(な形容詞、名詞的非過去肯定可省略「だ」)

應 用 練 習

例 名門大学に受かったといっても、2 回浪人したけどね。

雖然考上知名的大學，但也重考 2 年啊。(浪人：重考)

例 私 は IT 企業の社 長 といっても、社員は 3 人だけです。

我雖然是 IT 公司的社長，但也只有 3 個員工。(名詞的「だ」可以省略)

例 今日のテストは簡単だといっても、満点は取れなかった。

今天的考試雖然簡單，但也沒拿到滿分。

例 社 長 は厳しいといっても、大きい声で叱ったりはしない。

社長雖然嚴格，但也不會大聲責罵人。

例 ダイエットしているといっても、おやつをやめただけだよ。

雖然說在減肥，也只是戒掉零食啦。(おやつ：零食)

例 留 学 したことがあるといっても、冬休みの間だけです。

雖然留學過，其實也只有寒假期間。

～とおりに

照著…

例句

先生の言ったとおりにやってください。

請照老師所說的做。

說明

「～とおりに」是「照著...」「如同...」的意思，使用時可省略「に」。
名詞直接加とおり時可以念作「どおりに」。

畫重點

[動－辭書形／た形／ている／てある]＋とおりに
[名－の]＋とおりに
[名－○]＋どおりに

應用練習

例 説明書に書いてあるとおりに操作してもネットに繋がらない。

照著說明書操作但還是連不上網。(ネットに繋がる：連上網路)

例 矢印の方向どおりに進んでください。

請依照箭頭的方向前進。(矢印：箭頭)

例 私たちは予定しているとおりに出発した。

我們依照預定計畫出發了。

例 グーグルマップのとおりに行ったら、すぐに着きました。

照著 google map 走，馬上就到了。

例 私が思ったとおり、彼は会議に来なかった。

就如同我所想的，他沒來開會。

例 社長のおっしゃるとおりです。

社長所言甚是。

例 彼女はうわさどおりの美人だった。

她就如同傳聞是個美人。

文法篇

單字篇
あ行

單字篇
か行

單字篇
さ行

單字篇
た行

單字篇
な行

單字篇
は行

Track 064

～ところに
正當…的時候

例句

帰ろうとしていたところに、電話がかかってきた。

正想回去的時候，就有電話打來。

說明

「Aところに B」表示在進行 A 時，發生了 B 事。「に」是表示發生的時間點。例如「出かけようとしているところに配達員が来た」(正要出門時宅配員就來了)。

畫重點

[動ー辭書形] ＋ところに

[動ーた形] ＋ところに

[動ーている] ＋ところに

[い形ーい] ＋ところに

應用練習

例 私が音楽を聞いているところに、お客さんが来た。

我正在聽音樂時，有客人來了。

例 家に着いたところにちょうど荷物が届いた。

到家的時候剛好包裹送到了。

例 いいところに帰ってきたね。ちょうどクッキーが焼けたところなのよ。

回來得正剛好呢。剛好烤好餅乾了。

例 ちょうど散歩しに行こうと思っているところに、雨が降り始めた。

正想去散步的時候，就開始下雨了。

例 電車を降りたところに、傘を忘れたことに気づいた。

下了電車的時候發現忘了拿傘。

～ところへ

正當…的時候

例句

こっそりゲームをしているところへ両親が帰ってきた。

正當偷打電動的時候父母回來了。(こっそり：偷偷地)

說明

　　「へ」是表示移動方向的助詞，所以「～ところへ」後面通常是加移動動詞，如「行く」「来る」「入る」「通りかかる」等。

畫重點

[動－辭書形] ＋ところへ
[動－た形] ＋ところへ
[動－ている] ＋ところへ
[い形－い] ＋ところへ

文法放大鏡

　　和「～ところに」兩者意思相近，差異在於「に」著重時間點，「へ」著重方向。

應用練習

例 いいところへ来ましたね。今ちょうどいいお酒が手に入ったんです。一緒に飲みましょう。

你來得正好，我剛好有一瓶好酒，一起喝一杯吧？

例 財布を無くして困っているところへ家族が偶然通りかかった。

錢包不見了正煩惱的時候，家人恰巧經過。

例 集中して仕事しているところへ彼が急に入ってきた。

正集中精神工作時，他突然進來了。

例 授業が始まったところへ、校長先生が教室に入った。

正開始上課時，校長走進了教室。

文法篇

單字篇
あ行

單字篇
か行

單字篇
さ行

單字篇
た行

單字篇
な行

單字篇
は行

Track
066

～ところを

正當…的時候

例句

はんにん　　　　　　　　　　　　で　　　　　　　　　けいさつ　たいほ
犯人はコンビニを出たところを警察に逮捕された。

犯人從超商出來的時候被警察逮捕了。

說明

　　「を」是用來表示動作對象的助詞，「～ところを」意思是進行 A 時被 B。這個句型常用被動或使役的形式，像是被看見、被抓到...等。

畫重點

[動－辭書形] ＋ところを
[動－た形] ＋ところを
[動－ている] ＋ところを
[い形－い] ＋ところを

文法放大鏡

　　「～ところを」後面常會是用表示被動的句型或單字，像是「見られ
る」(被看見)「捕まる」(被抓到)「助けられる」(接受幫助)「見つかる」
(被發現) 等。

應用練習

おとこ　みせ　かね　ぬす　　　　　　　　　　　　　てんちょう　み
例　男 は店の金を盗もうとしているところを店 長に見つかった。

　　男子打算偷店內金錢時被店長發現。

かいがい　あぶ　　　　　　　　　　　　　　　だんせい　たす
例　海外で危ないところを知らない男性に助けてもらった。

　　在國外遇上危險時，得到陌生男性的幫助。

かいぎちゅう　いねむ　　　　　　　　　　　　かちょう　み
例　会議中に居眠りしているところを課長に見られた。

　　開會中打瞌睡的時候被課長看見了。

しごとちゅう　　　　　　かし　た　　　　　　　　　どうりょう　と
例　仕事中にこっそりお菓子を食べてるところを同 僚に撮られました。

　　工作中偷吃零食時被同事拍了下來。

～ところで

在…時

例句

彼女はワインを1杯飲んだところで、倒れてしまった。

她喝了1杯紅酒後，就倒下了。

説明

「で」是表示界限、極限的時間點。「Aところで B」意思是 A 動作變化或結束時，發生了 B。

畫重點

[動－た形] ＋ところで

文法放大鏡

　　「～ところで」除了用來表示界限極限的階段時間點，還可以用來開啟新話題。無論是和前面對話內容不同的新話題，或是從現在的話題中想到相關的事情要討論或比較時，都可以把「ところで」當單獨使用的接續詞使用，例如：「春がきたね。ところで、今年の春休みはどうするの。」(春天來了呢。對了，今年春假你有什麼打算？)

應用練習

例 選手が同点のゴールを決めたところで、試合終了の長い笛が鳴った。

球員踢進追平分後，比賽結束的哨音也響起。

例 全力で走って電車に乗ったところでドアが閉まった。

全力奔跑上了電車後車門就關上了。

例 企画書を完成したところで、彼は気を失った。

完成企劃書之後，他就昏過去了。

文法篇

單字篇
あ行

單字篇
か行

單字篇
さ行

單字篇
た行

單字篇
な行

單字篇
は行

～としたら

如果…；從…方面來考慮

例 句

もし、宝くじが当たったとしたら、何に使いますか。

要是中了樂透，要拿來做什麼？

說 明

「～としたら」用在假設發生了什麼事；後面經常會用判斷、推測或是疑問的句子。

畫重點

[動 / い形 / な形 / 名－普通形] ＋としたら

文法放大鏡

也可以用「～とすれば」的句型。

應用練習

例 歩いて行くとしたら、何時間かかるんでしょうか。

如果用走的去，會花幾小時呢？

例 海外旅行するとしたらどこがおすすめですか。

如果去國外旅遊的話，推薦哪個國家呢？

例 もし今日が人生最後の日だとしたら、何がしたいですか。

如果今天是人生最後一天，想做什麼？

例 海外で住むとしたらオーストラリアがいいですね。

如果住國外的話，會選擇澳洲。

例 毎日好きな時間に起きていいとしたら、何時に起きますか。

如果每天都能在想要的時間起床，你會幾點起來？

例 もし100％安全だとしたら、それは冒険ではない。

如果百分之百安全的話，就不叫冒險了。

～として

作為…；以…的立場；以…來說

例句

かのじょ けいざいがくしゃ ゆうめい
彼女は経済学者として有名だ。

她以經濟學家的身分聞名。

說明

「～として」用在表明身分、立場、資格等情況。

畫重點

[名－○]＋として

文法放大鏡

「～として」常會搭配「は」「も」等助詞使用，「～としては」(以...來說是)、「～としても」(也以...)。

應用練習

例 ことし かんごし はたら
今年から、看護師として働くことになった。

今年開始以護士的身分工作。

例 どうきゅうせい かぞく わたし かぞく ひとり あたた むか
同級生の家族は、私を家族の１人として温かく迎えてくれた。

同學的家人也把我當家中的一分子溫暖地接納我。

例 いま つか
今はタブレットをノートパソコンのかわりとして使っています。

現在把平板電腦當成筆電來使用。

例 さいきん かしゅ かつやく せいゆう ふ
最近は歌手としても活躍する声優が増えてきた。

最近身為歌手也很活躍的配音演員(聲優)增加了。

例 りょうりにん に ねんめ しっぱい
料理人としてはまだ２年目なので、失敗ばかりです。

身為廚師才第２年，老是犯錯。

例 かれ や いがい ほうほう
彼としては、辞める以外に方法がなかったのでしょう。

以他的立場來說，除了辭職沒有別的辦法了。

文法篇

單字篇
あ行

單字篇
か行

單字篇
さ行

單字篇
た行

單字篇
な行

單字篇
は行

Track
070

～途中で / ～途中に
…途中

例句

通勤の途中に、怪しい人がいた。

上班的途中，有個怪人。

說明

　　「～途中で / ～途中に」是「正當在…」「…途中」「…路上」的意思，表示動作或移動從開始到結束之間的路程中或時間點上發生的事。例如「授業の途中で停電になった」就是敘述正在上課的時候發生了停電。

畫重點

[動－辭書形] ＋途中で / 途中に
[動－ている] ＋途中で / 途中に
[名－の] ＋途中で / 途中に

文法放大鏡

> 　　要表示有什麼人或物的存在，會用「～途中に」。如果是敘述發生了什麼事件的時間點，「～途中で」「～途中に」都可以使用。

應用練習

例 授業の途中に質問があったら手を上げてください。

上課途中如果有問題的話請舉手。

例 映画を見ている途中に寝てしまった。

看電影的途中睡著了。

例 歩いている途中で急に気分が悪くなった。

走在路上途中突然覺得不舒服。

例 コンビニに行く途中、偶然同僚に会った。

去超商的途中，剛好遇到同事。（省略「に」）

～とともに
和…一起

例句

仲間<ruby>仲<rt>なか</rt>間<rt>ま</rt></ruby>とともに<ruby>練<rt>れん</rt>習<rt>しゅう</rt></ruby>を<ruby>頑<rt>がん</rt>張<rt>ば</rt></ruby>っている。

和夥伴一起努力練習。

說明

「ともに」漢字寫作「<ruby>共<rt>とも</rt></ruby>に」，是「一起」的意思；加上助詞「と」的「～とともに」則是「和…一起」，除了形容事物「一起」之外，也用來表示人或機關團體有共同成就或協助完成事物的關係。

畫重點

[名一〇] ＋とともに

文法放大鏡

> 和「<ruby>一<rt>いっ</rt>緒<rt>しょ</rt></ruby>に」的意思相同，但「～とともに」在使用上較為文言、正式。

應用練習

例 <ruby>大<rt>だい</rt>学<rt>がく</rt></ruby>の<ruby>同<rt>どう</rt>級<rt>きゅう</rt>生<rt>せい</rt></ruby>たちとともに、<ruby>会<rt>かい</rt>社<rt>しゃ</rt></ruby>を<ruby>作<rt>つく</rt></ruby>ろうと<ruby>思<rt>おも</rt></ruby>っています。

想和大學同學們一起成立公司。

例 <ruby>彼<rt>かれ</rt></ruby>はリストラされて、<ruby>実<rt>じっ</rt>家<rt>か</rt></ruby>で<ruby>両<rt>りょう</rt>親<rt>しん</rt></ruby>とともに<ruby>暮<rt>く</rt></ruby>らしている。

他被裁員之後，回老家和雙親一起生活。

例 <ruby>転<rt>てん</rt>勤<rt>きん</rt></ruby>が<ruby>決<rt>き</rt></ruby>まったので、<ruby>家<rt>か</rt>族<rt>ぞく</rt></ruby>とともに<ruby>引<rt>ひっ</rt>越<rt>こ</rt></ruby>すことになった。

因為確定要調職了，所以要和家人一起搬家。

例 <ruby>彼<rt>かの</rt>女<rt>じょ</rt></ruby>とともに<ruby>幸<rt>しあわ</rt></ruby>せな<ruby>人<rt>じん</rt>生<rt>せい</rt></ruby>を<ruby>送<rt>おく</rt></ruby>りたいと<ruby>思<rt>おも</rt></ruby>います。

想和她一起過幸福的人生。

例 <ruby>返<rt>へん</rt>事<rt>じ</rt></ruby>のメールとともに<ruby>申<rt>もうし</rt>込<rt>こみ</rt>書<rt>しょ</rt></ruby>をお<ruby>送<rt>おく</rt></ruby>りしました。

隨著回信的郵件附上了申請書。

文法篇

單字篇
あ行

單字篇
か行

單字篇
さ行

單字篇
た行

單字篇
な行

單字篇
は行

～とのことだ

聽說…；據說…

例句

ぶちょう じゅうたい かいぎ おく
部長は渋滞で会議に遅れるとのことだ。

據說部長因為塞車，開會會遲到。

說明

「～とのことだ」是表示聽到的情報、傳聞。和「～そうだ」「～と言っていた」「～と聞いた」的意思相同，但是「～とのことだ」較正式文言。

畫重點

[動 / い形 / な形 / 名－普通形] ＋とのことだ

(な形容詞、名詞的非過去肯定可省略「だ」)

文法放大鏡

> 前面學過「～ということだ」具有表示傳聞的意思，和「～とのことだ」的意思相同，兩者可以換句話說。

應用練習

じしん えいきょう みせ えいぎょう
例 地震の影響によって、お店はしばらく営業できないとのことだ。

據說因為地震的影響，店鋪暫時無法營業。

はんにん けいさつ つか
例 ニュースによると、犯人が警察に捕まったとのことだ。

根據新聞，犯人已經被警察抓到了。

かぞく れんらく げんき あんしん
例 家族に連絡すると、元気とのことで安心しました。

和家人聯絡後，據說都很健康就安心了。

あした あつい
例 明日はとても暑いとのことだ。

據說明天會非常熱。

きんようび はんがく
例 金曜日はたまごが半額とのことよ。

星期五雞蛋半價喔。

〜とは限（かぎ）らない

不見得…；未必…

例句

ネットで見（み）た情報（じょうほう）は正（ただ）しいとは限（かぎ）らない。

在網路上看到的情報未必是正確的。

說明

「限（かぎ）る」是「限制、限於」的意思，「〜とは限（かぎ）らない」就是「不限於...」，引申為「不見得、未必」；用於表達「人事物在一般的認知之外，也會有例外」的情況。

畫重點

[動 / い形 / な形 / 名－普通形] ＋とは限（かぎ）らない

(な形容詞、名詞的非過去肯定可省略「だ」)

文法放大鏡

「〜とは限（かぎ）らない」經常和「〜からといって」搭配使用。而常和「〜とは限（かぎ）らない」一起使用的詞彙有：いつも、全部（ぜんぶ）、誰（だれ）でも、みんな、どんな時（とき）も、どこでも...等。

應用練習

例 英語（えいご）が話（はな）せるからといって、通訳（つうやく）ができるとは限（かぎ）りません。

即使會說英語，也未必會口譯。

例 人気（にんき）のドラマだからといって、面白（おもしろ）いとは限（かぎ）らない。

即使是熱門的連續劇，也未必有趣。

例 自分（じぶん）の幸（しあわ）せが相手（あいて）の幸（しあわ）せとは限（かぎ）らない。

自己的幸福並非就是對方的幸福。(「幸せ」後面省略「だ」)

例 会社（かいしゃ）の社長（しゃちょう）がみんなお金持（かねも）ちとは限（かぎ）らない。

公司的老闆未必都是有錢人。(「お金持ち」後面省略「だ」)

文法篇

單字篇 あ行

單字篇 か行

單字篇 さ行

單字篇 た行

單字篇 な行

單字篇 は行

～とみえる
看來…

例句

道が濡れている。さっき雨が降ったとみえる。

道路是濕的，看來剛才下過雨。

說明

「～とみえる」是表示根據狀況、情報等做出的推測。

畫重點

[動 / い形 / な形 / 名－普通形] ＋とみえる

文法放大鏡

> 和「～らしい / ～ようだ」的意思相同。

應用練習

例 兄は朝から機嫌がいい。何かいいことがあったとみえる。

哥哥從早上心情就很好。看來是有什麼好事發生。

例 彼の論文を読んだ感じでは、研究にかなり頑張ったとみえる。

從他的論文讀起來的感覺，對研究應該是相當努力。

例 あの人は車を 4 台も持っているとは、相当なお金持ちだとみえる。

從那人有 4 台車看來，應該相當有錢。

例 彼は毎日終電で帰る。仕事がとても忙しいとみえる。

他每天都坐最後一班電車回家。看來工作很忙。

例 彼はにんじんを全く食べていない。にんじんが苦手だとみえる。

他完全沒吃紅蘿蔔，應該是不喜歡。

例 彼女は簡単な質問にさえ答えられないようです。準備をしていなかったとみえます。

她似乎連簡單的問題都答不出來。看來沒有準備。

～など / ～なんて / ～なんか (1)
…之類的

例 句

お菓子はチョコレートなんか好きで、よく買います。

喜歡巧克力之類的甜點，常常買。

説 明

　　「など / なんて / なんか」是「之類」的意思，用在舉例、列舉事物的時候。「など」使用上較正式，「なんて / なんか」則比較口語。此外，如果是多項事物中列舉一部分來陳述時，通常用「など / なんか」而不會用「なんて」。

畫重點

[名－○] ＋など / なんて / なんか

文法放大鏡

　　要舉例提供可行的提案給對方時，通常會搭配表示建議的字句，如:「いかがでしょうか」「どうでしょう」「おすすめです」。

應 用 練 習

例 おいしいお肉やお魚などはこのレストランで食べることができます。

在這間餐廳可以吃到好吃的肉和魚之類。

例 テストも近いし、テレビなんか見ている暇はない。

考試快到了，沒時間看電視什麼的。

例 プレゼントにこちらのバッグなんていかがでしょう。

這邊的包包之類的當禮物怎麼樣？(「なんて」通常用在舉例表示建議，且後面不能加助詞)

例 コンビニに寄って、お茶とかお菓子なんかを買ってから帰りましょう。

繞道去超商，買些茶和零食之類的回去吧。(列舉事物的其中一部分陳述時，通常用「など / なんか」而不用「なんて」)

文法篇

單字篇
あ行

單字篇
か行

單字篇
さ行

單字篇
た行

單字篇
な行

單字篇
は行

Track
076

～など / ～なんて / ～なんか (2)

…之類；連…都

例句

占いなんて大嫌いだ。
うらな　　　　　　　だいきら

非常討厭算命什麼的。

說明

　　「など / なんて / なんか」還有表示輕視、驚訝的用法，意思是「像…什麼的都」「連…之流也」。輕視的說法用在自己身上，通常是表示自謙。

畫重點

[名－○] ＋など / なんて / なんか

文法放大鏡

> 　　「なんか」和「くらい」都有表示輕視的用法，但「くらい」是表示「程度」，可以接在名詞和動詞之後；「なんか」則是只接在名詞後面。

應用練習

例　ひらがななんか2、3時間で覚えられるよ。
　　　　　　　　　　　に　さんじかん　おぼ

　　平假名之類的，2、3小時就能記起來。(輕視)

例　結婚なんて、私にとっては意味のないものだ。
　　けっこん　　　　わたし　　　　　　　い み

　　結婚什麼的，對我來說是無意義的事。(輕視)

例　まさか彼女が犯人なんて…。
　　　　かのじょ はんにん

　　沒想到她竟然是犯人。(驚訝)

例　彼なんか月に10万円もお小遣いをもらってるんだよ。
　　かれ　　　つき じゅう まんえん　　こづか

　　他一個月竟然有10萬日圓零用錢。(驚訝)

例　私など、まだまだリーダーになるには早すぎますよ。
　　わたし　　　　　　　　　　　　　　　　はや

　　我這種程度，要當領導者還太早了啦。(自謙)

例　先輩に比べたら私なんか全然だめだ。
　　せんぱい くら　　わたし　　ぜんぜん

　　和前輩相比，我根本還不行。(自謙)

～において

在…方面

例句

次の大会はフランスにおいて行われる。

下一次的大會在法國舉行。

説明

　　「～において」用來表示狀況或領域，像是在...地點；在...時候；在...方面；在...情況。後面是接名詞時，會用「～における」＋名詞。

畫重點

[名－○] ＋において

文法放大鏡

　　「～において」的意思和表示場合領域的「で」相同，但「～において」較為正式，多半用在書面文章之中。

應用練習

例 留学において一番大切なのは、いろんな人と話すということだ。

關於留學，最重要的就是和各種人對話。

例 海外において日本食レストランが増えている。

在海外的日式料理餐廳正在增加。

例 動物の知識において、彼より詳しい人はいない。

在動物知識這方面，沒人比他清楚。

例 彼はスポーツにおいては自信がある。

他在運動方面很有自信。

例 これまでの人生における一番の挑戦は何ですか。

人生至今最大的挑戰是什麼？

例 館内における写真撮影はご遠慮ください。

請勿在館內拍照攝影。

文法篇

單字篇
あ行

單字篇
か行

單字篇
さ行

單字篇
た行

單字篇
な行

單字篇
は行

～から～にかけて

從…到…

例句

こんばん　　あした　　　　　　　つよ　あめ　ふ
今晩から明日にかけて強い雨が降るようです。

從今晚到明天好像會有強降雨。

說明

　　「～から～にかけて」意思是「從...到...」用來表示事物發生的範圍，通常用在敘述比較廣泛、籠統的範圍，沒有明確的界線。

畫重點

[名 1 －○] ＋から [名 2 －○] ＋にかけて

文法放大鏡

> 　　「～から～まで」也是「從...到...」的意思，敘述比較明確有界線的範圍；「～から～にかけて」敘述的範圍比較廣泛，界線籠統不明確。

應用練習

例 ケイトウは夏から秋にかけて長く咲く花です。

　　雞冠花是從夏天到秋天，花期很長的花。(ケイトウ：雞冠花)

例 毎朝 6 時から 8 時にかけて、電車が混む。

　　每天早上 6 到 8 點，電車都很擁擠。

例 この台風の影響で東北から北海道にかけて大雨となりました。

　　因為這個颱風的影響，從東北到北海道都下大雨。

例 今回の大雨で九州から四国にかけて被害が出ています。

　　這次的大雨，從九州到四國都出現災情。

例 福袋を 12 月 26 日から年始にかけて販売します。

　　從 12 月 26 日到年初販賣福袋。

～にかけては

在…領域

例句

先生はパソコンにかけては誰よりも詳しい。

在電腦相關領域，老師比誰都了解。

說明

「～にかけては」原本是表示時間空間的範圍，引申為「在…領域」，用於表達在某方面的技術或能力。

畫重點

[動－辭書形] ＋ことにかけては

[名－○] ＋にかけては

文法放大鏡

「～にかけては」多用在稱讚他人的技術或知識，後面接正面評價。

應用練習

例 守備にかけてはあの選手がチームで一番です。

關於守備，那位選手是隊上最好的。

例 映画の知識にかけては誰にも負けない。

關於電影的知識，不輸給任何人。

例 料理は下手ですが、片付けることにかけては自信がある。

雖然不擅長做菜，但關於整理收拾我有信心。

例 仕事の速さにかけては彼の右に出る人はいない。

他在工作速度方面，無人能出其右。

例 バレーボールにかけては、彼に勝てる選手はいない。

在排球方面，沒有其他選手能勝過他。

文法篇

單字篇
あ行

單字篇
か行

單字篇
さ行

單字篇
た行

單字篇
な行

單字篇
は行

〜にかわって

代替…；代理…

例句

社長にかわって部長が会議に出席した。

部長代替社長出席會議。

說明

「かわる」漢字寫作「代わる」，即代替、替換的意思，「〜にかわって」就是代替、代理的意思。

畫重點

[名－○] ＋にかわって

文法放大鏡

前面學過「〜かわりに」和名詞一起使用的時候也是「代替...」的意思，就和「〜にかわって」相同。如「母のかわりにわたしが家事をした」和「母にかわってわたしが家事をした」是相同的意思。

應用練習

例 電話にかわって、通話アプリやメールなどを使って連絡をする人が増えてきた。

取代電話，用通信軟體或電子郵件來聯絡的人增加了。

例 本人にかわってお詫び申し上げます。

代替他本人向您道歉。

例 忙しい両親にかわって、私がゴミを出した。

我代替忙碌的雙親倒了垃圾。

例 先輩にかわって私がスピーチをした。

我代替前輩發表演說。

例 英語のできない同僚にかわって彼がメールを返信した。

他代替不會英語的同事回覆了郵件。

～に関して

関於…

例句

あの企画に関して、みんなの意見を聞いてみたい。

關於那個企劃，想聽聽大家的意見。

説明

「関する」是「關於」，「～に関して」就是「關於...」，表示在某個領域或是範圍的情況。接名詞時用「～に関する / ～に関しての」＋ 名詞。

畫重點

[名－○] ＋に関して

文法放大鏡

和「～について」的意思相同，都是表示對象範圍，但是「～に関して」比較文言，通常使用在書面等較正式的場合。

應用練習

例 事故の原因に関して、ただいま調査中です。

　　關於意外發生的原因，現正調查中。

例 授業の内容に関してわからないことがあれば、手を上げてください。

　　關於上課的內容如果有不懂的，請舉手。

例 大学院で日本の歴史に関して研究しています。

　　在研究所進行關於日本歷史的研究。

例 田中さんはスポーツに関してもファッションに関しても熱心な人です。

　　田中先生 (小姐) 不管是對於體育還是時尚都很熱衷。

例 社員旅行に関するメールを送りましたので、見てください。

　　員工旅遊相關事項以電子郵件寄出了，請看郵件。(後面接名詞用関する)

例 詳しい使い方に関しては説明書をお読みください。

　　詳細使用方法請閱讀說明書。

文法篇

單字篇
あ行

單字篇
か行

單字篇
さ行

單字篇
た行

單字篇
な行

單字篇
は行

Track
082

～に決まっている

絕對…

例句

宇宙人と話したなんて嘘に決まっているよ。

和外星人說過話什麼的一定是騙人的啦。

說明

「～に決まっている」是「絕對...」「一定...」的意思，用在發話者表達堅決強烈的看法或意見的的情況。也可以說「～に決まってる」。

畫重點

[動 / い形 / な形 / 名－普通形] ＋に決まっている

(な形容詞、名詞的非過去肯定不加「だ」)

文法放大鏡

> 和「きっと～だ」(一定是...)「絶対に～だ」(絕對是...) 意思相同。

應用練習

例 5時までにこの仕事を終わらせるなんて無理に決まっている。

5 點前完成這個工作一定不可能。

例 新鮮な食材で作った料理だからきっとおいしいに決まっている。

因為是用新鮮食材做的料理，肯定很好吃。

例 選手として、目標は優勝に決まっている

身為選手，目標一定是優勝。

例 真面目な田中さんが休みなんて。きっと何かあったに決まっている。

認真的田中先生 (小姐) 竟然會請假。一定發生了什麼事情。

例 働くなら、給料が高い会社がいいに決まってる。

如果是工作的話，當然是薪水高的公司比較好。

〜に比べて

比起…

例句

以前に比べて、この村は賑やかになった。

和以前相比，這個村子變得熱鬧了。

說明

「〜に比べて」是「和...比起來」「比起...」的意思，用在比較事物。
也可以說「〜に比べると」

畫重點

[名－○] ＋に比べて

文法放大鏡

「〜に比べて」的意思和初級文法學過的「〜より」相同，兩者可以
互換使用。

應用練習

例 前回のテストに比べて、今回はちょっと難しかったと思います。

和上次考試相比，覺得這次比較難一點。

例 この掃除機はほかのものに比べて高いけど、性能がよくて使いやすい
です。

這台吸塵器和其他相比雖然貴，但功能好，用起來方便。

例 昨日に比べて、今日は忙しかった。

和昨天相比，今天很忙。

例 この冬の寒さは去年に比べてだいぶましだ。

這個冬天寒冷的程度比起去年好多了。(まし：較好的)

例 若いときに比べて、反応が遅くなってきた。

和年輕時相比，反應越來越慢了。

文法篇

單字篇
あ行

單字篇
か行

單字篇
さ行

單字篇
た行

單字篇
な行

單字篇
は行

Track 084

～にしたがって

隨著…

例句

あき
秋になるにしたがって、夜の時間が長くなってきた。
よる じかん なが

隨著秋天到來，夜晚的時間變長了。

說明

　　「～にしたがって」是「隨著...」的意思，是用來表示變化的句型。「A
にしたがって B」意思是隨著 A 的變化，B 也產生了改變。書寫文章或是較
文言的用法，常會用「連用中止」(第 135 頁) 的形式，把「～にしたがって」
寫作「～にしたがい」。

畫重點

[動－辭書形] ＋にしたがって
[名－○] ＋にしたがって

文法放大鏡

> 　　「にしたがって」和「につれて」(請參考第 100 頁)「とともに」(請
> 參考第 81 頁) 都是用於兩件事物，後者隨前者變化的情形。

應用練習

例 インターネットの普及にしたがって、生活は便利になった。
ふきゅう せいかつ べんり

　　隨著網路普及，生活也變方便了。

例 結婚式が近づくにしたがい、緊張で眠れない日が続いている。
けっこんしき ちか きんちょう ねむ ひ つづ

　　隨著婚禮逼近，持續著因緊張而失眠的日子。

例 時間が経つにしたがって、傷跡はだんだん目立たなくなります。
じかん た きずあと めだ

　　隨著時間經過，傷痕會漸漸不明顯。(目立つ：顯眼)

例 大人になるにしたがって世の中はそんなに簡単ではないことを学んだ。
おとな よ なか かんたん まな

　　隨著長大成人，學到了社會不是那麼簡單。(世の中：社會)

～にしても～にしても
…也是…也是；不管是…還是…

例句

結果がいいにしても悪いにしても、私は後悔しない。

不管結果是好是壞，我都不後悔。

說明

　　「～にしても」是「即使...也」的意思。「～にしても～にしても」就是「無論...也好...也好，都」「不管是...還是...，都」，舉出對立或是同類的事物，表示「無論哪個都...」的意思。和「～でも～でも」意思相同。

畫重點

[動－普通形] ＋にしても＋ [動－普通形] ＋にしても
[い形－普通形] ＋にしても＋ [い形－普通形] ＋にしても
[な形－普通形] ＋にしても＋ [な形－普通形] ＋にしても
[名－普通形] ＋にしても＋ [名－普通形] ＋にしても
(な形容詞、名詞的非過去肯定省略「だ」，也可以用「な形 / 名 - である」)

應用練習

例 テニスにしてもゴルフにしても、プロの選手になるには努力が必要だ。

不管是網球還是高爾夫，要成為職業選手都需要努力。

例 晴れにしても雨にしても、彼女は毎日ウォーキングをしている。

不管是晴天還是雨天，她每天都去健走。

例 高いにしても、安いにしても、仕事に必要なものなら買うしかない。

不管是貴還是便宜，是工作需要的東西都要買。

例 旅行に行くにしても家で過ごすにしても、家族と一緒にいたい。

不管是旅行還是在家，都想和家人一起。

例 好きにしても嫌いにしてもみんながあの政治家の名前を知っている。

不管是喜歡還是討厭，大家都知道那位政治家的名字。

文法篇

單字篇
あ行

單字篇
か行

單字篇
さ行

單字篇
た行

單字篇
な行

單字篇
は行

～に対して (1)

對於…；對…

例句

マスコミの質問に対して、彼は何も答えなかった。

對於媒體的詢問，他什麼都沒回答。

說明

　　「～に対して」是「對於...」的意思，用於表示動作的對象，通常是用名詞。

畫重點

[名－○] ＋に対して

文法放大鏡

> 　　「～に対して」後面可以接助詞變成「～に対しては」或「～に対しても」。若是要用來修飾名詞，則是用「～に対する」＋ 名詞。

應用練習

例 心理学に対して非常に興味を持っている。

對心理學很有興趣。

例 何に対してもやる気が出ない。

不管對什麼都提不起勁。

例 自分の話したことに対して責任を持たなければなりません。

對自己說過的話必須負責。

例 お年寄りに対してはもう少し丁寧な言葉を使いましょう。

對老人家說話要有禮貌一些。(お年寄り：老人)

例 親に対してそういう態度はよくないよ。

用那種態度對父母不好喔。

例 若い人の選挙に対する意見を聞きたい。

想聽年輕人對選舉的看法。

～に対<small>たい</small>して (2)

相對於…

例句

厳<small>きび</small>しい母<small>はは</small>に対<small>たい</small>して、父<small>ちち</small>は優<small>やさ</small>しい。

相對於嚴格的母親，父親很溫和。

說明

「～に対<small>たい</small>して」除了可以用來表示對象，還可以用在比較的情況；通常用於比較相反的事物，表示「相對於...」，強調兩者完全不同。

畫重點

[動 / い形 / な形 / 名－普通形] ＋のに対<small>たい</small>して
な形容詞的非過去肯定：[な形－な / である] ＋のに対<small>たい</small>して
名詞的非過去肯定：[名－○ / であるの] ＋に対<small>たい</small>して

應用練習

例 姉<small>あね</small>は髪<small>かみ</small>が長<small>なが</small>いのに対<small>たい</small>して、妹<small>いもうと</small>は髪<small>かみ</small>が短<small>みじか</small>い。

相對於姊姊是長髮，妹妹是短髮。

例 海<small>うみ</small>が好<small>す</small>きな彼<small>かれ</small>に対<small>たい</small>して、私<small>わたし</small>は山登<small>やまのぼ</small>りが好<small>す</small>きだ。

相對於喜歡海洋的他，我喜歡爬山。

例 日本<small>にほん</small>は今寒<small>いまさむ</small>いのに対<small>たい</small>して、オーストラリアは暖<small>あたた</small>かい。

相對於現在日本很冷，澳洲現在很溫暖。

例 去年<small>きょねん</small>の夏<small>なつ</small>は暑<small>あつ</small>かったのに対<small>たい</small>して、今年<small>ことし</small>はとても過<small>す</small>ごしやすい。

相對於去年夏天的炎熱，今年夏天非常舒適。

例 彼女<small>かのじょ</small>の無関心<small>むかんしん</small>の態度<small>たいど</small>に対<small>たい</small>して、彼<small>かれ</small>は積極的<small>せっきょくてき</small>に行動<small>こうどう</small>しました。

相對於她漠不關心的態度，他則是非常積極行動。(無関心：漠不關心)

例 息子<small>むすこ</small>は水泳<small>すいえい</small>が得意<small>とくい</small>であるのに対<small>たい</small>して、娘<small>むすめ</small>はカナヅチです。

相對兒子擅長游泳，女兒則是旱鴨子。(カナヅチ：旱鴨子)

文法篇

單字篇 あ行

單字篇 か行

單字篇 さ行

單字篇 た行

單字篇 な行

單字篇 は行

Track 087

Track 088

～に違<ruby>違<rt>ちが</rt></ruby>いない

一定是…；必定是…

あの<ruby>人<rt>ひと</rt></ruby>が<ruby>犯人<rt>はんにん</rt></ruby>に<ruby>違<rt>ちが</rt></ruby>いない。

那個人一定是犯人。

說明

「～に<ruby>違<rt>ちが</rt></ruby>いない」意思是「一定...」「肯定是...」，用在發話者非常確信有十足把握的情況。

畫重點

[動 / い形 / な形 / 名－普通形] ＋に<ruby>違<rt>ちが</rt></ruby>いない

な形容詞的非過去肯定：[な形－○ / である] ＋に<ruby>違<rt>ちが</rt></ruby>いない

名詞的非過去肯定：[名－○ / である] ＋に<ruby>違<rt>ちが</rt></ruby>いない

文法放大鏡

和「きっと～と<ruby>思<rt>おも</rt></ruby>う」「～に<ruby>決<rt>き</rt></ruby>まっている」的意思相同。

應 用 練 習

例 <ruby>彼<rt>かれ</rt></ruby>はそれをしたに<ruby>違<rt>ちが</rt></ruby>いない。

一定是他做的。

例 <ruby>毎日残業<rt>まいにちざんぎょう</rt></ruby>し<ruby>続<rt>つづ</rt></ruby>けて、<ruby>彼<rt>かれ</rt></ruby>は<ruby>疲<rt>つか</rt></ruby>れているに<ruby>違<rt>ちが</rt></ruby>いない。

每天都加班，他一定很累。

例 <ruby>私<rt>わたし</rt></ruby>でも<ruby>名前<rt>なまえ</rt></ruby>を<ruby>聞<rt>き</rt></ruby>いたことがあるくらいだから、あの<ruby>歌手<rt>かしゅ</rt></ruby>は<ruby>有名<rt>ゆうめい</rt></ruby>であるに<ruby>違<rt>ちが</rt></ruby>いない。

連我都聽過名字，那位歌手一定很有名。

例 <ruby>彼<rt>かれ</rt></ruby>は<ruby>業界<rt>ぎょうかい</rt></ruby>で 10 <ruby>年<rt>ねん</rt></ruby>も<ruby>働<rt>はたら</rt></ruby>いたから、きっとベテランであるに<ruby>違<rt>ちが</rt></ruby>いない。

他在業界工作了 10 年，一定是老手。

例 <ruby>社員<rt>しゃいん</rt></ruby>を<ruby>大切<rt>たいせつ</rt></ruby>にしてくれる<ruby>会社<rt>かいしゃ</rt></ruby>は<ruby>働<rt>はたら</rt></ruby>きやすいに<ruby>違<rt>ちが</rt></ruby>いない。

珍惜員工的公司，一定很適合工作。

～について

関於…

例句

この件<ruby>件<rt>けん</rt></ruby>について<ruby>質問<rt>しつもん</rt></ruby>はありませんか。

關於這件事有問題嗎？

説明

　「～について」是「關於...」，用於表示聽、說、讀、寫、思考、調查...
等行為動作的對象。「について」也可以用「につき」「についても」等形式。
後面接名詞時則是「についての + 名詞」。

畫重點

[名－○] ＋について

文法放大鏡

> 　「～について」和「～に<ruby>関<rt>かん</rt></ruby>して」意思是相同的，差別在於「～に関
> して」較為文言，通常用在正式場合。

應用練習

例 <ruby>日本<rt>にほん</rt></ruby>の<ruby>文化<rt>ぶんか</rt></ruby>についてどんなことが<ruby>知<rt>し</rt></ruby>りたいですか。

　關於日本文化想知道什麼？

例 <ruby>今<rt>いま</rt></ruby>、イギリスの<ruby>観光<rt>かんこう</rt></ruby>スポットについて<ruby>調<rt>しら</rt></ruby>べています。

　現在正在查關於英國的觀光景點。

例 <ruby>彼<rt>かれ</rt></ruby>はマーケティングについての<ruby>講演<rt>こうえん</rt></ruby>をした。

　他做了一場關於市場銷售的演講。

例 <ruby>環境問題<rt>かんきょうもんだい</rt></ruby>についても<ruby>意見<rt>いけん</rt></ruby>を<ruby>述<rt>の</rt></ruby>べる。

　關於環保問題也一併陳述自己的意見。

例 その<ruby>事故<rt>じこ</rt></ruby>につき、ご<ruby>説明<rt>せつめい</rt></ruby>いたします。

　關於那件事故，由我做說明。

文法篇

單字篇
あ行

單字篇
か行

單字篇
さ行

單字篇
た行

單字篇
な行

單字篇
は行

～につれて

隨著…

例句

コーヒーは時間が経つにつれてまずくなります。

咖啡隨著時間經過會變得難喝。

說明

「～につれて」是「隨著...」的意思，用於形容事物共同變化的情況。

例如「A につれて B」就是 B 隨著 A 變化，AB 兩者都在進行改變。

畫重點

[動－辭書形] ＋につれて

[名－○] ＋につれて

文法放大鏡

> 「～につれて」前面是名詞時，只能是帶有變化意義的名詞，像是：
> 発展、悪化...等。如果是形容詞的話，則用「形容詞 + なるにつれて」的
> 形式來表示變化。

應用練習

例 年をとるにつれて寒い天気が苦手になってきた。

　　隨著年紀增長，變得不喜歡寒冷的天氣。

例 仕事が忙しくなるにつれて、家族に会う時間も減った。

　　隨著工作變忙，和家人見面的時間也變少了。

例 時間が経つにつれて、嫌なことも自然と忘れるでしょう。

　　隨著時間經過，自然會把討厭的事忘掉吧。

例 自分の順番が近くにつれて、不安になる。

　　隨著順序快要輪到自己，會變得不安。

例 グローバル化の発展につれて、外国語学習者も増えてきました。

　　隨著全球化發展，學習外語的人也變多了。(グローバル化：全球化)

〜にとって
對…而言

例句

私_{わたし}たちにとって、ペットは家族_{かぞく}と同_{おな}じだ。

對我們來說，寵物就是家人。

說明

「〜にとって」是「對…而言」「就…來說」的意思，用在判斷或評論的情形。例如「A にとって」就是以 A 的立場或視角表達意見或感受。「〜にとって」後面加名詞時則是用「〜にとっての」+ 名詞。

畫重點

[名－○] ＋にとって

(使用的名詞通常是人、組織或團體)

文法放大鏡

> 兩者立場想法不同時，可以用「A にとっては〜 B にとっては〜」的句型。意見相同時則可以用「〜にとっても」。

應用練習

例 このペンはあなたにとって安_{やす}いものかもしれないが、私_{わたし}にとっては宝物_{たからもの}です。

也許這枝筆對你來說只是便宜貨，但對我來說卻是寶物。

例 両親_{りょうしん}にとっても私_{わたし}にとっても暮_くらしやすい家_{いえ}ができました。

不管是對父母來說還是對我來說，都很適合居住的房子完成了。

例 家族_{かぞく}は誰_{だれ}にとっても大事_{だいじ}なものだ。

不管對誰來說家人都是很重要的。

例 あなたにとって、一番大切_{いちばんたいせつ}なものはなんですか。

對你來說最重要的是什麼呢？

文法篇

單字篇
あ行

單字篇
か行

單字篇
さ行

單字篇
た行

單字篇
な行

單字篇
は行

文法補給站

「～として」「～にとって」的比較

說明

　　「～として」「～にとって」都是用來表示立場、觀點的句型，意思和用法上有時也通用。不同之處在於，「～として」的用法除了表達立場觀點之外，還帶有具有資格的義務或應該要做什麼的意思。「～にとって」則多用於單純敘述或表達對於該立場來說的感受。

畫重點

として：表達觀點之外，還帶有義務、資格的意思。

にとって：陳述感受或觀點。

應用練習

例 電力は皆にとって必要なものです。

電力對大家來說是必須品。(不能用として)

例 私は医者として多くの人を救いたい。

我身為醫師想救更多的人。(表示義務責任，不用「にとって」)

例 教師として学生の質問を答えます。

以老師的身分回答學生的問題。(表示義務責任，不用「にとって」)

例 納税は国民としての義務だ。

繳稅是身為國民的義務。

例 納税は国民にとっての義務だ。

繳稅對國民來說是義務。

例 社会人として重要なことは約束を守ることだ。

身為社會人士，重要的是遵守約定。

例 社会人にとって重要なことは約束を守ることだ。

對社會人士來說，重要的是遵守約定。

文法補給站

「～にとって」「～に対して」的比較

說明

　　「Aにとって」是「對A而言」，句子是站在A的立場和角度來表示心情或想法。；「Bに対して」則是「對於B(進行動作)」，是表示(主語的人)對B做了什麼動作。

畫重點

にとって：站在其觀點陳述感受或觀點。
に対して：對某人事物進行動作。

應用練習

例 先生は学生に対してとても優しい。
老師對學生非常溫柔。

例 この問題は学生にとってとても易しい。
這個問題對學生來說十分容易。

例 彼女は田中さんに対していつも冷たい態度を取っている。
她對田中先生總是採取冷淡的態度。

例 田中さんにとって、彼女は冷たい人です。
對田中先生來說，她是冷淡的人。

例 先生は学生に対して、「この本を読んでほしい」と言った。
老師對學生說：「希望你們讀這本書」。

例 その本は学生にとって難しすぎる。
對學生來說，那本書太難了。

文法篇

單字篇
あ行

單字篇
か行

單字篇
さ行

單字篇
た行

單字篇
な行

單字篇
は行

Track
094

～に反して

和…相反

例句

天気予報に反して、今日はとても暑かった。

和天氣預報相反，今天非常炎熱。

說明

　　「～に反して」是「不同於...」「和...不同」的意思，用在事情的結果和預想、期待不同的情況。後面接名詞的時候則是「～に反する」＋名詞。

畫重點

[名－○] ＋に反して

文法放大鏡

> 　　如果結果和預測相同，用「～とおりに」的句型；結果和預測相反，則用「～に反して」。

應用練習

例 両親の期待に反して、彼は大学をやめた。

　　和雙親的期望相反，他從大學休學了。

例 その選手はファンの期待に反して、いい成績を残さなかった。

　　和粉絲期待相反，那位選手沒留下好成績。

例 法律に反することはやってはいけません。

　　不能做違反法律的事。

例 評論家の予想に反して、あの映画は大ヒットだった。

　　和評論家的預測相反，那部電影非常賣座。

例 私の希望に反して、海外支社に配属された。

　　和我的希望相反，被分發到國外分公司。

～によって (1)
由於…

|例句|

台風(たいふう)によって飛行機(ひこうき)が欠航(けっこう)になった。

由於颱風的關係，飛機停飛。(欠航：停飛)

說明

「～によって」是「由於...」的意思，用來表示原因、理由。

畫重點

[名－○] ＋によって

文法放大鏡

文章或是較文言、正式的場合也可以用連用中止形式的「～により」。
後面接名詞時則用「～による」＋ 名詞。

|應用練習|

例 大雨(おおあめ)の影響(えいきょう)によって、電車(でんしゃ)が遅(おく)れている。

因為大雨的影響，現在電車誤點。

例 地震(じしん)による津波(つなみ)の心配(しんぱい)はありません。

不必擔心因地震引發海嘯。

例 彼(かれ)は肘(ひじ)のケガによって、プロ野球選手(やきゅうせんしゅ)になる夢(ゆめ)を諦(あきら)めました。

他因為手肘的傷勢，放棄了成為職棒球員的夢想。

例 がんによる死亡率(しぼうりつ)が増加(ぞうか)している。

因癌症造成的死亡率持續上升。

例 火事(かじ)によって人(ひと)が亡(な)くなった。

因為火災造成人員死亡。

文法篇

單字篇
あ行

單字篇
か行

單字篇
さ行

單字篇
た行

單字篇
な行

單字篇
は行

～によって (2)

利用…；透過…

例句

規則正しい生活によって、体調がよくなった。

透過作息正常的生活，健康狀態變好了。

說明

　「～によって」除了表示原因，也可以用來表示手段或方法。「Aによって」意思是利用A作為手段或方法進行動作。

畫重點

[名－○] ＋によって

應用練習

例 その噂はネットによって拡散された。

　その個傳聞透過網路擴散開來。

例 アンケートによって社員の意見がわかった。

　利用問卷得知員工的意見。

例 くじによって席を決めた。

　透過抽籤決定座位。

例 インターネットによって、どこにいても連絡が取れるようになった。

　透過網路，無論在哪也能聯絡得到了。

例 面接の結果はメールによりお知らせします。

　面試的結果會透過電子郵件通知。（「によって」的連用中止形「により」）

例 テストによってクラスを決める。

　依據測驗的結果分班。

〜によって (3)

對應…；因應…

| 例句 |

しゅわ くに ちが
手話は国によって違います。

手語依各國而有不同。

說明

「〜によって」也有「對應...」之意，意思是因應前者改變，後者也有所不同。

畫重點

[名－○] ＋によって

文法放大鏡

加上助詞「は」的「によっては」可以用來表示可能發生的情況，如：
ひと   いちにち にじかん   ね   ひと
「人によっては 1 日 2 時間しか寝ない人もいる」（依個人的不同，有的人 1 天只睡 2 小時）。

應用練習

例 しあわ   ひと   ちが   おも
幸せは人によって違うと思います。

幸福的定義因人而異。

例 ねんかん しゅうにゅう   ぜいきん き
年間の 収 入 によって税金が決まります。

依整年的收入決定稅金。

例 にもつ そうりょう おも   おお   こと
荷物の送料は重さや大きさによって異なる。

貨品的運費依重量或大小而不同。

例 じかんたい   おそ かん
時間帯によってネットが遅いと感じることはある。

依時段不同，會感到網路變慢。

例 と
ホテルによってはペットを連れて泊まれるところもある。

依旅館不同，有的能帶寵物入住。

文法篇

單字篇
あ行

單字篇
か行

單字篇
さ行

單字篇
た行

單字篇
な行

單字篇
は行

文法補給站

「せいで」「おかげで」「ために」「によって」的比較

說明

　　「せいで」「おかげで」「ために」「によって」都是表示原因的句型，但在使用的情境上有所不同，整理如下：

畫重點

表示原因的句型

おかげで：對發話者來說有好結果的時候

せいで：對發話者來說結果是不好的時候

ために / によって：用於較正式、文言的場合，著重在陳述事實，不管好的壞的結果都可以使用。

應用練習

例　先生のおかげで、入学試験に合格しました。

　　托老師的福，通過入學考試了。

例　審判のミスのせいで試合に負けた。

　　因為 (裁判) 裁定的疏失而輸了比賽。

例　台風により運動会は明日に延期した。

　　因為颱風，運動會延期到明天。

例　大雨によって電車が止まった。

　　大雨造成電車停駛了。

例　大雨のせいで新幹線が止まっていて帰れません。

　　大雨造成新幹線停駛而回不去。

例　今日は台風のためイベントはキャンセルになった。

　　今天因為颱風，活動取消了。

例　時間が足りなかったために、解けたはずの問題が解けなかった。

　　因為時間不夠，本來可以回答的題目卻沒能完成。

～によると / ～によれば

據…說；根據…

例句

てんきよほう
天気予報によると今夜は雨が降るらしい。

根據天氣預報，今晚好像會下雨。

說明

　　「～によると / ～によれば」兩者都是「根據...」的意思，多用於表達傳聞或情報，適用根據情報或自身經驗判斷而做出推論的情況。

畫重點

[動－辭書形 / ている / た形] ＋によると / によれば

[動－辭書形 / ている / た形] ＋ところによると / によれば

[名－○] ＋によると / によれば

文法放大鏡

　　「～によると / ～によれば」，因為是敘述傳聞或情報，句末常會配合用「～そうだ」「～らしい」表示推測或傳聞的詞彙。

應用練習

例 噂 によるともうすぐ新商品が出るそうです。

根據傳聞，新商品馬上要出了。

例 ある調査によれば、一人暮らしの学生の 6 割が朝食をとらない。

根據某個調查，獨居的學生有 6 成不吃早餐。

例 私 の経験によれば、タクシーより電車で行ったほうが早く着きます。

根據我的經驗，坐電車去比坐計程車早到。

例 友達の話によると、あのレストランはおいしいらしい。

根據朋友的說法，那間餐廳好像很好吃。

例 聞くところによると彼は会社を辞めるとのことだ。

根據我聽到的，他要辭職了。

文法篇

單字篇
あ行

單字篇
か行

單字篇
さ行

單字篇
た行

單字篇
な行

單字篇
は行

～にわたって

在…範圍內

例句

ぜんこく
全国にわたって台風の被害が出ている。

全國都出現了颱風的災情。

說明

　　「～にわたって」用來表示時間、空間或次數的範圍，而這個範圍通常較大、較長或較多次，而且敘述的動作是涵蓋全體範圍。連用中止形式是「～にわたり」；後面加名詞時用「～にわたる」＋ 名詞。

畫重點

[名－○] ＋にわたって

文法放大鏡

> 　　前面學過「～から～にかけて」(第 88 頁) 也是用來表達時間或空間的範圍，不同的是「～にかけて」通常會搭配「～から」表示起點，而「～にわたって」則沒有，而且通常表示比較大或廣的範圍全體。

應用練習

例 彼女は 20 年にわたって、店長を務めた。

她擔任店長達 20 年。

例 大雪の影響で、5 キロにわたって渋滞が続いている。

因為大雪的影響，塞車長達 5 公里。

例 この会社は面接が 3 回にわたって行われる。

這間公司的面試會進行 3 次。

例 新しいプロジェクトについて 3 回にわたって説明しました。

分 3 次說明了新企劃。

～場合

…的情況；…的時候

[例句]

体調が悪い場合は、学校を休むようにしてください。

身體不舒服的情況，請向學校請假。

說明

　「～場合」是「...的時候」的意思，用在假設事情發生的情況；經常會用在假設不好的事情發生的情況。

畫重點

[動 / い形 / な形 / 名－普通形] ＋場合

な形容詞、名詞的非過去肯定：[な形－な / 名－の] ＋場合

文法放大鏡

　慣用句的「場合によって」就是「視情況而定」的意思，例如「場合によっては、彼は行かないかもしれない」就是「視情況而定，他說不定不去」的意思。

[應用練習]

例 雨の場合、コンサートは中止します。

　下雨的情況，演唱會就會取消。

例 課長が休んだ場合、私が代わりに会議に参加することになっています。

　課長休息的話，就由我代替去參加會議。

例 地震が起きた場合、落ち着いて机の下に隠れてください。

　發生地震時，請冷靜躲在桌子下。

例 授業に遅れそうな場合は連絡してください。

　上課會遲到的時候請聯絡。

例 情報が必要な場合は、ご遠慮なくお問合わせください。

　遇到需要情報的情況，請別客氣來詢問。

文法篇

單字篇
あ行

單字篇
か行

單字篇
さ行

單字篇
た行

單字篇
な行

單字篇
は行

Track
102

～場合じゃない

不該是…的時候

例句

大学に合格したいなら、ゲームなんかやっている場合じゃないよ。

如果想考上大學，現在就不該是打電玩的時候。

說明

　　「～場合」是「…的時候」，「～場合じゃない」即是「不是…的時候」，用在表達有其他更重要的事情，不該做現在正進行的這件事，所以通常用表示動作正在進行的「動 - ている」形。也可以用疑問形「～場合か」語氣更加強烈。

畫重點

[動－ている] ＋場合じゃない

應用練習

例 明日は大事な仕事があるんだから、遅くまで起きている場合じゃない。

明天有重要的工作，不是熬夜的時候。

例 家族が救急車で病院に運ばれたと電話があった。友だちと遊んでいる場合じゃない。

接到家人被救護車送醫的電話，可不是和朋友玩的時候。

例 もうすぐお客さんが家に来るから、のんびりしている場合か。

馬上就有客人來家裡，可不是悠哉的時候。

例 ゆっくり朝食を食べている場合じゃない。バスに間に合わないよ。

可不是慢慢吃早餐的時候。會來不及搭公車喔！

例 冗談を言っている場合じゃない。今は真剣な議論をしなければなりません。

現在不是開玩笑的時候。必須認真討論。

～ば～のに

要是…就…

例句

もっと早く寝れば、朝起きられたのに。

要是當初早點睡就能起得來了。

說明

　　初級文法學過「～ば」是表示假設條件的句型；「のに」則是用在事與願違時表達發話者的驚訝與不滿；「～ば～のに」意思是「要是…就好了」，覺得要是做了某件事就會有不同的結果，表達覺得可惜和後悔的心情。

畫重點

[動－ば形] ＋～のに

[い形－ければ] ＋～のに

[な形 / 名－なら] ＋～のに

文法放大鏡

> 　　除了「～ば」之外，也可以用表示假設條件的「～たら」或「～なら」。會話中常使用「～ばよかった (のに)」表達後悔之心情。

應用練習

例 あの時、勇気を出して彼女に「好き」って言えばよかったのに。

那時候，要是能提起勇氣向她說出喜歡就好了。

例 もう少し安ければ、あのコートを買うのに。

要是再便宜一點，就會買那件大衣了。

例 英語がもっと上手なら彼女ともっと話せるのに。

要是英語再好一點就能和她多聊了。

例 上司と気が合わないと、「もっと仕事がやりやすい上司ならいいのに」と考えちゃう。

和上司合不來的話，就會忍不住想「要是更好共事的上司就好了」。

文法篇

單字篇
あ行

單字篇
か行

單字篇
さ行

單字篇
た行

單字篇
な行

單字篇
は行

～ば～ほど

越是…

例句

きゅうりょう たか たか うれ
給料は高ければ高いほど嬉しいです。

薪水越高越高興。

說明

「～ば～ほど」意思是「越是…」，用在形容兩個事物的相關變化，前者程度越強烈，後者的程度就會隨之變化。

畫重點

[動－ば] ＋ [動－辭書形] ＋ほど
[い形－ければ] ＋ [い形－い] ＋ほど
[な形－なら / であれば] ＋ [な形－な / である] ＋ほど
[名－であれば] ＋ [名－である] ＋ほど
(な形容詞和名詞可省略重複的部分：[名 / な形 - であれば] ＋あるほど)

文法放大鏡

> たか たか たか
> 有時會省略「～ば」的部分，例如「高ければ高いほど」省略為「高
> はんせい はんせい
> いほど」；或是省略重複的部分，例如「反省すれば反省するほど」省略
> はんせい しず しず
> 為「反省すればするほど」；「静かであれば静かであるほど」省略為
> しず
> 「静かであればあるほど」。

應用練習

とし じかん はや た かん
例 年をとればとるほど時間が早く経つように感じる。

年紀越大，越覺得時間過得快。

かんが かんが
例 どうしたらいいのか、考えれば考えるほどわからなくなります。

該怎麼辦才好，越想越不知道。

にほんご れんしゅう れんしゅう じょうず
例 日本語は練習すれば練習するほど上手になります。

越練習日語越好。

例 失敗すればするほど、成功に近づいている。

越是失敗，離成功越近。

例 職場は近ければ近いほどいいです。

公司越近越好。

例 勉強部屋は静かなら静かなほど集中しやすいです。

書房越安靜越容易集中精神。

例 お金持ちであればあるほど幸せというわけでもない。

越是有錢人並非越幸福。

文法補給站

「～ば～ほど」「～にしたがって」「～につれて」的比較

說明

目前學到「ば～ほど / にしたがって / につれて」都是用來表示兩件事情具有相關變化的連動關係。

畫重點

ば～ほど：用來表示前者的程度變化，影響後者也產生程度上的變化。

にしたがって：隨著前者的變化，後者也漸漸發生改變。後者通常附屬或緊緊相關於前者。

につれて：隨著前者的變化，後者自然也慢慢產生改變。

應用練習

例 この問題は難しくて、考えれば考えるほどわからなくなる。

這問題很難，越思考越不懂。

例 冬が近づくにしたがって、気温は低くなってきた。

隨著冬天接近，氣溫也變低了。

例 年をとるにつれて、シワが増えてきた。

隨著年紀增長，皺紋也變多了。

文法篇

單字篇 あ行

單字篇 か行

單字篇 さ行

單字篇 た行

單字篇 な行

單字篇 は行

Track
106

〜ばかりでなく
不只是…

例句

鈴木くんは運動ばかりでなく、勉強も得意だ。

鈴木君不但是運動，讀書也很厲害。

說明

「〜ばかり」是「老是…」的意思，「〜ばかりでなく」即為「不都是…」「不只是…」之意。也可以說「〜ばかりではなく」「〜ばかりじゃなく」。後句通常會搭配「も」「まで」「さえ」等詞彙。

畫重點

[動 / い形 / な形 / 名－普通形] ＋ばかりでなく

な形容詞的非過去肯定：[な形－な / である] ＋ばかりでなく

名詞的非過去肯定：[名－○ / である] ＋ばかりでなく

文法放大鏡

> 「〜ばかりでなく」和「〜上に」(請參考第 16 頁) 都是「不只…還」的意思，屬於添加特性條件的句型。

應用練習

例 彼女は優しいばかりでなく、仕事もできる。

她不但溫柔，而且工作能力也強。

例 この家は交通が便利なばかりでなく、緑も多く静かです。

這個房子不但交通便利，綠意盎然又安靜。

例 先輩にご飯を奢ってもらったばかりでなく、お土産までいただいた。

不但讓前輩請客，還收了伴手禮。

例 和食ばかりじゃなく、たまにはイタリア料理も作ってみようかな。

不只是日式料理，爾偶也來做看看義大利菜好了。

例 漢字ばかりじゃなくひらがなさえ書けない。

不只是漢字，連平假名都不會寫。

〜は別<small>べつ</small>として
姑且不論…

例句

この料理<small>りょうり</small>は見<small>み</small>た目<small>め</small>は別<small>べつ</small>として、味<small>あじ</small>はとてもおいしい。

這道菜姑且不論外觀，味道很美味。

說明

「〜は別<small>べつ</small>として」是「先不說...」「姑且不論...」的意思。用於表示先不考慮特殊的例外或情況，而專注在其他重點。

畫重點

[名－○] ＋は別<small>べつ</small>として

文法放大鏡

也可以說「〜は別<small>べつ</small>にして」。

應用練習

例 昨日<small>きのう</small>の天気<small>てんき</small>とは別<small>べつ</small>として、私達<small>わたしたち</small>は楽<small>たの</small>しい時間<small>じかん</small>を過<small>す</small>ごした。

先不論昨天的天氣，我們度過了愉快的時光。

例 給料<small>きゅうりょう</small>は別<small>べつ</small>として、自分<small>じぶん</small>が何<small>なに</small>をしたいかをよく考<small>かんが</small>えるべきです。。

先不論薪水，必須先思考自己想做什麼。

例 結果<small>けっか</small>は別<small>べつ</small>として、諦<small>あきら</small>めずに頑張<small>がんば</small>ったことが大切<small>たいせつ</small>なのよ。

先不論結果，最重要的是不放棄的努力了。

例 この車<small>くるま</small>、デザインは別<small>べつ</small>として性能<small>せいのう</small>はとてもいいと思<small>おも</small>います。

這台車，我覺得先不論設計，功能非常好。

例 そのミュージカルは、ストーリーは別<small>べつ</small>として、音楽<small>おんがく</small>は楽<small>たの</small>しめた。

那部音樂劇，先不論劇情，很享受其中的音樂。

例 家賃<small>やちん</small>は別<small>べつ</small>として、1人暮<small>ひとりぐ</small>らしの生活費<small>せいかつひ</small>は1ヶ月<small>いっかげつ</small>でどのくらいかかりますか。

先不算房租，獨居的生活費1個月大約要多少錢呢？

文法篇

單字篇
あ行

單字篇
か行

單字篇
さ行

單字篇
た行

單字篇
な行

單字篇
は行

～かどうかは別として

不論是不是…

例句

買うかどうかは別として、デパートに行きたい。

不管要不要買，想去百貨公司。

說明

　　「～かどうかは別として」也可以說「～かどうかは別にして」，是「先不說是不是...」「姑且不論是不是...」的意思，用於評價或討論事物時，先不論某個條件而著重其他方面。

畫重點

[動 / い形 / な形 / 名－普通形] ＋かどうかは別として

な形容詞的非過去肯定：[な形－○ / である] ＋かどうかは別として

名詞的非過去肯定：[名－○ / である] ＋かどうかは別として

文法放大鏡

> 　　「～は別として」前面只能用名詞，「～かどうかは別として」則可以用動詞、形容詞和名詞。

應用練習

例 歌えるかどうかは別として、好きな歌を歌いたい。

姑且不論會不會唱，想唱喜歡的歌。

例 この小説は面白いかどうかは別として、歴史の勉強にはなった。

先不管這本小說有不有趣，但有助於學習歷史。

例 好きであるかどうかは別として家事全般はそれなりにちゃんとできる。

先不管喜不喜歡，所有的家事大致上能做好。

例 事実かどうかは別としてこの話ははじめて聞きました。

先不論是不是事實，這件事我是第一次聽說。

～はもちろん
…是當然的

例句

彼女は勉強はもちろん、スポーツもできます。
_{かのじょ} _{べんきょう}

她會念書是當然的，運動也很好。

說明

　　「もちろん」是當然的意思，「～はもちろん」意思是「當然...」「不用說...」，用於表示前後所述的事情都有相同的程度。通常後面的句子會搭配「も」，「Aはもちろんも」意思就是「A是當然的，B也...」。

畫重點

[名－○] ＋はもちろん
[名－○] ＋助詞＋はもちろん

應用練習

例 このレストランは味はもちろん、サービスもしっかりしている。
　　這間餐廳的味道是當然的，服務也做得很到位。

例 遊園地は休日はもちろん、平日も混んでいる。
　　遊樂園假日是當然的，平日也很多人。

例 このドラマは日本ではもちろん、海外でも人気です。
　　這部連續劇在日本不用說，在國外也受歡迎。

例 クビになったことは友達にはもちろん、家族にも伝えていない。
　　被開除的事別說是對朋友，對家人也沒講。

例 あのカフェは、土日はもちろん平日もお客さんがいっぱいいる。
　　那間咖啡廳，六日就不用說，平日也高朋滿座。

例 私たちの目標は優勝はもちろんチームとしての成長も目指します。
　　我們的目標是優勝當然不在話下，也朝著團隊成長的目標前進。

文法篇

單字篇
あ行

單字篇
か行

單字篇
さ行

單字篇
た行

單字篇
な行

單字篇
は行

Track
110

～ふりをする

假裝…

例句

友達に名前を呼ばれても聞こえないふりをした。

被朋友叫了名字也裝作沒聽見。

說明

「～ふりをする」是裝作…的樣子，但實際並非如此。

畫重點

[動 / い形 / な形 / 名－普通形] ＋ふりをする
な形容詞的非過去肯定：[な形－な] ＋ふりをする
名詞的非過去肯定：[名－の] ＋ふりをする

應用練習

例 ゲームをしているところへ母が部屋に入ってきたので寝たふりをした。

正在打電動時媽媽進到房裡，趕快裝睡。

例 あの人はいつも忙しいふりをして、仕事をサボっている。

那個人總是裝忙，工作偷懶。(サボる：偷懶、缺席)

例 頭をぶつけて痛かったけど平気なふりをしちゃった。

撞到頭雖然很痛但假裝沒事。

例 授業の内容が全然わからなかったが、わかっているふりをしてしまいました。

雖然完全不懂上課的內容，還是裝懂。

例 私が子供の頃、警察官のふりをして遊ぶのが好きだった

我在孩堤時代，喜歡玩假裝是警察的遊戲。

例 あの新人は、怒られるといつも泣いているふりをする。

那個新人被罵的時候總是假哭。

～べきだ

必須…

例句

お金を借りたら、きちんと返すべきだ。

借了錢就必須確實歸還。

說明

「～べきだ」是必須的意思，用在敘述常理或是向對方進行忠告與勸告的情況，否定形「～べきではない」則是「不應該...」的意思。

畫重點

[動－辭書形] ＋べきだ / べきではない

(「する」可以用「すべきだ」也可以用「するべきだ」)

文法放大鏡

「～べきだ」「～べきではない」通常是用在向對方勸說在道德或常識上的認知行為，如果是法律或是規則上的禁止勸告，多半會用「～なければならない」。

應用練習

例 予定より遅れそうな場合は早めに連絡すべきです。

如果會比預期晚到的話，必須提早聯絡。

例 ペットを飼ったら最後まで世話をするべきだ。

養了寵物就必須照顧到最後。

例 戦争を 1 日も早く終わらせるべきだ。

必須盡早結束戰爭。

例 お金を拾ったら警察に届けるべきだ。

撿到錢必須交給警察。

例 目上の人と話すときは、敬語を使うべきだ。

和尊長說話時，必須使用敬語。

文法篇

單字篇
あ行

單字篇
か行

單字篇
さ行

單字篇
た行

單字篇
な行

單字篇
は行

Track 112

～べきだった

早該…

例句

若い頃にもっと貯金すべきだった。

年輕時該多存點錢的。

說明

「～べきだった」以過去式表示過去該做的事情，用在發話者對於過往的事帶有反省或是後悔的心情；否定形是「～べきではなかった」。

畫重點

[動－辭書形] ＋べきだった / べきではなかった

(「する」可以用「すべきだった」也可以用「するべきだった」)

文法放大鏡

> 「～べきだった」與「～ばよかった」都是「早該...」的意思；「～べきではなかった」和「～しなければよかった」則是「不該...」的意思。

應用練習

例 留学する前に、英語をもっと勉強しておくべきだった。

留學前該多學好英文的。

例 喉が乾いた。さっきコンビニでお水を買っとくべきだった。

好渴。剛才應該在超商買水的。(買っとく＝買っておく)

例 もうこんな時間。もっと早く宿題をやっておくべきだった。

已經這麼晚了。該早點寫功課的。

例 雨が降ってきた。傘を持ってくるべきだったな。

下雨了。應該帶傘的啊。

例 夕方にコーヒーを飲むべきではなかった。全然寝られない。

傍晚時不該喝咖啡的。現在完全睡不著。

～ほど
…的程度

例句

倒(たお)れるほど疲(つか)れた。

累到快倒下的程度。

說明

　　「～ほど」是用來舉例或比喻動作或狀態的程度。常有的慣用句有「死(し)ぬほど～」(…得要死)「数(かぞ)え切(き)れないほど～」(…到數不清)「山(やま)ほど～」(…得像山一樣)等。同樣用來形容程度的詞彙還有「～くらい/ぐらい」，不過「くらい」比較口語，而「ほど」較正式。

畫重點

[動-辭書形/ない形]＋ほど
[い形-い]＋ほど
[な形-な]＋ほど
[名-○]＋ほど

應用練習

例 やらなければならない仕事(しごと)が山(やま)ほどある。

　　該做的事堆積如山。

例 今日(きょう)は食事(しょくじ)する時間(じかん)もないほど忙(いそが)しかった。

　　今天忙到連吃飯的時間也沒有的程度。

例 この音楽(おんがく)を聞(き)いて不思議(ふしぎ)なほどぐっすり眠(ねむ)れた。

　　聽了這音樂，熟睡得不可思議。

例 涙(なみだ)が出(で)るほど嬉(うれ)しい。

　　開心得快掉眼淚。

例 あの人(ひと)の気持(きも)ちが痛(いた)いほどわかる。

　　對那個人的心情能感同身受。

文法篇

單字篇
あ行

單字篇
か行

單字篇
さ行

單字篇
た行

單字篇
な行

單字篇
は行

～ほど～はない / ～くらい～はない
…是最…的；沒有比…更…

例句

美味しいケーキを食べるほど幸せなことはない。
沒有比吃美味蛋糕更幸福的事。

說明

　「Aほど／くらいBはない」，也可以說「Aほど／くらいBはほかに
ない」意思是「A是最B的」，強調某事物的程度是其他比不上的，屬於發
話者主觀的看法而未必是客觀事實。「くらい」比「ほど」口語，也可說「ぐ
らい」。

畫重點

[動－辭書形] ＋ほど / くらい～はない

[名－○] ＋ほど / くらい～はない

(比較的對象如果是人或動物，就要把「ない」換成「いない」)

文法放大鏡

　在初級文法學過「～ほど～ない」的句型，意思是「沒有那麼...」，用
來比較同性質同類的事物彼此間程度的差異。這裡學的「～ほど～はない」
則是用來稱讚事物是最好的。

應用練習

例 スマホくらい便利なものはほかにない。
沒有比智慧型手機更方便的東西了。(スマホ：智慧型手機スマートホン
的簡稱)

例 これほど立派なビルはほかにありません。
沒有比這棟樓更氣派的了。

例 田中先生ほど真面目な先生はいない。
沒有比田中老師更認真的老師。

～ほどの～ではない

…不至於到…的程度

例句

痛かったけど泣くほどのけがではない。

傷勢雖然很痛，但不至於到要哭的程度。

說明

「Aほどの Bはない」意思是「B的程度不至於到 A」，用於表示事情沒那麼嚴重，或是沒那麼好。

畫重點

[動－辭書形 / ない形] ＋ほどの＋ [名] ではない

文法放大鏡

「ではない」也可以說「じゃない」。

應用練習

例 あそこの料理は並んで食べるほどのおいしさではない。

那裡的料理沒有好吃到值得排隊去吃的程度。

例 これは悩むほどのことではないんじゃない。

這應該是不需要煩惱的事吧？

例 この漫画は笑うほどの面白さではない。

那本漫畫沒有有趣到好笑的程度。

例 ピアノを弾くのが好きといっても人に自慢できるほどの上手さじゃありません。

雖說喜歡彈鋼琴，但還沒厲害到可以向人炫耀的程度。（「上手さ」也可以念成「うまさ」）

例 あの滝はわざわざ見に行くほどの観光スポットじゃない。

那個瀑布是不值得專程去看的觀光景點。

文法篇

單字篇 あ行

單字篇 か行

單字篇 さ行

單字篇 た行

單字篇 な行

單字篇 は行

Track 116

まるで
宛如

例句

今朝は風が強くてまるで台風みたいだ。

今天早上的風很大，宛如颱風一般。

說明

「まるで」屬於副詞，是宛如、簡直、完全、彷彿的意思，用在比喻的句型，後面常會接「～みたいだ／ようだ」，例如「Ａ まるで Ｂ のようだ」就是比喻「Ａ 就像 Ｂ 那樣」，Ａ 和 Ｂ 實際上雖然不是相同的，卻非常相似。

畫重點

まるで＋ [名－○] ＋ [みたいだ／のようだ]
まるで＋ [名 1 －○] ＋ [みたいな／のような] ＋ [名 2 －○]
まるで＋ [名－○] ＋ [みたいに／のように] ＋ [動／い形／な形]

應用練習

例 このゼリー、まるで薬みたいな味がする。

這果凍的味道就像藥一樣。

例 2 人は仲がよくて、まるで兄弟みたいだ。

2 個人感情很好，就像兄弟一樣。

例 娘さん、まるでお人形みたいにかわいいね。

令嬡像洋娃娃一樣可愛呢。

例 リーさんはまるで日本人のように日本語を話す。

李先生 (小姐) 講日語就像日本人一樣。

例 先生はちょっとミスしただけで怒るし、まるで鬼のようだ。

只是犯點錯老師就生氣，像魔鬼一樣。

例 まるで美術作品のような素晴らしいお洋服が届きました。

像藝術品一樣美好的衣服寄到了。

〜み / 〜め

…性質；較為…

例句

薄_{うす}めのコーヒーが好_すきです。

喜歡淡一點的咖啡。

說明

在形容詞的後面加上「み」會變成名詞，用來表示「性質」「感覺」；像是「悲_{かな}しい」去掉い加上「み」，「悲_{かな}しみ」就是名詞「悲傷」。

形容詞、動詞後面加上「め」變成名詞 (有時則變成な形容詞)，用來表示「較為...的」；如「強_{つよ}い」去掉い加上「め」變成名詞「強_{つよ}め」，就是「較強烈的」。

畫重點

[い形－○] ＋み / め

[な形－○] ＋み / め

[動－ます形語幹] ＋め

文法放大鏡

> 初級文法學過在形容詞後加上「さ」則是變成表示程度的名詞。

應用練習

例 今日_{きょう}は用事_{ようじ}で早_{はや}めに帰_{かえ}りたい。

今天有事想早點回去。

例 痛_{いた}み止_どめの薬_{くすり}を飲_のんで痛_{いた}みを感_{かん}じなくなった。

吃了止痛藥就感覺不到痛了。

例 このケーキは甘_{あま}さが控_{ひか}えめでおいしいです。

這個蛋糕甜度不高很好吃。(控える→控えめ：較少…的)

例 ダンスの発表_{はっぴょう}があるので濃_こいめのメイクをした。

因為有舞蹈發表會所以化了較濃的妝。(濃い→濃いめ，不去掉「い」屬於特殊變化)

文法篇

單字篇
あ行

單字篇
か行

單字篇
さ行

單字篇
た行

單字篇
な行

單字篇
は行

Track
118

～向き

適合…

例句

この食堂は安くて量も多いから、学生向きだ。

這間餐廳因為便宜量又多，適合學生。

說明

「～向き」是「適合...」的意思。用於描述事物的屬性適合特定族群。

畫重點

[名－○] ＋向き

文法放大鏡

「向き」是名詞，文法接續皆依名詞的變化方式。

應用練習

例 このチョコレートはちょっと苦めで、大人向きです。

這巧克力比較苦，適合大人。

例 このコースはスキー初心者向きで、滑りやすいようになっている。

這個路線適合滑雪初學者，很好滑。

例 デザインはとても素敵だけど、仕事向きのハイヒールじゃないよな。

雖然設計很好，但不是適合工作穿的高跟鞋啊。

例 このゲームは複雑すぎて、子供向きではない。

這遊戲太複雜了，不適合孩子。

例 このオンラインコースは自分の好きな時間に勉強できるので、忙しい人向きだ。

這個線上課程可以在自己喜歡的時間學習，適合忙碌的人。(オンライン：線上，online)

～向け

為了…；迎合…

例句

今、高齢者向けのジムに通っている。

現在是去適合年長者的健身房。

說明

「～向け」是「適用...」「迎合...」的意思，通常用在專門為了某個族群而設計的產品或服務...等。「向け」是名詞，文法接續依照名詞的使用方式進行變化。

畫重點

[名－○] ＋向け

文法放大鏡

「～向け」是用於為了特定的對象刻意製作，「～向き」則是事物的屬性恰好適合某些對象或族群。

應用練習

例 この甘いカレーは子供向けに作られている。

這偏甜的咖哩是為了孩子做的。

例 この本は初心者向けにやさしい英語で書かれている。

這本書為了初學者而用簡單的英語書寫。

例 この教科書は難しくて上級者向けだ。

這本教科書很難適合高級學習者。

例 このサイトはスマホ向けじゃないから、少し見にくい。

這個網站沒有手機版網頁，有點難檢視。

例 このスキンケア用品は男性向けに作られた。

這個肌膚保養用品是為了男性製作的。(スキンケア：肌膚保養)

文法篇

單字篇
あ行

單字篇
か行

單字篇
さ行

單字篇
た行

單字篇
な行

單字篇
は行

Track 120

～も～ば～も

也…也…

例句

ぶちょう えいご ご
部長は英語もできれば、フランス語もできる。

部長會說英語，也會說法語。

說明

　　「～も～ば～も」是「也...也...」的意思，可以用在一樣事物具有兩種特性，也可以是兩件事物對比。不管好的還是負面的形容都可以使用。な形容詞和名詞則用「～も～なら～も」。

畫重點

[名1] も＋ [動－ば形] ＋ [名2] も
[名1] も＋ [い形－ければ] ＋ [名2] も
[名1] も＋ [な形－なら] ＋ [名2] も
[名1] も＋ [名－なら] ＋ [名2] も

文法放大鏡

　　「～も～し、～も～」也是同樣意思的句型，例如「このお店は値段 みせ ねだん も高ければ、サービスも悪い」也可以說「このお店は値段も高いし、サ たか わる みせ ねだん たか ービスも悪い」(這家店又貴服務又差)。 わる

應用練習

例 ギャンブルが好きな人もいれば、嫌いな人もいます。
　　す ひと きら ひと

　　有喜歡賭博的人，也有討厭的人。

例 海外旅行に行きたいけど、時間もなければ、お金もない。
　　かいがいりょこう い じかん かね

　　雖想去國外旅遊，但沒時間也沒錢。

例 新しいスーパーはお値段も安ければ品物も充実だ。
　　あたら ねだん やす しなもの じゅうじつ

　　新的超市不但價格便宜，商品也很豐富。

例 この公園は景色もきれいなら空気もいい。
　　こうえん けしき くうき

　　這公園不但景色美空氣也好。

～たものだ

過去曾…

例句

子供の時は、よく友達と野球をしたものだ。

孩堤時期，常和朋友打棒球啊。

說明

「～たものだ」用於懷念或回想過去經常發生的事或是習慣，經常會和「よく」這個字一起使用。

畫重點

[動－た形] ＋ものだ

應用練習

例 子供がまだ小さい頃はよく一緒にディズニーランドに行ったものだ。

孩子還小時常一起去迪士尼啊。

例 若い頃、このファミレスによく来たものだ。

年輕時，常來這間家庭式餐廳啊。

例 高校生のときは毎日塾に通って勉強したものだ。

高中時每天都上補習班念書啊。

例 学生の頃、よく朝までゲームをやっていたものだ。

學生時期，經常打電動到早上啊。

例 子供のときは家族とよくコメディー映画を見たものだが、最近はあまり見ない。

孩堤時代常和家人一起看喜劇電影，但最近不太看了。

例 昔、土日によくみんなでサッカーをしたものだ。

以前，大家常在星期六日一起踢足球。(土日：土曜日と日曜日的簡稱)

文法篇

單字篇
あ行

單字篇
か行

單字篇
さ行

單字篇
た行

單字篇
な行

單字篇
は行

～ようとする
正要…；打算要…

例句

<ruby>彼女<rt>かのじょ</rt></ruby>は<ruby>東京<rt>とうきょう</rt></ruby>の<ruby>会社<rt>かいしゃ</rt></ruby>に<ruby>転職<rt>てんしょく</rt></ruby>しようとしているらしい。

她好像正打算換工作到東京的公司。

說明

「～ようとする」有兩個意思，一個是表示正要進行動作，一個是打算要努力做某件事。

畫重點

[動－意向形] ＋とする

文法放大鏡

「～ようとする」依句義情境會變化為「～ようとしたら」「～ようとした」「～ようとしたところ」的形式。

應用練習

例 <ruby>小学生<rt>しょうがくせい</rt></ruby>が<ruby>道<rt>みち</rt></ruby>を<ruby>渡<rt>わた</rt></ruby>ろうとしている。<ruby>気<rt>き</rt></ruby>を<ruby>付<rt>つ</rt></ruby>けて。

有小學生正要過馬路。小心一點。

例 <ruby>帰<rt>かえ</rt></ruby>ろうとしたら、<ruby>部長<rt>ぶちょう</rt></ruby>に<ruby>呼<rt>よ</rt></ruby>ばれてしまいました。

正想回家，就被部長叫去。

例 お<ruby>風呂<rt>ふろ</rt></ruby>に<ruby>入<rt>はい</rt></ruby>ろうとしたらお<ruby>湯<rt>ゆ</rt></ruby>が<ruby>出<rt>で</rt></ruby>ない。

正想洗澡卻沒熱水。

例 <ruby>彼<rt>かれ</rt></ruby>のことを<ruby>忘<rt>わす</rt></ruby>れようとしても<ruby>忘<rt>わす</rt></ruby>れられない。

想忘掉他的事卻忘不了。

例 ９<ruby>時<rt>じ</rt></ruby>までには<ruby>駅<rt>えき</rt></ruby>に<ruby>着<rt>つ</rt></ruby>こうとしたんだけど、<ruby>間<rt>ま</rt></ruby>に<ruby>合<rt>あ</rt></ruby>いませんでした。

雖想在９點到車站，但趕不及。

～ように / ～ような

像是…

例句

私も彼女のようなやさしい人になりたい。

我也想成為像她一樣溫柔體貼的人。

說明

「～ように / ～ような」的意思「像...那樣的」是舉具體例子、或是用來比喻事物的狀態或模樣時使用。「ような」後面接名詞,「ように」後面接動詞或形容詞。

畫重點

[動－普通形] ＋ように / ような

[名－の] ＋ように / ような

文法放大鏡

> 初級文法也學過用「ように / ような」來比喻或舉例,如「先輩が持っているようなカバンがほしいです」(想要前輩有的那種包包)。

應用練習

例 このステーキは石のように硬い。

那塊牛排硬得跟石頭一樣。

例 ニューヨークのような賑やかな都会が好きです。

喜歡像紐約那樣熱鬧的都市。

例 マカロンのような甘い物が大好きです。

很喜歡像馬卡龍那樣的甜食。

例 星のように明るい未来が私たちを待っている。

如星星般光明的未來正等待著我們。

例 ここに書いてあるように記入してください。

請照這裡寫的填寫。

文法篇

單字篇
あ行

單字篇
か行

單字篇
さ行

單字篇
た行

單字篇
な行

單字篇
は行

Track 124

～ように

能夠…

例句

だいがく ごうかく いっしょうけんめいべんきょう
大学に合格できるように、一生懸命勉強しています。

為了能考上大學，正拚了命地用功。

說明

「～ように」的除了用在舉例或比喻，也可以用來表達目標或期許，為了實現目標而努力做某件事。

畫重點

[動－辭書形] ＋ように
[動－ない形] ＋ない＋ように

文法放大鏡

用來舉例或比喻時，依後接詞性的不同，分為「ように/ような」兩種；而在表示目標期許的句型時，只會用「ように」。除了比喻和目標之外「ように」也可以用來表示「願望」，像是「試験に合格しますように」(希望考試能及格)「明日は雨が降らないように」(希望明天不要下雨)。

應用練習

例 みんなに聞こえるようにもっと大きい声で話してください。

請說大聲一點讓大家都能聽到。

例 イギリスに留学できるように、お金を少しずつ貯めています。

為了能去英國留學，正慢慢存錢。

例 子供でも食べられるように、カレーを少し甘くした。

把咖哩弄甜一點，讓小孩也能吃。

例 風邪を引かないように気をつけてください。

請注意不要感冒了。

連用中止
れんようちゅうし
連用中止的接續形式

例句

社長は目を閉じ、しばらく考えた。
しゃちょう　め　と　　　　　　　　　かんが

社長閉上了眼，思考了一下。

說明

　　「連用中止」是一種句子接續的形式。過去學習到，要連接兩個以上的句子，或是表示行為的順序時通常會使用「て」，而除了用「て」之外，在書面或是說明做法用法的時候，也常會用連用中止的形式。

畫重點

[動－ます形語幹]
[い形－く]
[な形－で / であり]
[名－で / であり]

應用練習

例 フライパンを中火で温め、麺と野菜を入れ、約5分炒めます。
　　ちゅうび　あたた　　めん　やさい　い　　　やく　ごふんいた

用中火加熱平底鍋，放入麵和蔬菜，炒約5分鐘。

例 暗証番号を入力し、確認ボタンをクリックしてください。
　　あんしょうばんごう　にゅうりょく　　かくにん

輸入密碼，再按下確認鍵。

例 このホテルは海から近く、便利であり、観光客がたくさん来ます。
　　　　　　　　うみ　　ちか　　べんり　　　　　かんこうきゃく　　　　　き

這旅館離海邊近，又很方便，有很多觀光客會來。

例 僕は先生であり、コーチであり、親でもある。
　　ぼく　せんせい　　　　　　　　　　　おや

我是老師、是教練，也為人父母。

例 この傘は丈夫であり、軽いのでよく売れている。
　　かさ　じょうぶ　　　　かる　　　　　　う

這把傘很堅固又很輕，賣得很好。(売れる：熱賣)

文法篇

單字篇
あ行

單字篇
か行

單字篇
さ行

單字篇
た行

單字篇
な行

單字篇
は行

Track
126

～れる／～られる
一般認為…；自然會…

例句

技術の進歩によって製品の評価がよくなると思われる。

(一般認為)隨著技術進步，產品的評價也會變好。

說明

「～れる／～られる」用在事物自然發生的情況，表達客觀事實或是自然會有的反應。像是看到 A 自然想起 B。

畫重點

I 類動詞：ます形語幹最後一個字改成 a 段音＋れる（例：思い出される）

II 類動詞：ます形語幹＋られる（例：考えられる、感じられる）

III 類動詞：来られる／される

應用練習

例 日本経済は今後よくなると思われる。

(一般認為)日本經濟今後會變好。

例 あの選手の復帰は時間の問題だと思われる。

(一般認為)那位選手回歸只是時間的問題。

例 この曲を聞くと、家族が思い出される。

聽到這首歌就自然會想起家人。

例 調べた結果、これは３０年ほど前のものだと思われます。

調查結束，認為這是大約 30 年前的東西。

例 この症状は食中毒だと考えられます。

這個症狀認為是食物中毒。

例 どの職人さんもきっちり仕事をしてくれると思われていますが実はそうでもないです。

一般認為不管哪個師傅都會把事情做好，但實際上並非如此。

文法補給站
「～れる / ～られる」的用法

說明

　　在初級文法學過「～れる / ～られる」分別可用來表示「被動」「可能」「尊敬」；第 136 頁學到的「自然發生」則是第 4 種用法，這裡將 4 種用法加以整理。

用法比較

(1) 被動：被⋯；受到⋯。

例 弟_{おとうと}は母_{はは}に叱_{しか}られました。

弟弟被媽媽罵了。

例 彼女_{かのじょ}は何度_{なんど}も同_{おな}じことを聞_きかれた。

她被問了好幾次相同的問題。

(2) 可能：表示可能時，II 類和 III 類動詞的来_きます也是「れる / られる」的形式。(I 類動詞的可能形是把ます形語幹最後改成 e 段音的形式，如「行_いけます」，而非「れる / られる」的形式)

例 今夜鍋_{こんやなべ}パーティーをするけど、来_こられますか。

今晚要辦火鍋派對，你能來嗎？

例 彼_{かれ}はアレルギーがあるため、えびが食_たべられない。

他因為過敏，不能吃蝦。

(3) 尊敬：以「れる / られる」描述對方動作，表示尊敬。(請參考第 158 頁)

例 社長_{しゃちょう}、来週_{らいしゅう}のご予定_{よてい}はもう決_きめられましたか。

社長，您已經決定好下週的行程了嗎？

例 いつも先生_{せんせい}が書_かかれた記事_{きじ}を拝見_{はいけん}しています。

一直以後都拜讀老師所寫的報導。

(4) 自然發生：理所當然，或是自然流露的動作或心情。

例 この町_{まち}に来_きて、学生_{がくせい}の頃_{ころ}が思_{おも}い出_だされる。

來到這個城市，自然會想起學生時代。

文法篇

單字篇
あ行

單字篇
か行

單字篇
さ行

單字篇
た行

單字篇
な行

單字篇
は行

～わけだ

難怪…；所以…

例句

この靴は 5000 円の 2 割引きだから、4000 円で買えるわけだ。

這雙鞋 5000 日圓打 8 折，所以是 4000 元能買到。

說明

　　針對某個事實或狀況加以說明，或是聽過對方解釋之後自己理解或總結之後，都可以用「わけだ」來表示理解事實或狀況發生的原因。也可以說「～というわけだ」。

畫重點

[動 / い形 / な形 / 名－普通形] ＋わけだ
な形容詞的非過去肯定：[な形－な / である] ＋わけだ
名詞的非過去肯定：[名－の / である] ＋わけだ

應用練習

例 この手袋は 3000 円、それに送料が 500 円で合計 ３５００ 円というわけです。

這個手套 3000 日圓，加上運費 500 日圓，所以合計是 3500 日圓。

例 仕事が増えても給料が上がらない。つまり、経済的に心配なわけだ。

就算工作變多薪水也不會增加。所以經濟狀況令人擔憂。

例 A：昨日、田中は仕事でミスをしてしまったそうだ。
　　B：それで彼女が謝っていたわけか。

A：昨天田中在工作上犯了錯。/B：難怪她在道歉。

例 A：今日、近くでコンサートがあるそうだよ。
　　B：ああ、だからこんなに人が多いわけだ。

A：今天附近好像有演唱會喔。/B：喔，難怪會那麼多人啊。

例 あれ、もう 7 時ですか。外が暗いわけだ。

咦，已經 7 點了嗎？難怪外面這麼暗。

～わけがない

不可能…

例句

料理が苦手な彼がシェフになれるわけがない。

廚藝不精的他不可能成為主廚。

說明

「わけ」是「理由」的意思，「～わけがない」是「沒有...的理由」用來表示「不可能...」，通常都是發話者非常肯定，有十足把握的情況。也可以說「わけない」或「わけはない」

畫重點

[動 / い形 / な形 / 名－普通形] ＋わけがない

な形容詞的非過去肯定：[な形－な / である] ＋わけがない

名詞的非過去肯定：[名－の / である] ＋わけがない

文法放大鏡

和「～はずがない」意思相同。

應用練習

例 本物の高級ブランドだから、そんなに安いわけがないでしょう。

這是名牌的真品，不可能那麼便宜吧。

例 これだけの仕事が残っているのに、今週中に終わるわけがない。

還有這麼多工作沒做完，不可能這週內完成。

例 甘党の彼がケーキが嫌いなわけがない。

愛吃甜食的他，不可能討厭蛋糕。(甘党：愛甜食的人)

例 あんなに細い人がラグビー選手のわけがない。

這麼瘦的人不可能是橄欖球選手。

例 こんな簡単なことをできないわけがない。

這麼簡單的事不可能辦不到。(否定形＋わけがない，用雙重否定表示「一定是…」，強調確信的程度)

～わけではない

並非…

例句

旅行（りょこう）が嫌（きら）いなわけではないが、忙（いそが）しくて行（い）けない。

並不是討厭旅行，只是忙得沒時間去。

說明

「～わけではない」意思是「並非…」「並不是…」，用在部分否定或是澄清事物，通常用於說明事物的情況並非絕對的時候。也可以說「～わけじゃない」「～わけでもない」「～というわけではない」。

畫重點

[動 / い形 / な形 / 名－普通形] ＋わけではない

な形容詞的非過去肯定：[な形－な / である] ＋わけではない

名詞的非過去肯定：[名－の / である] ＋わけではない

文法放大鏡

> 「～わけがない」是強烈表達沒有這種可能性；「～わけではない」則是部分否定，表示「並非…」。

應用練習

例 明日（あした）は休（やす）みといっても、暇（ひま）なわけではない。

雖然明天是休假，也不可能很閒。

例 先輩（せんぱい）の意見（いけん）はいつも正（ただ）しいわけじゃない。

前輩的意見不見得永遠是正確的。

例 料理（りょうり）が嫌（きら）いなわけでもない。忙（いそが）しくて暇（ひま）がないだけなのだ。

不是討厭下廚。只是太忙了沒空做。

例 仕事（しごと）をやめたいというあなたの気持（きも）ちがわからないわけでもない。

不是不能理解你想辭職的心情。

例 面接（めんせつ）に落（お）ちたからといって、人生（じんせい）が終（お）わるわけではない。

就算是沒通過面試，也不是人生末日。

〜わけにはいかない

不能…

例句

体調が悪いけど、今日は期末テストだから休むわけにはいかない。

雖然身體不舒服，但今天是期末考不可能請假。

說明

「〜わけにはいかない」是用於因為某些原因而無法進行想做的事，或是用在做(或不做)某件事情是理所當然的狀況。也可以說「わけにもいかない」。

畫重點

[動－辭書形] ＋わけにはいかない

[動－ない形] ＋ないわけにはいかない

應用練習

例 娘との約束を破るわけにはいかない。

不能打破和女兒的約定。

例 この仕事はとても重要なので、途中でやめるわけにはいかない。

這個工作非常重要，所以不能半途而廢。

例 大切なイベントがあるので、遅れるわけにもいかない。

因為有重要的活動，絕不能遲到。

例 こんなにおいしい料理があるなら、食べないわけにはいかない。

有這麼好吃的料理，沒理由不吃。

例 せっかく京都へ旅行に来たから、清水寺に行かないわけにはいかない。

難得來到京都旅行，不能不去清水寺。

例 明日が締め切りだから原稿を書かないわけにもいかない。

明天就是截稿日了，不快寫稿子不行。(締め切り：截止日)

文法篇

單字篇
あ行

單字篇
か行

單字篇
さ行

單字篇
た行

單字篇
な行

單字篇
は行

～わりに

雖然…；相對於…

例句

彼女(かのじょ)は年齢(ねんれい)のわりに若(わか)く見(み)える。

相對於年齡，她看起來格外年輕。

說明

　　「～わりに」通常用來表示現實和預期的差異，當人事物的程度不如預期或超乎預期時，就可以用「～わりに」。也可以用「わりには」。

畫重點

[動 / い形 / な形 / 名－普通形] ＋わりに

な形容詞的非過去肯定：[な形－な] ＋わりに

名詞的非過去肯定：[名－の] ＋わりに

文法放大鏡

> 　　初級日文學過的「～のに」也是用來表示預期和實際不同的情況，但是「～のに」通常是兩者差別很大或完全相反的情況，而「～わりに」則著重在程度或比例上的不同。

應用練習

例 あの新人(しんじん)は経験(けいけん)が少(すく)ないわりに、仕事(しごと)のスキルが高(たか)い。

　　那位新人經驗雖少，但工作技術很高超。(スキル：技術)

例 このドラマは人気(にんき)があるわりに、あまり面白(おもしろ)くなかった。

　　這部連續劇雖然受歡迎，但不太有趣。

例 この公園(こうえん)はきれいなわりに、あまり知(し)られていません。

　　這公園雖然美麗 (乾淨)，卻鮮為人知。

例 今日(きょう)は土曜日(どようび)のわりに人(ひと)が少(すく)ないね。

　　今天雖然是星期六，人卻很少呢。

例 この子(こ)は体調(たいちょう)がよくないわりには元気(げんき)だね。

　　這孩子雖然身體不舒服卻很有精神呢。

〜を込めて

傾注…

例句

恋人への思いを込めてプレゼントを選んだ。

傾注對戀人的心意挑選了禮物。

說明

「〜を込めて」是「傾注」的意思，通常用在對事物付出許多心思或情感的情況。

畫重點

[名－○] ＋を込めて

文法放大鏡

> 常會和「〜を込めて」一起使用的有「愛」「気持ち」「心」「願い」「力」...等表達心情或力量的詞彙。

應用練習

例 感謝の気持ちを込めて、お世話になった方に花束を贈りました。

傾注感謝的心情，送了花給很照顧我的人。

例 試験頑張ってね。私の願いを込めて、成功を祈っています。

考試加油。我會誠心發願祈禱你成功。

例 試合で力を込めて走ったら、優勝することができた。

比賽時用力跑之後，得到了優勝。

例 下手でもいいから心を込めて自分でチョコレートを作ってみよう。

就算做不好也沒關係，試著自己做包含心意的巧克力吧。

例 励ましを込めて親友にメッセージを送った。

向好朋友傳送了具有鼓勵之情的訊息。(励まし：激勵、鼓勵)

例 私が愛情を込めて育てたトマトです。味わってみてください。

這是我傾注愛情培育的番茄。請品嘗看看。

文法篇

單字篇
あ行

單字篇
か行

單字篇
さ行

單字篇
た行

單字篇
な行

單字篇
は行

～を中心に

以…為中心

例句

若い世代を中心にインフルエンザの患者が増えている。

流感以年輕人為中心增加中。

說明

「～を中心に」是「以…為中心」「為主」的意思，用以表示對象、範圍或領域中主要的部分；也可以用「～を中心として」「～を中心にして」；後面接名詞時則用「～を中心にした」「～を中心にする」「～を中心とした」「～を中心とする」。如果要說「…成為中心 /…成為主題」則是用「～が中心になる」。

畫重點

[名－○] ＋を中心に

應用練習

例 今度のテストに向けて、文法を中心に勉強しています。

為了下次的考試，正以文法為主學習。

例 あのカメラマンは関西地方を中心に活動している。

那位攝影師的工作以關西地區為主。

例 地球は太陽を中心に、１年かけて回っています。

地球以太陽為中心耗時１年繞一圈。

例 あの店は文房具を中心にいろんなものを販売している。

那間店以文具為主，販賣各種商品。

例 夕食は野菜を中心とした食事がおすすめです。

晚餐建議以蔬菜為主。

例 私たちの会話は子供の成長が中心になりました。

孩子的成長話題變成我們對話的中心。(~ が中心になる：…成為中心)

～をきっかけに / ～がきっかけで

以…為契機

〖例句〗

病気になったのをきっかけにお酒をやめた。

以生病為契機而戒酒了。

說明

「きっかけ」是名詞「契機」的意思，「～をきっかけに / ～がきっか
けで」是用於表示進行某個動作的動機或原因。

畫重點

[動－た形] ＋の / こと＋をきっかけに / がきっかけで

[名－○] ＋をきっかけに / がきっかけで

文法放大鏡

> 「～をきっかけに」也可以說「～をきっかけにして」「～をきっ
> かけとして」。

〖應用練習〗

例 アニメをきっかけに日本文化に興味を持つようになった。

因為動畫為契機而開始對日本文化抱持興趣。

例 映画の主題歌がきっかけでその歌手を知った。

因電影主題曲為契機而知道那位歌手。

例 韓国のドラマを見たのがきっかけで韓国へ留学したいと思うようにな
った。

以看韓劇為契機而想去韓國留學。

例 何がきっかけで、医者になろうと思ったのですか。

你立志成為醫生的契機是什麼呢？

文法篇

單字篇
あ行

單字篇
か行

單字篇
さ行

單字篇
た行

單字篇
な行

單字篇
は行

～を契機<ruby>契機<rt>けいき</rt></ruby>に

以…為契機

例 句

その<ruby>事故<rt>じ こ</rt></ruby>を<ruby>契機<rt>けいき</rt></ruby>に、<ruby>法律<rt>ほうりつ</rt></ruby>が<ruby>変更<rt>へんこう</rt></ruby>されました。

以那件意外事故為契機，而修改了法律。

說 明

「～を契機<rt>けいき</rt>に」也可以說「～を契機<rt>けいき</rt>にして」或「～を契機<rt>けいき</rt>として」，都是用來表示事情發生的契機和原因。

畫重點

[名－○] ＋を契機<rt>けいき</rt>に (して)
[動－た形] ＋の / こと＋を契機<rt>けいき</rt>に (して)

文法放大鏡

> 「～を契機<rt>けいき</rt>に」和「～をきっかけにして」的意思接近，都是用在表示事物發生的契機；「～をきっかけにして」用法較為口語，適用範圍較廣；而「～を契機<rt>けいき</rt>に (して)」用法則較為正式，所以常用在重大的事件。

應 用 練 習

例 <ruby>人気製品<rt>にんきせいひん</rt></ruby>の<ruby>発売<rt>はつばい</rt></ruby>を<ruby>契機<rt>けいき</rt></ruby>に<ruby>会社<rt>かいしゃ</rt></ruby>を<ruby>大<rt>おお</rt></ruby>きく<ruby>成長<rt>せいちょう</rt></ruby>させることができた。

以熱門商品發售為契機，公司得以大幅度成長。

例 <ruby>妊娠<rt>にんしん</rt></ruby>を<ruby>契機<rt>けいき</rt></ruby>に<ruby>食生活<rt>しょくせいかつ</rt></ruby>を<ruby>見直<rt>みなお</rt></ruby>した。

以懷孕為契機，重新檢視飲食習慣。(食生活：飲食習慣)

例 オリンピックを<ruby>契機<rt>けいき</rt></ruby>にしてこの<ruby>国<rt>くに</rt></ruby>の<ruby>経済<rt>けいざい</rt></ruby>が<ruby>一気<rt>いっき</rt></ruby>に<ruby>復活<rt>ふっかつ</rt></ruby>した。

以奧運為契機，這個國家的經濟一口氣復甦。

例 リストラされたのを<ruby>契機<rt>けいき</rt></ruby>として、<ruby>私<rt>わたし</rt></ruby>は<ruby>自分<rt>じぶん</rt></ruby>の<ruby>会社<rt>かいしゃ</rt></ruby>を<ruby>作<rt>つく</rt></ruby>った。

以被裁員為契機，我設立了自己的公司。

〜を〜にして / 〜を〜として

把…當作…；把…作為…

例句

全国（ぜんこく）の小学生（しょうがくせい）を対象（たいしょう）として調査（ちょうさ）を行（おこな）いました。

以全國小學生為對象進行了調查。

說明

「にして / として」是當作、作為的意思。「A を B にして / として」就是把 A 當成 B。「〜を〜にして」也可以省略成為「〜を〜に」；後面接名詞時，則可以說「〜を〜にした / にする」「〜を〜とした / とする」。

畫重點

[名 1 －○] ＋を ＋[名 2 －○] ＋にして / として

(名詞也可以用 [動 - 普通形] ＋の / こと的形式表示)

文法放大鏡

> N3 文法中學到的「〜をきっかけにして」「〜を契機（けいき）にして」「〜を中心（ちゅうしん）にして」都是「〜を〜にして」的應用。

應用練習

例 家族（かぞく）を社長（しゃちょう）にして、プレゼンを練習（れんしゅう）した。

把家人當成社長，練習發表。(プレゼン：プレゼンテーション，發表)

例 子供（こども）が私（わたし）の腕（うで）を枕（まくら）にして寝（ね）てしまった。

孩子把我的手臂當枕頭睡著了。

例 彼女（かのじょ）は猫（ねこ）の写真（しゃしん）を参考（さんこう）にして絵（え）を描（か）いた。

她拿貓的照片當參考畫了圖。

例 今回（こんかい）の大会（たいかい）を最後（さいご）として野球（やきゅう）をやめます。

以這次大會作為最後出賽，將放棄打棒球。

例 大学院（だいがくいん）に合格（ごうかく）することを目標（もくひょう）として頑張（がんば）っています。

以考上研究所為目標而努力著。

文法篇

單字篇
あ行

單字篇
か行

單字篇
さ行

單字篇
た行

單字篇
な行

單字篇
は行

～を通して / ～を通じて (1)
…期間

例句

この国は１年を通して暑いです。

這個國家１整年都很熱。

說明

「～を通して / ～を通じて」是「...期間」的意思，用來表示在某段時間內持續發生某件事。

畫重點

[名] ＋を通して / を通じて

(只適用表示期間的名詞，如：１年、１週間...等)

文法放大鏡

> 和「～にわたって」也是用來表示時間範圍的句型，最大的不同是「～にわたって」不但能用於表示時間，還可以表示空間等地理範圍。而「～を通して」只用來表示時間。

應用練習

例 この劇場は１年を通じて、観客が訪れます。

這個劇場一整年都有觀眾來訪。

例 彼は４年の大学生活を通して、一度も授業に遅刻しなかった。

他４年大學生活期間，上課一次都沒遲到過。

例 彼女は１０年間を通じて、歌手として活躍してきた。

她在１０年期間都以歌手身分活躍。

例 先週は１週間を通して雨が続いた。

上週一整週都下雨。

文法補給站
表示時間的句型

說明

　　N5~N3 文法中學習到關於「時間點、期間範圍」的句型有：うちに、最中に、最中だ、から～まで、から～にかけて、ごとに、にわたって、を通して / を通じて...等，在這裡統整列出。

用法比較

～うちに：趁著…

例 雨が降らないうちに、洗濯物を干しましょう。

趁還沒下雨，先晒衣服。

～最中に / ～最中だ：正在…

例 会議の最中に、突然停電が起こった。

正在開會時，突然停電了。

～から～まで：從…到…

例 彼は 10 時から午後 5 時まで会議に参加しました。

他從 10 點到下午 5 點都在開會。

～から～にかけて：從…到…

例 今日は午後 3 時から 6 時にかけて雨が降る予報です。

氣象預報是今天下午 3 點到 6 點會下雨。

～ごとに：每隔…

例 このアプリは 3 ヶ月ごとにアップデートされる。

這個應用程式每隔 3 個月會更新。

～にわたって：在…範圍內

例 1 週間にわたって、彼はプレゼンテーションの準備をしていました。

他在 1 週之間持續準備發表。

～を通して / ～を通じて：在…期間

例 10 年を通して、彼は会社で多くの企画を担当してきました。

10 年期間，他在公司負責了許多的企劃。

文法篇

單字篇
あ行

單字篇
か行

單字篇
さ行

單字篇
た行

單字篇
な行

單字篇
は行

Track
140

～を通して / ～を通じて (2)

透過…

例句

ゆうじん とお あたら しゅみ み
友人を通して新しい趣味を見つけました。

透過朋友，找到了新的興趣。

說明

　　除了用來表示時間範圍，「～を通して / ～を通じて」也是「透過...」的意思，用來表示手段、仲介或媒介。除了實際的物品或媒介，也可以用在抽象的手段或活動或事件上。

畫重點

[名－○] ＋を通して / を通じて

文法放大鏡

> 「～を通して / ～を通じて」的後句常搭配「学ぶ」「知る」等詞語。

應用練習

例 彼はインターネットを通して、外国語を学んだ。

他透過網路，學習了外語。

例 ニュースを通して、スポーツの最新情報を手に入れる。

透過新聞，取得最新的體育情報。

例 ボランティア活動を通して社会の問題を知りました。

藉由擔任義工認識了社會問題。

例 海外旅行を通じて、たくさんのことを経験した。

透過國外旅遊，體驗了很多事。

例 この仕事を通じて社会の厳しさを学びました。

藉由這個工作，我學習到社會的現實面。

例 相撲を通して日本の文化を学んだ。

透過相撲學習到日本文化。

文法補給站
表示方法、手段的句型

說明

　　目前為止學到用來表示手段的句型有：で、によって、により、によれば、によると、を通じて。在這裡加以整理。

用法比較

〜で：藉由、利用工具

例 箸でご飯を食べます。

用筷子吃飯。

〜によって / により：利用、透過

例 インターネットによって、どこでも仕事ができるようになった。

藉由網路，變得哪裡都能工作了。

例 毎日 3 時間練 習 することにより、驚くほど絵が上 達した。

透過每天 3 小時練習，繪畫有驚人的進步。

〜によれば / 〜によると：表示情報或判斷的來源；透過什麼得知資訊

例 ネットニュースによれば東 京で地震があったらしい。

據網路新聞，東京似乎發生了地震。

例 天気予報によると、明日は雨だそうです。

根據天氣預報，明天會下雨。

〜を通して / 〜を通じて：仲介、透過、利用

例 友人を通して、僕たちは知り合いました。

透過朋友，我們認識了。

例 SNS を通じて世界中に友達を作ることができる。

透過社群媒體可以和各國的人當朋友。

文法篇

單字篇
あ行

單字篇
か行

單字篇
さ行

單字篇
た行

單字篇
な行

單字篇
は行

Track
142

～てほしい / ～てもらいたい

想要…

例句

早^{はや}く梅^{うめ}が咲^さいてほしいね。

希望梅花早點開花啊。

說明

「ほしい」「もらいたい」都是「想要」的意思。加上動詞て形「～て
ほしい」「～てもらいたい」是用來表達想要某個動作發生，帶有請求、希
望的意思。這個句型中的「動詞て形」，是發話者希望對方做出的動作，而
非發話者自身的動作。更加禮貌的說法則是「～ていただきたい」。

畫重點

[動－て形] ＋ほしい / もらいたい

文法放大鏡

> 如果是不希望、不想要等否定的說法，可以用「～ないでほしい」「～
> てほしくない」或是「～ないでもらいたい」。

應用練習

例 明日^{あした}はサッカーの試合^{しあい}があるから、雨^{あめ}が降^ふらないでほしい。

明天有足球比賽，希望不要下雨。

例 昨日^{きのう}のことは誰^{だれ}にも言^いわないでほしい。

昨天的事希望不要跟任何人說。

例 すみません、お皿^{さら}が汚^{よご}れています。換^かえていただきたいんですが。

不好意思，盤子髒了。可以幫我換嗎？

例 娘^{むすめ}に1人^{ひとり}で海外旅行^{かいがいりょこう}に行^いかないでほしいです。

不希望女兒隻身到國外旅行。

例 誰^{だれ}かに手伝^{てつだ}ってもらいたい。

希望有人能幫我忙。

文法補給站

授受表現

說明

　　初級文法曾學過表示給予和接受的句型，統稱為「授受表現」。授受表現依對象的不同，主要會用到的動詞有「あげる」「もらう」「くれる」，整理如下。

用法比較

あげる：我（發話者）給其他人、其他人 A 給其他人 B；對尊長用「さしあげる」，對晚輩或動植物可用「やる」。

例 忙しい妻の代わりに僕が部屋を掃除してあげた。

　　我代替忙碌的妻子打掃了房間。

例 先生がペンを持っていらっしゃらなかったから貸してさしあげた。

　　老師沒帶筆，所以我借給他。

もらう：我（發話者）從其他人得到、其他人 A 從其他人 B 得到。更禮貌的說法（謙讓語）是「いただく」。

例 友達におすすめのゲームを紹介してもらった。

　　朋友介紹了推薦的遊戲給我。

例 社長さんに工場の案内をしていただきました。

　　社長為我介紹了工廠。

くれる：其他人給我（發話者），接受物品或動作的人必須是我或是與我接近的人（例如家人）。禮貌的說法是尊敬語「くださる」。

例 彼は（私に）重い荷物を運ぶのを手伝ってくれた。

　　他幫忙我搬了重的行李。

例 参加者の皆さんが（私に）片付けを協力してくださいました。

　　參加的各位幫我善後整理。

文法篇

單字篇
あ行

單字篇
か行

單字篇
さ行

單字篇
た行

單字篇
な行

單字篇
は行

Track
144

～させてもらう / ～させてくれる

(對方)讓我…

例句

先生にお願いして、早退させてもらいました。

向老師提出請求，讓我從學校提早回家。

說明

　　「(對方に)～てもらう」「(對方が)～てくれる」都是「對方為我做...」的意思，て形前面用動詞使役形，變成「～させてもらう」「～させてくれる」，就是「對方讓我...」的意思。這個句型用於表示自己的行為是經由對方允許或給予的。

畫重點

(私が相手に)[動－使役て形]＋もらう

(相手が私に)[動－使役て形]＋くれる

(兩個句子雖是相同意思，但是主語不同)

文法放大鏡

　　這個句型常用於敬語之中，比「～させてもらう」更禮貌的謙讓說法是「～させていただく」；「～させてくれる」更禮貌的尊敬說法是「～させてくださる」。

應用練習

例 課長が私に自由に意見を言わせてくれる。

課長讓我自由發表意見。

例 新人の時、大きい仕事をやらせてもらえませんでした。

新人時期，(公司)不讓我做大型的工作。

例 母は私にピアノのレッスンを 10 年間通わせてくれました。

母親讓我上了 10 年的鋼琴課。

例 ここに座らせてもらってもいいですか。

可以讓我坐這裡嗎？

文法補給站

使役形

說明

　　初級文法中學過的「使役形」主要用在「許可/指示/放任」的情況，而敬語中也常用到使役形來表示對方的恩惠或是自謙。這裡復習使役形的動詞變化和相關句型。

畫重點

使役形的動詞變化

[I 類動詞－ない形] ＋せる

[II 類動詞－ます形語幹] ＋させる

III 類動詞：する→させる / 来る→来させる

應用練習

例 子供に何を習わせたいですか。

　　想讓孩子學什麼？

例 ヤクルトを凍らせて飲むとおいしいよ。

　　把養樂多冷凍再喝很美味喔。

例 部長は部下に買い物に行かせた。

　　部長叫部下去買東西。

例 笑顔で家族を笑わせた。

　　用笑容讓家人笑。

例 電車が遅れて、友達を待たせてしまった。

　　因為電車誤點，讓朋友等我。

例 私が子供にごはんを食べさせた。

　　我餵小孩吃了飯。

例 両親は私に猫を飼わせてくれた。

　　父母讓我養貓。

文法篇

單字篇
あ行

單字篇
か行

單字篇
さ行

單字篇
た行

單字篇
な行

單字篇
は行

Track
146

～させてください

請讓我…

すぐには決められないのでもう少し考えさせてください。

沒辦法立刻決定，請讓我再想一下。

說明

「～ください」是「請...」，把使役形させる變化成て形「～させて」再加上「ください」，「～させてください」就是「請讓我...」的意思。也可以說「～させてくださいませんか」「～させてくれませんか」。對平輩或親近的人可以說「～させてほしい」。

畫重點

[動−使役て形] ＋ください

文法放大鏡

「～てください」是「請對方做...」，「～させてください」是「請讓我做...」。例如「言ってください」是「請說」(請對方做發言的動作)；「言わせてください」是「請讓我說」(請求對方允許我說)。

應用練習

例 このプロジェクト、ぜひ私にやらせてください。

這個企劃，請務必讓我做。

例 パスポートのコピーをとらせてください。

請讓我影印護照。

例 インフルエンザかもしれないので、家にいさせてください。

說不定是流感，請讓我待在家。

例 自分の力を試したいので1人でこの仕事をさせてくださいませんか。

我想試試自己的能力。可以讓我1個人做這個工作嗎？

例 すみません。体調が悪いので、バイトを休ませてください。

不好意思。我身體不舒服，請讓我打工請假。

～させてもらえませんか

可以讓我…嗎

例句

わたし いけん い
私にも意見を言わせてもらえませんか。

可以讓我也表示意見嗎？

說明

「～させてもらえませんか」用於請求允許。也可以說「～させてもら

えますか」；更禮貌的說法是「～させていただけませんか」

畫重點

[動－使役て形] ＋もらえませんか

文法放大鏡

> 「～させてください」和「～させてもらえませんか」都是「請讓我...」
> 的意思，除了主語不同之外，「～させてもらえませんか」語氣較為委婉，
> 也更為禮貌；更加禮貌的說法則是「～させていただけませんか」。對平
> 輩或親近的人可以用「～させてもらいたい」。

應用練習

じぶん よ わたし まか
例 自分でやってみたいので、良かったら私に任せてもらえませんか。

我想自己做看看，可以交給我嗎？

なかみ かくにん
例 すいませんが、かばんの中身を確認させてもらえますか。

不好意思，可以讓我確認 (你的) 包包裡的東西嗎？

しょうひん しゃしん と
例 こちらの商品の写真を撮らせていただけませんか。

這樣商品可以讓我拍照嗎？

わたし きかく たんとう
例 私にこの企画を担当させていただけませんか。

可以讓我負責這個企劃嗎？

つか
例 パソコンを使わせていただけませんか。

可以讓我用電腦嗎？

文法篇

單字篇
あ行

單字篇
か行

單字篇
さ行

單字篇
た行

單字篇
な行

單字篇
は行

文法補給站

尊敬與謙讓

說明

　　敬語是學習日語重要的一環，以下統整並復習初級學習過的敬語。

畫重點

尊敬語的種類

尊敬語的種類	用例
用動詞被動形來表示尊敬的意思。	社長（しゃちょう）はもう帰（かえ）られましたか。 社長已經回去了嗎？
お [動 - ます形語幹] + になります ご表示動作的名詞 + になります	社長（しゃちょう）はもうお帰（かえ）りになりましたか。 社長已經回去了嗎？ レジ袋（ぶくろ）をご利用（りよう）になりますか。 需要購物袋嗎？
お + [動 - ます形語幹] + ください ご + 表示動作的名詞 + ください	少々（しょうしょう）お待（ま）ちください。 請稍待。 金額（きんがく）をご確認（かくにん）ください。 請確認金額。

謙讓語

謙讓語的種類	用例
お + [動 - ます形語幹] + します ご + 表示動作的名詞 + します （します可換成いたします）	私（わたし）がカバンをお持（も）ちしましょう。 我幫您拿包包吧。 私（わたし）の娘（むすめ）をご紹介（しょうかい）します。 我來介紹我的女兒。

文法放大鏡

特殊的尊敬語、謙讓語 (特別形動詞)

中文	一般的說法	尊敬語	謙讓語
做	します	なさいます	いたします
在	います	いらっしゃいます	おります
去 / 來	行きます / 来ます	いらっしゃいます	まいります
吃 / 喝	食べます / 飲みます	召し上がります	いただきます
看	見ます	ご覧になります	拝見します
說	言います	おっしゃいます	申します
知道	知っています	ご存じです	存じております
給	くれます	くださいます	―
給	あげます	―	さしあげます
收到	もらいます	―	いただきます
見面	会います	―	お目にかかります
聽 / 問	聞きます	―	伺います
拜訪	訪問します	―	伺います
睡	寝ます	お休みになります	―
穿	着ます	お召しになります	―

丁寧形中的特別形 (美化句子讓說話變得更文雅)

有	あります	ございます	
是	です	でございます	

文法篇

單字篇
あ行

單字篇
か行

單字篇
さ行

單字篇
た行

單字篇
な行

單字篇
は行

Track
150

～っぽい

像…；容易…

例句

あの子はまだ小学生なのに、大人っぽい。

那孩子還是小學生，卻像大人。

說明

　　「～っぽい」是「像...」「有...傾向」的意思，用於形容人事物具有的特色或性質。通常是發話者講述主觀的印象、意見時使用。

畫重點

[名－○]＋っぽい
[動－ます形語幹]＋っぽい
[い形－○]＋っぽい

文法放大鏡

> 　　「～っぽい」雖然可以接在動詞或形容詞後面，但不是所有的動詞形容詞都能使用，通常是慣用的表現方式，像是使用動詞的「怒りっぽい」(容易生氣)、「飽きっぽい」(三分鐘熱度/容易生膩)就是用於形容「容易...」的個性。而用形容詞的「安っぽい」(看起來廉價)則是具有貶低之意，覺得看起來沒價值。

應用練習

例 彼はもう３０代ですが、子供っぽい顔をしています。

　　他已經30幾歲了，卻有張娃娃臉。

例 この料理は油っぽくていやだ。

　　這道菜很油膩我不喜歡。(描述主觀看法)

例 このカバンは見た目がちょっと安っぽいから、ほかのを買おうと思う。

　　這個包看起來有點廉價，所以我想買別的。

例 私は忘れっぽくて、パスワードなどすぐに忘れちゃうんです。

　　我很健忘，密碼什麼的馬上就忘了。(忘れっぽい：健忘)

文法補給站

「～みたい」「～らしい」「～っぽい」的比較

說明

　　至今學過「～みたい」「～らしい」「～っぽい」都是用於表達「像是...」的意思，但這三者在使用情況上有些不同。

用法比較

～みたい：通常用於舉例比喻事物「像是～」，較文言的說法是「～のよう」。

接續方式是 [名－○] ＋みたい；[動－普通形] ＋みたい

例 このチョコレートはクッキーみたいな食感だ。
　　這巧克力的口感好像餅乾。

例 この大学に入れるなんて夢を見ているみたいだ。
　　能進入這所大學就像做夢一樣。

例 今日は冬のような寒さです。
　　今天像是冬天般寒冷。

～らしい：用於強調人事物的特徵，表示符合自身的典型特色。文法接續方式是：[名－○] ＋らしい

例 4月に入って暖かくなり、春らしい天気になってきた。
　　進入 4 月變暖了，天氣也變得像春天。(4月已是春天，變暖也符合春天的氣候)

例 いつも明るい彼女が今日は暗い顔をしている。彼女らしくないね。
　　一向開朗的她今天卻看來死氣沉沉。真不像她。

～っぽい：「～っぽい」用於發話者主觀的判斷或看法，描述個人感覺，或是實際上不屬於某個種類，但是感覺起來像是。文法接續方式詳見第 160 頁。

例 私の彼女は負けただけで怒ったりして、子どもっぽいところがある。
　　我的女友只是輸了就生氣，有孩子氣的地方。(已是大人，但行為像小孩)

例 教室がほこりっぽいので、掃除した。
　　教室感覺灰塵有點多，所以我打掃了。(主觀覺得教室很多灰塵)

文法篇

單字篇
あ行

單字篇
か行

單字篇
さ行

單字篇
た行

單字篇
な行

單字篇
は行

Track 152

〜てごらん

做…看看

例句

このケーキ、おいしいんだよ。食べてごらん。

這個蛋糕很好吃喔。你吃吃看。

說明

　　「〜てごらん」和「〜なさい」「〜てみなさい」的意思相同，都是要求或命令對方做事，但是「〜てごらん」比較有禮溫和，經常是用在父母對孩子等情況，屬於較溫柔的命令說法。也可以說「〜てごらんなさい」。

畫重點

[動-て形] ＋ごらん

文法放大鏡

　　「〜てごらん」是屬於口語的會話表現，並且雖然口氣比「〜てみなさい」溫和，但因為屬於命令形式，依然不能用於對尊長的對話之中。

應用練習

例 空を見てごらん。星がきれいよ。

看看天空。星星很美喔。

例 鍵なんか、かかっていませんよ。開けてごらん。

沒上鎖喔。打開看看。

例 答えは、この絵の中にあるよ。当ててごらん。

答案就在這張畫裡喔，猜看看。

例 この掃除機、重そうだけど、実は軽いんだ。持ってごらん。

這台吸塵器看起來很重，實際上很輕喔。你拿看看。

例 きっとできるから、もう一度やってごらんなさい。

一定辦得到的，再做一次看看。

～てくれと

要求 (我)…

例句

友達にコンサートのチケットを取ってくれと言われた。

朋友叫我買演唱會的票。

說明

　　「～てくれ」是比「～てくれる」更加強烈要求或命令的形式，意思是「給我...」，屬於命令要求的句型。後面加上「と」是表示引用對方說的話，所以「～てくれと」就是「對方要求我...」的意思。「と」的後面通常會加上「言われる」「頼まれる」「注意される」等被動形式的單字。

畫重點

[動－て形] ＋くれと

文法放大鏡

> 否定的句型是「～ないでくれと」。

應用練習

例 会社から「辞めてくれ」と言われた。
被公司說辭職吧。

例 先輩にお金を貸してくれと頼まれた。
前輩拜託我借錢給他。

例 同僚にこのソフトの使い方を教えてくれと頼まれました。
同事拜託我教他這個軟體的用法。

例 管理人に静かにしてくれと注意されちゃった。
被管理員告誡我安靜一點。

例 子どもに試合を見に来ないでくれと言われた。
被孩子說不要來看比賽。

文法篇

單字篇
あ行

單字篇
か行

單字篇
さ行

單字篇
た行

單字篇
な行

單字篇
は行

Track
154

文法補給站

命令形

說明

前面學到了「～てごらん」「～てくれと」兩種表示命令的用法，以下復習初級文法學習過的動詞命令形。

畫重點

命令形的動詞變化

I 類動詞：ます形語幹最後一個字從 i 段音改成 e 段音，如：行きます→行け

II 類動詞：ます形去掉ます，加上ろ，如：開けます→開けろ

III 類動詞：します→しろ / 来ます→来い

應用練習

例 気に入らない洋服なら、今すぐ捨ててしまえ。

如果是不喜歡的衣服，現在就丟了吧。（しまう→しまえ）

例 まだ最後の試合とかもあるかもしれないからちゃんと準備しとけよ。

說不定還有最後一場比賽，好好準備啦。（「準備しておく」簡化成「準備しとく」，命令形為「準備しとけ」）

例 大人の言うことは素直に聞け。

大人說的話就老實聽！

例 先生に「5 時までに必ずレポートを提出しろ」と言われた。

被老師說 5 點前一定要交報告。

例 お願い！当たれ！

拜託！抽中我！（並非命令對方，而是表達發話者向天祈求的強烈願望）

～てみせる

做…給人看

例 句

私が踊ってみせるので、まねしてください。

我跳給你看，請你模仿。

說明

「みせる」是「出示 / 給人看」的意思，「～てみせる」就是「做…給人看」。用在示範某個動作給人看的情況。也可以用來表示發話者強烈的決心和意志，有「做給大家看 / 讓大家看到我的能力」的意思。

畫重點

[動－て形]＋みせる

文法放大鏡

「～てみせる」用於表示發話者決心的時候，會使用帶有意志、靠努力可以做到的動詞，經常和「絶対に / きっと / 必ず」等單字一起使用。

應用練習

例 「就職」の漢字がわからなかったので先生に書いてみせてもらった。

我不知道「就職」的漢字怎麼寫，老師寫給我看。

例 失敗しないように私が作ってみせるね。

為了不失敗，我先做給你看喔。

例 コピー機の使い方がわからないので、一度やってみせていただけませんか。

不知道怎麼用影印機，可以操作一次給我看嗎？

例 必ず会計士の資格を取ってみせます。

一定要考到會計師資格給大家看。(表示決心)

例 今回はできなかったけど、次はきっと成功してみせます。

這次沒辦法達成，下次一定成功給大家看。(表示決心)

文法篇

單字篇 あ行

單字篇 か行

單字篇 さ行

單字篇 た行

單字篇 な行

單字篇 は行

～ないと / ～なくちゃ / ～なきゃ

必須要…

例句

もうこんな時間。早く帰らないと。

已經這麼晚了。必須早點回去。

說明

　　初級文法曾經學過表示義務或必要性的句型「～なければならない」及「～ないといけない」，而在口語會話中，會短縮成「～ないと」或是「なくちゃ」「なきゃ」。意思和「～ないといけない」相同。

畫重點

[動－ない形] ＋ないと / なくちゃ / なきゃ

文法放大鏡

　　禮貌正式的程度由高到低依序為「～なければなりません」→「～ないといけません」→「～ないと」→「～なくちゃ / ～なきゃ」。

應用練習

例 明日給食がないから、子供のお弁当を作らなきゃ。

明天沒有營養午餐，必須要做孩子的便當。

例 明日は早く出かけるから、もう寝ないと。

明天要早點出門，該睡了。

例 また太っちゃった。ダイエットしなくちゃ。

又胖了。必須減肥。

例 雨が降るかもしれないから、傘を持っていかなきゃ。

說不定會下雨，要帶傘才行。

例 メールの返信しなくちゃ。

必須要回電子郵件。

文法補給站

縮約形

說明

　　口語中會把「～ている」簡化成「～てる」，「～ていた」簡化成「～てた」；類似的用法還有初級文法曾學過「縮約形」，是把較長的文法句型省略縮短的形式。通常是因為原本的句型過長，在說話時因為音節的減少或縮短省略而更簡短，所以縮約形通常會用在口語會話中。

畫重點

常見的縮約形有：

原句型	縮約形
～てしまう / ～でしまう	～ちゃう / ～じゃう
～てしまった / ～でしまった	～ちゃった / ～じゃった
～ておく	～とく
～てはいけない / ～ではいけない	～ちゃいけない / ～じゃいけない
～と聞いた / ～と言った	～って
～ないといけない ～なければならない	～ないと ～なきゃ / ～なくちゃ
～と言いましたか /～ はなんですか	～って？

另外還有常見的短縮句，不是因為音節的脫落，而是直接省略變短：

原句型	短縮句
～かもしれない	～かも
～すればどうですか / ～すればいいですよ	～れば？
～したらどうですか / ～したらいいですよ	～たら？

文法篇

單字篇
あ行

單字篇
か行

單字篇
さ行

單字篇
た行

單字篇
な行

單字篇
は行

保證得分！**N3**

日檢 言語知識 文法・文字・語彙

單字篇

精選 N3 單字

あ行

| 相変わらず
あいか | 義 一如往常 | ▶ 副詞 |

例 彼女は相変わらず子供っぽいです。

她一如往常地孩子氣。

| 挨拶
あいさつ | 義 招呼、問候 | ▶ 名詞 |

例 彼は挨拶もしないで通り過ぎました。

他連招呼也不打就經過了。

| 愛する
あい | 義 愛 | ▶ 動詞 |

例 愛する人に自分の思いをちゃんと伝えたほうがいいです。

最好向心愛的人表達自己的心意。

| 合図
あいず | 義 信號、暗號 | ▶ 名詞 |

例 先生は学生たちに止まれの合図をした。

老師給了學生停下來的指示。

| 相手
あいて | 義 伙伴、對方、對手 | ▶ 名詞 |

例 相手が強くて勝つことができなかった。

對手太強了贏不了。

| あいにく | 義 不巧、不湊巧 | ▶ 副詞、な形 |

例 せっかくのお誘いですが、あいにくその日は予定が入っております。

難得您特地邀請，不巧那天已經有約了。

| アイロン | 義 熨斗、熨燙 | ▶ 名詞 |

例 明日着る服にアイロンをかけた。

熨燙了明天要穿的衣服。

| アイデア / アイディア | 義 靈感、創意 | ▶ 名詞 |

例 頑張って考えましたが、なかなかいいアイデアを思いつきません。

很努力想了，但還是沒有什麼好的靈感。

文法篇

單字篇
あ行

單字篇
か行

單字篇
さ行

單字篇
た行

單字篇
な行

單字篇
は行

| 合う | 義 合、適合 | ▶動詞 |

例 白と黒はどの色にも合います。

白和黑跟什麼顏色都很搭。

| 上がる | 義 結束、增加、提高 | ▶動詞 |

例 最近食材の値段が上がり続けています。

最近食材的價格持續上漲。

例 やっと雨が上がって、出かけることができました。

雨終於停了，可以出門了。

| 飽きる | 義 膩、厭煩 | ▶動詞 |

例 このアニメは何回見ても飽きない。

這部動畫看幾次都不會膩。

| 飽きっぽい | 義 三分鐘熱度、沒耐性 | ▶い形 |

例 私は飽きっぽい性格で、何をしても長く続きません。

我是沒耐性的個性，什麼事都做不久。

| 明らか | 義 清楚、顯然 | ▶な形 |

例 その失敗は明らかに彼のせいです。

那個失敗很明顯是他的錯。

| 諦める | 義 放棄 | ▶動詞 |

例 お金がないから、車を買うのを諦めるしかない。

因為沒有錢，所以只好放棄買車。

| 握手 | 義 握手 | ▶名詞 |

例 好きな歌手と握手をしました。

和喜歡的歌手握了手。

| アクセス | 義 連接、交通方式、接近 | ▶名詞 |

例 日本国外からは、このサイトにアクセスできません。

從日本以外的國家無法連上這個網站。

例 このカフェは駅へのアクセスが便利でいつも混雑しています。

這個咖啡廳因為往車站的交通很方便，所以總是很多人。

| 空ける | 義 騰出、空出 (時間空間都可用) | ▶動詞 |

例 夕方から時間を空けておいてください。

請把傍晚以後的時間空下來。

例 新しい本を入れるために棚を空けた。

為了放新的書，所以把櫃子空出來。

| 揚げる | 義 油炸、捕獲 | ▶動詞 |

例 野菜をサクサクに揚げた。

把蔬菜炸得酥脆。

| 上げる | 義 提高 | ▶動詞 |

例 少しボリュームを上げてください。

請稍微把音量調大聲一點。

| あご | 義 下巴 | ▶名詞 |

例 びっくりしすぎてあごが外れそうになった。

太過驚嚇了，下巴差點掉了。

| 足首 | 義 腳踝 | ▶名詞 |

例 足首の怪我はもう大丈夫ですか。

腳踝的傷勢已經好了嗎？

| 与える | 義 給予 | ▶動詞 |

例 今月の台風は全国に大きな影響を与えた。

本月的颱風帶給全國很大的影響。

| 温まる / 暖まる | 義 變暖、感到溫暖 | ▶動詞 |

例 仕事がうまくいかないとき、夫の言葉に心が温まった。

工作不順遂時，丈夫的話讓我感到溫暖。

例 暖房をつけているのに部屋が暖まらない。

明明開了暖氣，房間卻不暖。

文法篇

單字篇
あ行

單字篇
か行

單字篇
さ行

單字篇
た行

單字篇
な行

單字篇
は行

温める / 暖める　　義 加熱、使變暖　▶動詞

例 お弁当を電子レンジで温めた。

用微波爐加熱便當。

例 ヒーターをつけて部屋を暖めておきました。

先開了電暖器讓房間變暖。

辺り　　義 附近、周圍、大致　▶名詞

例 この辺りにドラッグストアはありますか。

這附近有藥粧店嗎？

当たり前　　義 理所當然　▶名詞、な形

例 誰かが会話しているときに、邪魔をしないのは当たり前のことです。

別人在說話的時候不打擾，是理所當然的事。

当たる　　義 碰撞、命中、接觸、對待　▶動詞

例 テニスのラケットが頭に当たった。

被網球的球拍打到頭。

例 抽選で賞品としてドライヤーが当たった。

抽中了吹風機。

当てる　　義 碰撞、成功、命中、猜　▶動詞

例 ボールを壁に当てる。

用球丟牆壁。

例 私が今どこにいるか当ててみてください。

猜猜我現在在哪。

アドバイス　　義 建議　▶名詞

例 先輩のアドバイスのおかげで、成功しました。

多虧前輩的建議，獲得了成功。

穴　　義 洞　▶名詞

例 この間買ったばかりなのにもうズボンに穴が空いてる。

明明不久前才剛買的褲子已經破了個洞。

アナウンス　　　　義 播音、廣播　　▶名詞

例 さっきのアナウンスは何と言ったのですか。

剛才廣播說了什麼？

脂（あぶら）　　　　　　義 脂肪　　　　　▶名詞

例 魚は大きく太っている方が脂が乗っていておいしいです。

大又肥的魚含有較多的油脂比較好吃。

怪しい（あや）　　　　　義 奇怪、可疑　　▶い形

例 彼女の話は少し怪しいと思いますが、本当にそうなのでしょうか。

覺得她的話有一點奇怪，真的是那樣嗎？

謝る（あやま）　　　　　義 道歉　　　　　▶動詞

例 間違いに気づいたらすぐ謝る。

一注意到錯誤就立刻道歉。

アラーム　　　　　義 (手機)鬧鐘、警報 ▶名詞

例 会社に遅刻しないためにいつもアラームを3つ設定している。

為了上班不遲到，總是設定著3個鬧鐘。

争う（あらそ）　　　　　義 爭吵、爭論、競爭 ▶動詞

例 この2人はいつも1位を争っている。

這兩個人總是在競爭第1名。

新た（あら）　　　　　　義 新的　　　　　▶な形

例 解決したと思ったら、また新たな問題が出てきた。

以為解決了結果又出現新的問題。

あらゆる　　　　　義 各種　　　　　▶連體詞

例 その店ではあらゆる種類の食器を売っている。

那家店販賣各式各樣的餐具。

表す（あらわ）　　　　　義 表達、象徵　　▶動詞

例 自分の思いをやっと言葉で表せた。

終於能把自己的想法用言語表達出來。

文法篇

單字篇
あ行

單字篇
か行

單字篇
さ行

單字篇
た行

單字篇
な行

單字篇
は行

表れる（あらわ）　義 表現出、顯露出　▶動詞

例 学生の顔には驚きが表れている。

學生的臉上顯露出驚訝。

現れる（あらわ）　義 出現　▶動詞

例 1時間も待って、彼が現れなかったので出発しました。

等了1小時他都沒出現，只好出發了。

あるいは　義 或者　▶副詞、接續詞

例 お支払いはカードあるいは電子マネーでお願いいたします。

請以信用卡或電子支付方式付款。

あれ　義 咦、哎呀　▶感嘆詞

例 あれ、ドアが閉まらない。

咦，門關不起來。

合わせる（あ）　義 合起來、總計、配合　▶動詞

例 みんなで力を合わせて勝ちました。

大家通力合作贏了。

慌てる（あわ）　義 慌張、匆忙、急忙　▶動詞

例 電車が遅れたくらいで慌てるな。

只不過是電車誤點，別那麼慌張。

案外（あんがい）　義 意料之外　▶な形、名詞

例 期待せずに見始めたら案外おもしろかった。

不抱期待開始看，意外地很有趣。

暗記する（あんき）　義 背誦　▶動詞

例 先週勉強した単語を全部暗記したから、試験に自信があるよ。

我把上星期學的單字都背下來了，對考試很有自信。

アンケート　義 問卷　▶名詞

例 新宿を歩いているとアンケートに答えてくださいと声をかけられた。

走在新宿街頭，被問要不要填寫問卷。

安定 あんてい
義 穩定、安定　　▶ 名詞、 な形

例 あの店のたこ焼きは、何回買っても安定なおいしさです。
みせ　や　なんかいか　あんてい

　　那家店的章魚燒，不管買幾次都是穩定的好吃。

意外 いがい
義 出乎意料　　▶ 名詞、 な形

例 そのレストランに行ってみたけど、意外に高かった。
い　　　　いがい　たか

　　去了那家餐廳，意外地很貴。

例 彼女は意外な一面があります。
かのじょ　いがい　いちめん

　　她有令人意外的一面。

怒り いか
義 生氣、怒氣　　▶ 名詞

例 怒りで大きい声を出してしまった。
いか　おお　こえ　だ

　　因為生氣忍不住大聲說話。

息 いき
義 氣息、呼息　　▶ 名詞

例 マスクをしていて息が苦しくなった。
いき　くる

　　戴著口罩覺得呼吸困難。

いきなり
義 突然　　▶ 副詞、 名詞、 な形

例 会議中に、いきなり上司に質問をされて答えられなかった。
かいぎちゅう　　　　　　じょうし　しつもん　　　こた

　　會議時突然被主管問了問題，回答不出來。

生き物 い もの
義 生物　　▶ 名詞

例 伊豆の海はいろんな生き物が見られておすすめです。
いず　うみ　　　　　　い　もの　み

　　伊豆的海洋可以看到各種生物，很推薦。

居酒屋 いざかや
義 居酒屋　　▶ 名詞

例 仕事の帰りに居酒屋でビールを飲んだ。
しごと　かえ　いざかや　　　　　　の

　　工作回家的路上，在居酒屋喝了啤酒。

いじめ
義 欺負、霸凌　　▶ 名詞

例 どんな理由があっても、いじめをしてはいけないと思います。
りゆう　　　　　　　　　　　　　　　　おも

　　我認為不管有什麼理由，都不能霸凌他人。

文法篇

單字篇
あ行

單字篇
か行

單字篇
さ行

單字篇
た行

單字篇
な行

單字篇
は行

急ぐ （いそぐ） ⑧ 趕緊、加快 ▶動詞

⑳ お客様が来ると聞いて、急いで会社に戻った。

聽到客戶要來，急忙回到公司。

いたずら ⑧ 惡作劇 ▶名詞

⑳ この子はいたずらが好きで大人たちを困らせる。

這孩子喜歡惡作劇讓大人感到困擾。

痛み （いた） ⑧ 痛楚、折磨 ▶名詞

⑳ 腰の痛みが激しくて病院に行きました。

因為腰痛非常嚴重，所以去了醫院。

痛める （いた） ⑧ 使疼痛、使受傷、弄壞 ▶動詞

⑳ トレーニングで足を痛めた。

做訓練弄傷了腳。

一度に （いちどに） ⑧ 同時、一下子 ▶副詞

⑳ これだけの量を一度に食べるのは大変です。

這些量要一次吃完有點費勁。

一体 （いったい） ⑧ 究竟、一體 ▶副詞、名詞

⑳ 一体何が起こったんだ。

到底發生了什麼事。

一般 （いっぱん） ⑧ 一般 ▶名詞、な形

⑳ 会員制なので、一般の人は入場できません。

因為是會員制，一般人不能入場。

いつまでも ⑧ 永遠 ▶副詞

⑳ 両親にいつまでも元気でいてほしい

希望雙親永遠都能健康。

移動する （いどう） ⑧ 移動、轉移 ▶動詞

⑳ いつも車で移動するので、あまり歩きません。

總是開車移動，不太走路。

例 よく見えないから、私は隣の席に移動した。

看不太清楚，所以我換到隔壁的座位。

| いとこ | 義 堂/表兄弟姊妹 | ▶名詞 |

例 父方のいとこと会ったことはない。

和爸爸那邊的堂兄弟姊妹從未見過面。

| 田舎 | 義 鄉下、家鄉 | ▶名詞 |

例 釣りが好きだから、いつかは海の見える田舎に引っ越したいです。

因為喜歡釣魚，有天想要搬到看得到海的鄉下住。

| 居眠り | 義 打瞌睡 | ▶名詞 |

例 会議中に居眠りを発見されて上司に怒られた。

開會時打瞌睡被發現，遭到上司責罵。

| 命 | 義 生命 | ▶名詞 |

例 一人ひとりの命はとても大切なものです。

每個人的生命都是非常珍貴的。

| 未だに | 義 至今仍、還 | ▶副詞 |

例 全国大会で2位になったことが未だに信じられない。

到現在還不敢相信得到全國大會的第2名。

| イメージ | 義 印象、形象、想像 | ▶名詞 |

例 あの人に実際に会って話をしたらイメージと違った。

和那個人實際見面說過話後發現和印象中不同。

| 祝い | 義 祝福、賀禮 | ▶名詞 |

例 先輩の開店祝いに花を送った。

為慶祝前輩開店送了花。

| 祝う | 義 祝賀 | ▶動詞 |

例 祖父の誕生日を祝うためにみんなが集まった。

因為慶祝祖父的生日，大家齊聚一堂。

文法篇

單字篇
あ行

單字篇
か行

單字篇
さ行

單字篇
た行

單字篇
な行

單字篇
は行

印象　　　　　　　義 印象　　　　　▶名詞

例 彼の演説は参加者に良い印象を与えた。

他的演講給予參加者好的印象。

ウィルス　　　　　　義 病毒　　　　　▶名詞

例 ウィルスに感染して1週間入院した。

因為病毒感染而住院1週。

植える　　　　　　　義 種植　　　　　▶動詞

例 庭にバラを植えようと考えている。

正考慮要在院裡子種玫瑰。

うがい　　　　　　　義 漱口　　　　　▶名詞

例 家に帰ったらまずうがいと手洗いをする。

回家之後首先漱口和洗手。

受け取る　　　　　　義 接受、收取　　▶動詞

例 宅配便から商品を受け取った。

從宅配業者手上領取了商品。

動かす　　　　　　　義 移動、操作、活動 ▶動詞

例 健康のために毎日体を動かしています。

為了健康每天都活動身體。

薄い　　　　　　　　義 淡的、薄的　　▶い形

例 学校の給食は味が薄い。

學校的營養午餐味道很淡。

例 この薄い紫の花の名前はなんですか。

這個淡紫色的花叫什麼名字？

例 じゃがいもを薄く切って揚げた。

把馬鈴薯切薄片再下鍋炸。

打ち合わせ　　　　　義 會議、商談　　▶名詞

例 明日の打ち合わせは何時からですか。

明天的會議是幾點開始呢？

うっかり　　　　　　　義 一時糊塗、不小心 ▶ 副詞

例 友達の傘をうっかり持って帰ってしまった。

不小心把朋友的傘帶回家了。

移る　　　　　　　　義 移動、轉移、感染 ▶ 動詞

例 以前大阪にあった会社が東京に移った。

從前在大阪的公司移到了東京。

生まれ　　　　　　　義 出生　　　　　　▶ 名詞

例 あなたは何年生まれですか。

你是哪一年出生的？

生む　　　　　　　　義 產出、造成、創造 ▶ 動詞

例 彼の行動が変な噂を生んでしまった。

他的行動造成了奇怪的傳聞。

裏切る　　　　　　　義 背叛、違背　　　▶ 動詞

例 あの人はお金のために会社を裏切った。

那個人為了錢而背叛公司。

売り切れ　　　　　　義 售完　　　　　　▶ 名詞

例 こちらの商品は売り切れです。他の物に変更しますか。

這個商品賣完了。要改成其他的東西嗎？

売れる　　　　　　　義 賣得好、受歡迎　▶ 動詞

例 この商品は評判がよくて売れているみたいです。

這個商品似乎評價很好非常熱賣。(評判：評價)

噂　　　　　　　　　義 傳言、流言　　　▶ 名詞

例 噂 によると、彼は仕事を辞めるらしい。

根據傳聞，他似乎要辭職。

文法篇

單字篇
あ行

單字篇
か行

單字篇
さ行

單字篇
た行

單字篇
な行

單字篇
は行

| 運（うん） | 義 運氣 | ▶名詞 |

例 交通事故に遭うなんて自分は本当に運が悪い。

竟然遇上交通意外，我的運氣真差。

| うんざり | 義 厭煩 | ▶副詞 |

例 彼女の自慢話はもううんざりだ。

已經受夠了她炫耀的話語。

| 運賃（うんちん） | 義 車資 | ▶名詞 |

例 この駅から空港までの運賃はいくらですか。

這個車站到機場的車資是多少呢？

| 影響（えいきょう） | 義 影響 | ▶名詞 |

例 停電で生活に影響が出た。

因為停電而對生活造成影響。

| 栄養（えいよう） | 義 營養 | ▶名詞 |

例 栄養が足りないと病気になりやすくなってしまう。

營養不良的話容易生病。

| 描く（えがく） | 義 描寫、描繪 | ▶動詞 |

例 社長は花を描くのが好きです。

社長喜歡畫花。

| 餌（えさ） | 義 飼料 | ▶名詞 |

例 こともが動物園でうさぎに餌をあげてみた。

孩子在動物園試著餵了兔子。

| エネルギー | 義 能源、能量、體力 | ▶名詞 |

例 この仕事にはたくさんのエネルギーがかかった。

為了這個工作耗費了許多體力。

例 太陽のエネルギーを利用して、電気を作ることができる。

利用太陽的能量可以發電。

襟 ^{えり} 　　　　義 衣領 　　　　▶名詞

例 ワイシャツの襟は汚れやすいです。

白襯衫的衣領很容易髒。(ワイシャツ：白襯衫)

得る / 得る ^え ^う 　　　義 得到、獲取、可以 ▶動詞

例 お店の許可を得てから写真を撮った。

得到店家同意後才拍照。

エンジン 　　　　　義 引擎 　　　　　▶名詞

例 車で出かけようと思ったらエンジンがかからない。

正想開車出門，引擎卻發不動。

遠慮 ^{えんりょ} 　　　　義 謙虛、客氣、謝絕 ▶名詞

例 もし何かありましたら、遠慮なく言ってください。

有什麼問題的話，請別客氣盡管說。

例 車内での通話はご遠慮ください。

請勿在車廂內講電話。

応援する ^{おうえん} 　　　義 支持、為…加油 ▶動詞

例 どっちのチームを応援してるの。

你支持哪一隊？

大家 ^{おおや} 　　　　義 房東 　　　　　▶名詞

例 私は毎月 8 万円の家賃を大家さんに払っている。

我每個月付給房東 8 萬日圓的房租。

オーバー 　　　　義 超出、誇大 　　▶名詞 、 な形

例 とても気に入りました。でもちょっと予算オーバーなんです。

非常喜歡。但是有些超出預算。

応募する ^{おうぼ} 　　　義 應徵、報名 　　▶動詞

例 その仕事に応募するつもりです。

我打算應徵那個工作。

文法篇

單字篇
あ行

單字篇
か行

單字篇
さ行

單字篇
た行

單字篇
な行

單字篇
は行

オープン 　　義 開放、開幕 　　▶名詞、な形

例 いよいよ新しいパン屋が来週にオープンします。

新的麵包店下週終於要開幕了。

例 この会社はオープンな雰囲気で、新しいアイデアを出しやすいです。

這間公司有開放的氣氛，能輕鬆提出新的想法。

おかしい 　　義 奇怪的、可笑的 　　▶い形

例 パソコンの調子がおかしいので、修理に出しました。

因為電腦怪怪的，所以送去修理了。

お気に入り 　　義 特別喜愛、偏愛 　　▶名詞

例 私はパーティーのためにお気に入りのドレスを着た。

我為了派對穿了很喜歡的禮服。(ドレス：女性禮服)

起きる 　　義 起床、發生、醒著 　　▶動詞

例 宿題が終わっていなかったので、私は夜遅くまで起きていた。

因為作業還沒完成，所以我熬夜到很晚。

例 昨日の夜に何が起きたのですか。

昨天晚上發生了什麼事？

起こす 　　義 叫醒、發起、引起 　　▶動詞

例 毎朝、7時に子供を起こす。

每天早上7點叫孩子起床。

例 口に出すのは簡単でも、実際に行動を起こすのが大変です。

用說的很簡單，實際發起行動則很困難。

起こる 　　義 發生 　　▶動詞

例 大きな地震が起こるのではないかと心配です。

擔心是否會發生大地震。(「起こる」多用在生病或自然災害時)

奢り 　　義 請客 　　▶名詞

例 今日はわたしの奢りで焼肉に行こう。

今天我請客，去吃烤肉吧。

奢る （おごる）　　　義 請客　　　▶動詞

例 今夜、夕食を食べに行こう！奢るよ。

今晚一起去吃晚餐吧！我請客。

押さえる （おさえる）　　　義 按壓　　　▶動詞

例 ガーゼで傷口を押さえて出血を止めた。

用紗布壓著傷口止住出血。

惜しい （おしい）　　　義 可惜、遺憾　　　▶い形

例 惜しい！もう少しで100点だった。

可惜！差一點就100分了。

お辞儀 （おじぎ）　　　義 行禮、鞠躬　　　▶名詞

例 初めて人と会うとき、まずお辞儀をすることが多いです。

初次和人見面時，多半會先點頭行禮。

おしゃべり　　　義 說話、聊天、多嘴多舌　　　▶名詞、な形

例 彼は明るくて、初対面でもおしゃべりな人です。

他為人個性開朗，就算是第一次見面也能聊。

お邪魔 （おじゃま）　　　義 打擾、拜訪　　　▶名詞

例 では、午後4時にそちらにお邪魔させていただきます。

那麼，我會在下午4點前往拜訪。

おしゃれ　　　義 精心打扮、時髦　　　▶名詞、な形

例 近所におしゃれなインテリアのお店がオープンした。

附近很時尚的家具店開幕了。

恐らく （おそらく）　　　義 大概、恐怕是　　　▶副詞

例 課長は忙しいから、おそらく会議に遅れて来るでしょう。

課長太忙了，恐怕會遲到參加會議。

恐れる （おそれる）　　　義 害怕　　　▶動詞

例 わたしは何も悪いことをしていないから恐れることはない。

我沒做任何壞事所以沒什麼好怕的。

文法篇

單字篇 あ行

單字篇 か行

單字篇 さ行

單字篇 た行

單字篇 な行

單字篇 は行

恐ろしい 　　　義 可怕的、駭人的 　▶い形

例 この業界の変化は恐ろしいほど速い。

這個業界的變化快得嚇人。

教わる 　　　義 學習 　▶動詞

例 有名な先生からピアノを教わった。

向有名的老師學習鋼琴。

お互い 　　　義 彼此 　▶名詞

例 不況で大変ですが、お互い頑張りましょう。

因為不景氣很辛苦，彼此都加油吧。

穏やか 　　　義 安穩、平和 　▶な形

例 上司は穏やかな性格で、普段から怒ったりしない人です。

上司個性沉穩，平常就不容易動怒。

落ち着く 　　　義 冷靜、平靜、安定 ▶動詞

例 海を見ると心が落ち着く。

看見海就覺得心情平靜。

おでこ 　　　義 額頭 　▶名詞

例 壁におでこをぶつけてしまった。

額頭撞到牆壁。

大人しい 　　　義 順從的、沉穩的 　▶い形

例 彼はおとなしい性格でけんかをしたことがない。

他個性沉穩從沒吵過架。

お盆 　　　義 盂蘭盆節 　▶名詞

例 お盆休みは、どこかに旅行に行く予定ですか。

盂蘭盆節休假，有沒有去哪旅行的計畫呢？

思い切り 　　　義 盡情地、放手一搏、死心 　▶副詞、名詞

例 好きなことを思い切りやってよかったです。

還好放手一搏去做了喜歡的事。

例 思い切り泣いて気持ちがすっきりした。

盡情地哭過之後心情舒坦了。

思いつく　　　　　義 想出、想到　　▶動詞

例 彼女はいい考えを思いついた。

她想到一個好想法。

思い出　　　　　義 回憶　　　　　▶名詞

例 皆さんのおかげでこの旅行が素晴らしい思い出となりました。

託大家的福，這次的旅行成為很美好的回憶。

思いやり　　　　　義 體貼、為人著想　▶名詞

例 他の人への思いやりを持つことは大事なことです。

抱持著為他人著想的想法是很重要的。

思わず　　　　　義 不禁　　　　　▶副詞

例 嬉しすぎて思わず踊り始めました。

太開心了不禁跳起舞來。

およそ　　　　　義 大約　　　　　▶副詞、名詞、な形

例 およそ 1 4 0 0 万人が東京に住んでいる。

大約有 1400 萬人住在東京。

例 ここから駅まで、車ではおよその時間はどれくらいですか。

從這裡到車站，開車大約需要多少時間。

降ろす / 下ろす　　　義 放下、撤下、卸下 ▶動詞

例 次の角で降ろしてください。

請在下個轉角讓我下車。

か行

カート　　　　　義 購物車、購物推車 ▶名詞

例 カート置き場の近くに車を駐車したい。

把車停在購物推車放置處附近。

文法篇

單字篇
あ - か行

單字篇
か行

單字篇
さ行

單字篇
た行

單字篇
な行

單字篇
は行

例 こちらの商品も一緒にカートに追加してください。

請把這些商品也一起加到購物車裡。

カーペット	**義** 地毯	▶ **名詞**

例 床にカーペットを敷いた。

在地板上鋪地毯。

解決	**義** 解決	▶ **名詞**

例 この問題の解決方法がわかりません。

不知道這個問題的解決方法。

例 パソコンの問題を解決しましたか。

電腦的問題解決了嗎？

外出する	**義** 外出	▶ **動詞**

例 午前中に外出するので、帰りは遅くなります。

上午會外出，晚一點才會回來。

快速	**義** 快速 (電車)	▶ **名詞**

例 快速列車を逃しちゃったから普通列車に乗るしかなかった。

錯過了快速列車，只好坐普通車。

変える / 替える / 換える	**義** 改變、交換	▶ **動詞**

例 彼は考え方を変えた。

他改變了想法。

例 リビングの電球を替える必要があります。

客廳的燈泡該換了。

例 座席を変えてもらえますか。

可以幫我換位子嗎？

返る	**義** 回歸、回覆	▶ **動詞**

例 軽い気持ちで質問したら、相手から素晴らしい答えが返ってきた。

抱著隨意的心情發問，沒想到獲得對方出色的回覆。

抱える	**義** 懷有、帶有	▶ **動詞**

例 皆それぞれがいろいろな悩みを抱えている。

大家各自懷抱著各種煩惱。

例 仕事の量が多過ぎて頭を抱えている。

工作量太多了讓人抱頭苦惱。(頭を抱える：苦惱、棘手)

価格	義 價格	▶名詞

例 この商品、価格が高いから売れない。

這商品因為高價所以賣得不好。

かかと	義 腳跟	▶名詞

例 冬になるとかかとが乾燥する。

一到冬天腳跟就會乾燥。

輝く	義 閃耀	▶動詞

例 素晴らしいニュースを聞いて母の目が輝いてきた。

聽到很棒的消息，母親的眼中閃耀出光芒。

例 今夜は星が輝いて見えます。

今晚的星星看來特別閃耀。

書留	義 掛號	▶名詞

例 書類を書留で送りたいのですが。

我想要用掛號寄資料。

掻く	義 抓、搔、撥	▶動詞

例 痒い所を掻けばもっと痒くなるよ。

癢的地方會越抓越癢喔。

嗅ぐ	義 聞	▶動詞

例 お花畑に行ってお花の匂いを嗅いだ。いい匂いだった。

去花田聞了花的味道。是很香的氣味。

隠す	義 隱藏、隱瞞	▶動詞

例 両親に心配されないように彼は自分の感情を隠した。

為了不讓父母擔心，他隱藏了自己的感情。

文法篇

單字篇
あ行

單字篇
か行

單字篇
さ行

單字篇
た行

單字篇
な行

單字篇
は行

187

学歴 〔がくれき〕　義 學歷　▶名詞

例 最終学歴を教えてください。

請告訴我 (你的) 最高學歷。

隠れる 〔かくれる〕　義 隱藏、埋沒　▶動詞

例 鼻まで隠れるようにしないとマスクの効果がない。

戴口罩不遮住鼻子的話就沒有效果。

かける　義 掛、放上、花費、乘上　▶動詞

例 壁に素敵な絵がかけてある。

牆上掛著很傑出的畫。

例 せっかく時間をかけて料理を作ったのに、家族が食べてくれない。

特地花了時間做菜，家人卻不肯吃。

例 肉にソースをかけて食べた。

在肉上淋了醬汁吃掉。

例 3かける2は6で、それに1をたすと7です。

3 乘以 2 是 6，再加上 1 就是 7。

例 音楽をかけたほうが勉強に集中できます。

放音樂比較能集中學習。

欠ける 〔かける〕　義 缺少、缺乏　▶動詞

例 お気に入りの茶碗が欠けたので新しいのを購入した。

喜歡的碗缺口了，所以買了新的。

重ねる 〔かさねる〕　義 累積、堆疊、重複　▶動詞

例 今日のために準備を重ねてきた。

為了今天而反覆準備而來。

例 彼女は年を重ねてさらに美しくなっている。

她隨著年齡增長變得更美了。

飾り 〔かざり〕　義 裝飾　▶名詞

例 ハロウィーンよりクリスマスの飾りの方が好きです。

比起萬聖節，我更喜歡聖誕節的裝飾。

飾る　　　　　　　義 裝飾　　　　▶動詞

例 お隣さんからいただいたお花を机に飾っています。

將鄰居送的花裝飾在桌上。

賢い　　　　　　　義 聰明、伶俐、機靈 ▶い形

例 彼はとても賢く、頭の回転が早い。

他很聰明，頭腦轉很快。

カジュアル　　　　義 休閒的、非正式的 ▶な形

例 その店はカジュアルで家庭的な雰囲気でフランス料理が食べられます。

那家店很休閒，可以在家庭式的氣氛下吃到法國菜。

文法篇

ガス代 / ガス料金　義 瓦斯費　　　　▶名詞

例 家には床暖房があるがガス代が高いのであまり使わない。

雖然家裡有地板暖氣但因為瓦斯費很貴所以不常用。

單字篇
あ行

稼ぐ　　　　　　　義 賺錢、爭取　　▶動詞

例 たくさんアルバイトしてお金を稼ぎたいと思っています。

想要打很多工賺錢。

單字篇
か行

数える　　　　　　義 數、算　　　　▶動詞

例 着物を着たことは数えるほどしかありません。

穿和服的次數少到數得出來。

例 数えきれないほどの間違いを重ねてきた。

至今累積了數不清的錯誤。

單字篇
さ行

課題　　　　　　　義 課題、任務　　▶名詞

例 明日までにこの課題を教授に提出しなければならない。

一定要在明天前把課題交給教授。

例 環境問題は複雑な課題です。

環境問題是很複雜的課題。

單字篇
た行

單字篇
な行

單字篇
は行

形　かたち　　　　　義 形狀、形式　　▶名詞

例 ハンガーにかけていたらセーターの形が崩れてしまった。

把毛衣掛在衣架上，形狀就走樣了。

例 これは何という形ですか。

這是什麼形狀？

語る　かた　　　　　義 講述　　　　　▶動詞

例 友達とお互いの夢を語った。

和朋友訴說了彼此的夢想。

勝ち　か　　　　　　義 勝利　　　　　▶名詞

例 やった！わたしの勝ちです。

太好了，我贏了。

例 判定の結果、田中選手の勝ちです。

判定的結果，田中選手勝利。

価値　か ち　　　　　義 價值　　　　　▶名詞

例 この映画はちょっと長いけど見る価値がある。

這部電影有點長，但有看的價值。

がっかり　　　　　　義 失望　　　　　▶副詞

例 評価が高いレストランに行きましたが、店員の態度が悪くてがっかり
しました。

去了評價很好的餐廳，但店員的態度很差，讓我覺得失望。

格好　かっこう　　　　義 模樣、打扮　　▶名詞

例 家では楽な格好でいたいです。

在家想要做輕鬆的打扮。

かっこいい　　　　　義 帥氣、有型　　▶い形

例 この車、とてもかっこいいね。

這台車，很帥耶。

例 あの俳優さんはすごくかっこいい。

那位演員非常帥氣。

かって
勝手　　　　　　　　　義 任意、隨意、擅自　▶ **名詞** 、 **な形**

例 他人の物を勝手に使わないで。
たにん もの かって つか

不要擅自使用別人的東西。

かつどう
活動　　　　　　　　　義 活動　　　　　　　▶ **名詞**

例 彼女はたくさんのボランティア活動に参加している。
かのじょ かつどう さんか

她參加了許多志工活動。

カットする　　　　　　義 剪　　　　　　　　▶ **動詞**

例 髪を更に短くカットしたい。
かみ さら みじか

想把頭髮剪得更短。

カップル　　　　　　　義 情侶、一對　　　　▶ **名詞**

例 お似合いのカップルですね。
に あ

很登對的情侶呢。

かでんせいひん かでん
家電製品 / 家電　　　義 家電產品　　　　　▶ **名詞**

例 部屋の家電製品を全部新しいのに変えた。
へ や かでんせいひん ぜんぶあたら か

把房間的家電全部換新了。

かな
悲しみ　　　　　　　　義 哀傷、憂愁　　　　▶ **名詞**

例 ショックと悲しみのあまり、しばらく体調を崩していた。
かな たいちょう くず

因為太震驚和悲傷，有一陣子健康狀況不佳。(体調を崩す：失去健康)

かな
悲しむ　　　　　　　　義 悲傷、悲痛　　　　▶ **動詞**

例 彼女はペットが死んでとても悲しんでいる。
かのじょ し かな

她因為寵物過世了十分悲傷。

かなり　　　　　　　　義 非常　　　　　　　▶ **な形** 、 **副詞**

例 今朝、電車がかなり遅れていた。
けさ でんしゃ おく

今天早上，電車嚴重誤點。

例 かなりな数の人が来たので、席が足りなくなった。
かず ひと き せき た

來了非常多人，所以位子不夠。

カビ 　義 黴菌 　▶名詞

例 湿気のせいでお風呂場はカビだらけです。

因為潮濕的關係，浴室長滿了黴菌。

構う 　義 在乎、照顧、理會 ▶動詞

例 カッターがなければ、はさみでも構いません。

沒有美工刀的話，剪刀也沒關係。

例 私に構わず皆さんの都合のいい日にしてください。

不必在乎我，請選大家方便的日子。(都合のいい：方便、有空)

我慢 　義 忍耐 　▶名詞、な形

例 会議や残業が続いて、もう我慢の限界だ。

持續的會議和加班，已經到了忍耐的極限。

例 近所の騒音はもう我慢できない。

鄰近的噪音已讓人無法忍耐。

噛む 　義 咬 　▶動詞

例 歯が痛くて食べ物を噛むことができません。

牙很痛，連咬食物也不行。

例 隣の犬に噛まれた。

被鄰居的狗咬了。

ガム 　義 口香糖 　▶名詞

例 彼はゲームするときいつもガムを噛んでいる。

他打電玩的時候總是嚼著口香糖。

カメラマン 　義 攝影師 　▶名詞

例 カメラマンに記念写真を撮影してもらった。

請攝影師拍了紀念照。

画面 　義 畫面 　▶名詞

例 パソコンの画面にホコリがいっぱいついている。

電腦螢幕上沾了許多灰塵。

かもしれない　　義 說不定　　▶連語

例 忙しいから旅行に行けないかもしれません。

因為太忙了可能無法去旅行。

革／皮　　義 皮、皮革　　▶名詞

例 野球ボールは牛の革でできている。

棒球的球是用牛皮做成的。

かわいらしい　　義 可愛、討喜、小巧　▶い形

例 この子は何を着てもかわいらしい。

這孩子穿什麼都很可愛。

乾かす　　義 晾乾、烘乾　　▶動詞

例 ドライヤーで髪の毛を乾かす。

用吹風機吹乾頭髮。

乾く　　義 乾、乾燥　　▶動詞

例 夏は洗濯物が乾くのが早い。

夏天晒衣服乾得很快。

変わる／代わる／換わる／替わる 義替換、更換、改變　▶動詞

例 予定が変わりました。

改變了預定計畫。

例 ただ今ちょうど戻ってまいりましたので、田中にお電話代わります。

現在田中剛好回來了，我將電話轉給他聽。

例 家電の担当が田中から鈴木に替わった。

家電的負責人從田中換成了鈴木。

考え　　義 想法　　▶名詞

例 その考えには私は同意できない。

我無法認同那個想法。

文法篇

單字篇
あ行

單字篇
か行

單字篇
さ行

單字篇
た行

單字篇
な行

單字篇
は行

かんきょう
環境　　　　義 環境　　　▶名詞

例 プラスチック製品は環境に悪いです。

塑膠製品對環境不好。

例 まだ新しい環境に慣れていない。

還不習慣新環境。

かんげい
歓迎　　　　義 歡迎　　　▶名詞

例 一言いただけますか。どんなことでも歓迎です。

可以請你說句話嗎？不管什麼話都歡迎。

例 国籍を問わず、外国人のお客様でも歓迎します。

無論什麼國籍，也歡迎外國的客人。

かんしゃ
感謝　　　　義 感謝　　　▶名詞

例 感謝の気持ちを込めて、うたをうたいます。

懷著感謝的心情唱歌。

例 おまわりさんの助けにとても感謝しています。

非常感謝員警的幫助。

かん
感じ　　　　義 感覺　　　▶名詞

例 最近の天気は、暑くも寒くもないって感じだね。

最近的天氣，感覺不熱也不冷。

かん
感じる　　　義 感到　　　▶動詞

例 自分の将来に不安を感じる。

對自己的未來感到不安。

かんしん
感心する　　義 敬佩、佩服　　▶動詞

例 私たちは彼女の優しさにとても感心した。

我們很佩服她的體貼。

かんせい
完成　　　　義 完成　　　▶名詞

例 新しい駅ビルはもうすぐ完成です。

新的車站大樓快要完成了。

感想 かんそう　　　義 感想　　　▶名詞

例 後でコンサートの感想を聞かせてください。
あと　　　　　　　　かんそう　き

之後請與我分享演唱會的感想。

缶詰 かんづめ　　　義 罐頭、罐裝食品　　　▶名詞

例 ツナ缶と鯖の缶詰は売っていますか。
かん　さば　かんづめ　う

是否有販售鮪魚罐頭和鯖魚罐頭？

感動する かんどう　　　義 感動　　　▶動詞

例 彼の言葉に深く感動した。
かれ　ことば　ふか　かんどう

被他的話語深深感動。

カンニング　　　義 作弊　　　▶名詞

例 カンニングをした場合、受験資格を失います。
ばあい　じゅけんしかく　うしな

作弊的情況下，就失去考試資格。

看病する かんびょう　　　義 陪病、照護　　　▶動詞

例 インフルエンザにかかった息子を看病するために会社を休んだ。
むすこ　かんびょう　　　　　かいしゃ　やす

為了照顧得流感的兒子，所以向公司請假。

管理人 かんりにん　　　義 管理員　　　▶名詞

例 管理人の許可がないと、このマンションに入ることができません。
かんりにん　きょか　　　　　　　　　　はい

沒有管理員的許可，不能進入這間公寓。

キーボード　　　義 鍵盤、電子琴　　　▶名詞

例 新しいパソコンのキーボードが自分に合わなく使いにくいです。
あたら　　　　　　　　　　　　じぶん　あ　　　つか

新電腦的鍵盤不適合我，很難用。

記憶 きおく　　　義 記憶　　　▶名詞

例 彼女は事故の記憶がありません。
かのじょ　じこ　きおく

她沒有發生意外的記憶。

着替える きが　　　義 換衣服　　　▶動詞

例 早く着替えて。遅刻しちゃうよ。
はや　きが　　　ちこく

快點換衣服，要遲到了喔。

文法篇

單字篇
あ行

單字篇
か行

單字篇
さ行

單字篇
た行

單字篇
な行

單字篇
は行

期間　きかん　　義 期間　　▶名詞

例 今年夏休みの期間はいつからいつまでですか。

今年暑假的期間是何時開始何時結束？

期間限定　きかんげんてい　　義 限時販售、期間限定　　▶名詞

例 このモンブランは期間限定ですよ。秋だけに販売されます。

這個蒙布朗是期間限定品。只在秋天販售。

聞き返す　ききかえす　　義 再問、重問、反問　▶動詞

例 相手の声が小さくて聞き取れず、何度も聞き返してしまった。

對方的聲音很小聽不清楚，反問了好幾次。

聞き取る　ききとる　　義 聽見、聽懂　　▶動詞

例 スペイン語を聞き取ることが苦手です。

不擅長聽懂西班牙語。

期限　きげん　　義 期限　　▶名詞

例 この牛乳は賞味期限が切れている。

這牛奶過期了。

機嫌　きげん　　義 心情、情緒　　▶名詞

例 落ち込んでいたけど、おいしいものを食べて機嫌を直した。

雖然情緒低落，但享用美食後恢復了心情。

例 息子は短気ですぐ機嫌が悪くなる。

兒子很沒耐性一下子就心情不好。

帰国　きこく　　義 回國　　▶名詞

例 1人で不安だったけど無事に帰国しました。

1個人雖然不安，但平安回國了。

記事　きじ　　義 報導、文章　　▶名詞

例 このサイトの記事にたくさんの情報が入っています。

這個網站的報導包含了很多情報。

帰省 「きせい」 　義 返鄉　　▶名詞

例 お盆の時期は帰省ラッシュのため、交通機関がとても混みます。

盂蘭盆節的時候因為返鄉潮，交通設施非常擁擠。

期待 「きたい」 　義 期待、期望　　▶名詞

例 上司の期待に応えて仕事ができるようになりたいです。

希望可以回應主管的期待變得能勝任工作。

例 あなたが勝つことを期待しているよ。

期待你能夠獲勝。

帰宅 「きたく」 　義 回家　　▶名詞

例 忙しくて毎日帰宅が夜中になってしまいます。

因為忙碌，每天都是半夜才回家。

きちんと 　義 整齊地、準確地、恰好地　　▶副詞

例 靴をきちんと並べた。

把鞋子排列整齊。

例 ドアをきちんと閉めてください。

請確實把門關好。

きつい 　義 累人、緊、嚴苛　　▶い形

例 仕事がきついので、いつも疲れてる。

因為工作很累人，所以非常疲勞。

例 太ってしまって昔に着ていた洋服がきつくなった。

不小心胖了，以前穿的衣服變得很緊。

例 新人だったころは上司からきつい指導を受けていた。

還是新人的時期，受到主管嚴格的指導。

喫煙所 「きつえんじょ」 　義 吸菸處　　▶名詞

例 このビルに喫煙所はありますか。

這棟大樓有吸菸處嗎？

文法篇 / 單字篇 あ行 / 單字篇 か行 / 單字篇 さ行 / 單字篇 た行 / 單字篇 な行 / 單字篇 は行

気づく
義 注意到、發現　▶動詞

例 上司からの電話に気づかなかった。
沒發現上司打來的電話。

きっと
義 必定、一定　▶副詞

例 頑張って。あなたならきっと勝てるよ。
加油，你的話一定可以勝利的。

気に入る
義 喜歡　▶動詞

例 この絵を一目見て気に入った。
一眼看到這幅畫就很喜歡。

機能
義 功能、作用　▶名詞

例 最近のスマートフォンにはたくさんの機能がある。
最近的智慧型手機有很多功能。

希望
義 希望、志願　▶名詞

例 彼は病気ですべての希望を失った。
他因為生病而失去了所有的希望。

例 配属先の第一希望はどこにしましたか。
選哪裡作為分發部門的第一志願呢？

決まり
義 規矩、決定　▶名詞

例 ここで過ごすからには、ここの決まりを守らなければならない。
如果要在這裡過生活，就要遵守這裡的規矩。

客室乗務員
義 空服人員　▶名詞

例 将来は客室乗務員になりたい。
未來想要成為空服人員。

キャンセル
義 取消　▶名詞

例 ずっと楽しみにしていたコンサートがキャンセルになった。
一直很期待的演唱會取消了。

例 レストランの予約をキャンセルしたいです。

想要取消餐廳的預約。

例 1 週間前にキャンセルした場合、キャンセル料金はかかりません。

1 週前取消的話，不需要手續費。

例 ただいま満席でキャンセル待ちになりますが、よろしいですか。

現在客滿了要等候補，可以嗎？(キャンセル待ち：候補)

休憩 　　　　義 休息 　　　▶名詞

例 彼は休憩なしで徹夜で勉強した。

他沒有休息熬夜念書。

例 疲れて足が痛いです。少し休憩を取りましょう。

覺得累了腳很痛。稍做休息吧。

例 次の会議の前にちょっと休憩したい。

下個會議前想稍微休息。

急に 　　　　義 突然 　　　▶副詞

例 どうして急に機嫌が悪くなったのですか。

為什麼突然心情不好呢？

例 急に仕事が入ったので、今日は行けそうにありません。

因為突然有工作，看來今天去不成了。

休日 　　　　義 假日、休假 　　　▶名詞

例 休日は家でのんびりするのが好きです。

假日喜歡悠閒待在家。

器用 　　　　義 靈巧、巧妙 　　　▶名詞、な形

例 彼女は手先が器用で細かい作業が上手です。

她的手很靈巧，擅長做精細的工作。

行儀 　　　　義 言行舉止、品行 　　　▶名詞

例 椅子の上に立つのは行儀が悪い。

站在椅子上的行為很不得體。

文法篇

單字篇
あ行

單字篇
か行

單字篇
さ行

單字篇
た行

單字篇
な行

單字篇
は行

強調する
<ruby>強調<rt>きょうちょう</rt></ruby>する　義 強調　▶動詞

例 「<ruby>明日絶対遅<rt>あす ぜったいおく</rt></ruby>れてはいけません」と<ruby>先生<rt>せんせい</rt></ruby>が<ruby>強調<rt>きょうちょう</rt></ruby>した。

老師強調了「明天絕對不能遲到」。

協力
<ruby>協力<rt>きょうりょく</rt></ruby>　義 幫忙、協助、配合　▶名詞

例 <ruby>皆<rt>みな</rt></ruby>さんの<ruby>協力<rt>きょうりょく</rt></ruby>に<ruby>感謝<rt>かんしゃ</rt></ruby>します。

感謝大家的幫忙。

例 <ruby>私<rt>わたし</rt></ruby>は<ruby>新<rt>あたら</rt></ruby>しい<ruby>商品開発<rt>しょうひんかいはつ</rt></ruby>のために<ruby>後輩<rt>こうはい</rt></ruby>に<ruby>協力<rt>きょうりょく</rt></ruby>した。

我為了開發新商品而協助後輩。

ギリギリ
ギリギリ　義 極限、最大限度、緊緊的　▶な形、名詞

例 <ruby>寝坊<rt>ねぼう</rt></ruby>して<ruby>遅刻<rt>ちこく</rt></ruby>しそうだったけど、ギリギリ<ruby>間<rt>ま</rt></ruby>に<ruby>合<rt>あ</rt></ruby>った。

睡過頭差點要遲到，還好最後一刻趕上了。

切れる
<ruby>切<rt>き</rt></ruby>れる　義 斷絕、中斷　▶動詞

例 <ruby>久々<rt>ひさびさ</rt></ruby>に<ruby>走<rt>はし</rt></ruby>って<ruby>息<rt>いき</rt></ruby>が<ruby>切<rt>き</rt></ruby>れた。

久違地跑步後上氣不接下氣。(息が切れる：上氣不接下氣、喘不過氣)

記録
<ruby>記録<rt>きろく</rt></ruby>　義 紀錄　▶名詞

例 <ruby>彼女<rt>かのじょ</rt></ruby>は<ruby>世界一<rt>せかいいち</rt></ruby>の<ruby>記録<rt>きろく</rt></ruby>を<ruby>持<rt>も</rt></ruby>っている。

她保有世界第一的紀錄。

例 <ruby>子供<rt>こども</rt></ruby>の<ruby>成長<rt>せいちょう</rt></ruby>をスマホで<ruby>記録<rt>きろく</rt></ruby>している。

用智慧型手機記錄著孩子的成長。

金額
<ruby>金額<rt>きんがく</rt></ruby>　義 金額　▶名詞

例 <ruby>合計金額<rt>ごうけいきんがく</rt></ruby>はいくらですか。

總計金額是多少錢呢？

禁止
<ruby>禁止<rt>きんし</rt></ruby>　義 禁止　▶名詞

例 ここは<ruby>立<rt>た</rt></ruby>ち<ruby>入<rt>い</rt></ruby>り<ruby>禁止<rt>きんし</rt></ruby>です。

這裡禁止進入。

例 <ruby>他人<rt>たにん</rt></ruby>の<ruby>写真<rt>しゃしん</rt></ruby>を<ruby>勝手<rt>かって</rt></ruby>に<ruby>使<rt>つか</rt></ruby>うことは<ruby>法律<rt>ほうりつ</rt></ruby>で<ruby>禁止<rt>きんし</rt></ruby>されている。

任意使用別人的照片在法律上是禁止的。

きんじょ
近所　　　　　義 附近、鄰居　　▶名詞

例 わたしは職場の近所に住んでいます。

我住在公司的附近。

例 近所の付き合いは大変です。

和鄰居的交流很不簡單。

きんにく
筋肉　　　　　義 肌肉　　　　　▶名詞

例 体脂肪を落として筋肉をつけたいです。

想要降低體脂增加肌肉。(体脂肪：體脂)

くうせき
空席　　　　　義 空位　　　　　▶名詞

例 空席があれば誰でも自由に座ることができます。

有空位的話誰都可以自由入座。

ぐうぜん
偶然　　　　　義 偶然、巧合　　▶名詞、な形、副詞

例 ずっと欲しかった帽子を偶然に見つけた。

碰巧找到一直很想要的帽子。

例 偶然の出会いから友だちになった。

因為偶然的相遇而成為朋友。

例 駅で偶然彼に会った。

在車站碰巧遇到他。

クーポン
クーポン　　　義 折價券、優惠券　▶名詞

例 会員になるとクーポンがもらえるよ。

成為會員的話可以獲得折價券喔。

くさ
腐る　　　　　義 腐敗　　　　　▶動詞

例 冷蔵庫が故障したので中の物が全て腐ってしまいました。

因為冰箱故障，所以裡面的東西都壞了。

くし
串　　　　　　義 竹籤、串　　　▶名詞

例 エビを串に刺して焼いた。

用竹籤串了蝦子再烤。

文法篇

單字篇
あ行

單字篇
か行

單字篇
さ行

單字篇
た行

單字篇
な行

單字篇
は行

くじ 　義 籤　　▶名詞

例 くじを引いて順番を決めます。

抽籤決定順序。

癖（くせ） 　義 習慣　　▶名詞

例 緊張（きんちょう）すると爪（つめ）を嚙（か）む癖（くせ）をやめたい。

想改掉緊張就咬指甲的習慣。

くだらない 　義 無聊的、愚蠢的、可笑的　　▶連語

例 授業中（じゅぎょうちゅう）にくだらない冗談（じょうだん）はやめてください。

請不要在上課時開無聊的玩笑。

唇（くちびる） 　義 嘴唇　　▶名詞

例 冬（ふゆ）は唇（くちびる）がカサカサするのでリップクリームが欠（か）かせません。

冬天嘴唇很乾燥所以護唇膏不可或缺。（欠かす：欠缺）

ぐっすり 　義 熟睡地　　▶副詞

例 昨日（きのう）はしっかり運動（うんどう）したからぐっすりと眠（ねむ）れました。

昨天好好地運動了所以睡得很熟。

首（くび）/クビ 　義 脖子、革職　　▶名詞

例 寝違（ねちが）えて首（くび）が痛（いた）くてたまらない。

因為落枕脖子痛得受不了。

例 彼女（かのじょ）は欠勤（けっきん）を繰（く）り返（かえ）して会社（かいしゃ）をクビになった。

她因為反覆缺席所以被公司開除了。

工夫（くふう） 　義 工夫、技術、費心　　▶名詞

例 この教科書（きょうかしょ）は外国人（がいこくじん）が学（まな）びやすいようによく工夫（くふう）されています。

這本教科書為了方便外國人學習而用了許多心思製作。

曇（くも）る 　義 陰天　　▶動詞

例 今日（きょう）は曇（くも）っていて、雨（あめ）が降（ふ）りそうです。

今天陰天，好像會下雨。

悔しい　　　義 不甘心、懊悔　▶い形

例 もう少しで勝てたのに、悔しい。

差一點就贏了，真不甘心。

クラシック　　　義 經典作品、古典樂 ▶名詞

例 クラシック音楽を聴くと気分が落ち着く。

聽了古典樂，心情就會變得平靜。

暮らす　　　義 生活、過活　　▶動詞

例 私の祖父は田舎で暮らしている。

我的祖父住在鄉下。

クリーニング　　　義 乾洗店、清潔 ▶名詞

例 汚れたジャケットをクリーニングに出さなきゃ。

該把髒掉的夾克送洗才行。

繰り返す　　　義 反覆、重複　　▶動詞

例 仕事で何度も同じ失敗を繰り返してしまった。

工作上重複了好幾次相同的錯誤。

クリックする　　　義 點擊、按下　▶動詞

例 このボタンをクリックすると注文のキャンセルができます。

點擊這個鍵之後可以取消訂購。

クリニック　　　義 診所　　　▶名詞

例 足が痛かったので、クリニックに行きました。

因為腳痛，所以去了診所。

苦しい　　　義 痛苦、困苦　▶い形

例 鼻詰まりで息ができなくて苦しい。

因為鼻塞無法呼吸很痛苦。(鼻詰まり：鼻塞)

例 悲しいニュースを見ると胸が苦しい。

看了悲傷的新聞覺得很心痛。

文法篇

單字篇
あ行

單字篇
か行

單字篇
さ行

單字篇
た行

單字篇
な行

單字篇
は行

例 電気代の値上がりで家計が苦しい。

因為電費上漲，家庭支出很困苦。

例 悩みを誰にも言えないことが、一番苦しいことです。

最痛苦的是無法向人訴說煩惱。

詳しい　　　　　　　義 詳細、清楚　　▶い形

例 田中先生はこの画家の作品に詳しいです。

田中老師對這個畫家的作品很了解。

経営する　　　　　　義 經營　　　　　▶動詞

例 父は小さい会社を経営している。

父親經營著一間小公司。

計画　　　　　　　　義 計畫　　　　　▶名詞

例 来月のイベントのために計画を立てました。

為了下個月的活動排定了計畫。

景気　　　　　　　　義 景氣　　　　　▶名詞

例 景気が悪いと、失業率が高くなる。

景氣不好的話，失業率也會變高。

経験　　　　　　　　義 經驗　　　　　▶名詞

例 アフリカで他の人が一生経験できないような経験をしました。

在非洲經歷了其他人一生也不可能有的經驗。

例 私はホテルで働いた経験があります。

我有在旅館工作的經驗。

計算　　　　　　　　義 計算　　　　　▶名詞

例 計算が間違っていますよ。

計算錯了唷。

芸術　　　　　　　　義 藝術　　　　　▶名詞

例 私は芸術に興味があります。

我對藝術有興趣。

携帯電話 / 携帯 （けいたいでんわ / けいたい）　　義 手機　　▶名詞

例 携帯をどこに置いたか思い出せません。

想不起來把手機放在哪裡了。

怪我 （けが）　　義 受傷　　▶名詞

例 子供が自転車で転んじゃって怪我をした。

小孩騎自行車跌倒受傷了。

劇場 （げきじょう）　　義 劇院、電影院　　▶名詞

例 今夜劇場にミュージカルを見に行くのが楽しみです。

很期待今晚去劇場看音樂劇。

化粧 （けしょう）　　義 化妝　　▶名詞

例 最近化粧に興味が出てきて、ネットや動画で学んでいます。

最近對化妝產生了興趣，正藉由網路或影片學習。

例 マスクをつけているから、化粧しなくてもいいと思う。

因為都戴著口罩，覺得不化妝也沒關係。(化妝也可以說「メイク」)

ケチ　　義 小氣　　▶名詞、な形

例 彼はとてもケチで、お金がかかることは絶対しない。

他非常小氣，絕不做要花錢的事。

血液型 （けつえきがた）　　義 血型　　▶名詞

例 自分の血液型を知っていますか。

知道自己的血型嗎？

結果 （けっか）　　義 結果　　▶名詞

例 審査の結果はいつ分かりますか。

什麼時候能知道審查的結果？

結局 （けっきょく）　　義 最終　　▶名詞、副詞

例 雨が続いて、試合は結局中止になった。

因為持續下雨，比賽最終取消了。

文法篇

單字篇
あ行

單字篇
か行

單字篇
さ行

單字篇
た行

單字篇
な行

單字篇
は行

例 結局のところ両親が言ったことが正しかった。

最終，父母說的還是對的。

決心する　　　　義 下定決心　　　▶動詞

例 会社を辞めることを決心した。

下定決心要辭職。

欠席する　　　　義 缺席　　　　　▶動詞

例 具合が悪かったので授業を欠席した。

身體不舒服所以缺席沒上課。

決定する　　　　義 決定　　　　　▶動詞

例 会議でイベントの日にちを決定した。

在會議上決定活動的日期。

欠点　　　　　　義 缺點　　　　　▶名詞

例 この新商品は多くの欠点があるため、人気が全然ありません。

這新商品因為有很多缺點，所以完全沒人氣。

月末　　　　　　義 月底　　　　　▶名詞

例 月末は忙しくなります。

月底會變忙。

蹴る　　　　　　義 踢　　　　　　▶動詞

例 ボールを上手く蹴るためにたくさん練習した。

為了要把球踢得好，做了許多練習。

喧嘩　　　　　　義 吵架　　　　　▶名詞

例 友達と小さいことで喧嘩してしまったので早く仲直りしたい。

和朋友因為小事吵架，希望早點和好。

研究する　　　　義 研究　　　　　▶動詞

例 大学で恐竜を研究しています。

在大學研究恐龍。

検査 （けんさ）
義 檢查　　▶ 名詞

例 眼科に行って目の検査を受けた。

去眼科做了眼睛檢查。

検索する （けんさく）
義 搜尋　　▶ 動詞

例 何かわからないものがあるとき、ネットで検索します。

有什麼不明白的時候，就在網路上搜尋。

建設 （けんせつ）
義 建設、建築　　▶ 名詞

例 そのビルの建設が始まった。

那棟樓的建設開始了。

建築 （けんちく）
義 建築　　▶ 名詞

例 先生はヨーロッパの建築にとても詳しいです。

老師對歐洲建築很了解。

例 駅前に新しいマンションが建築されている。

車站前面正在建新的公寓。

券売機 （けんばいき）
義 售票機　　▶ 名詞

例 新幹線の切符はこの券売機では購入できません。

這臺售票機不能買新幹線的票。

濃い （こい）
義 濃厚的、濃郁的　　▶ い形

例 クリームを入れることでスープが濃くなります。

加了奶油之後湯變得更濃了。

恋人 （こいびと）
義 情侶、交往對象　　▶ 名詞

例 恋人はいますか。

有交往對象嗎？

コイン
義 銅板、硬幣　　▶ 名詞

例 うなぎ料理がワンコインで食べられるなんてすごいですね。

可以用銅板價 (500 日圓) 吃到鰻魚料理真是很不得了呢。

文法篇

單字篇
あ行

單字篇
か行

單字篇
さ行

單字篇
た行

單字篇
な行

單字篇
は行

効果 （こうか） 　　義 効果 　　▶名詞

例 この薬は頭痛に効果があります。（くすり ずつう こうか）

這個藥對治療頭痛有效。

豪華 （ごうか） 　　義 豪華 　　▶名詞、な形

例 いいレストランで豪華な食事をしました。（ごうか しょくじ）

在好餐廳吃了豪華的一餐。

例 社長は豪華な家に住んでいます。（しゃちょう ごうか いえ す）

社長住奢華的住宅裡。

後悔 （こうかい） 　　義 後悔 　　▶名詞

例 やらずに後悔するよりやって後悔したほうがいい。（こうかい こうかい）

與其因沒做而後悔，不如做了之後後悔。

講義 （こうぎ） 　　義 講課 　　▶名詞

例 大学で講義を受ける時、最近はタブレットでノートを取っています。（だいがく こうぎ う とき さいきん と）

在大學上課時，最近都用平板做筆記。(ノートを取る：做筆記)

航空便 （こうくうびん） 　　義 空運、航空郵件 　　▶名詞

例 この小包みを航空便で送ってください。（こづつ こうくうびん おく）

請用航空郵件寄送這個小包包裹。

工事 （こうじ） 　　義 施工、工程 　　▶名詞

例 その建物は工事中です。（たてもの こうじちゅう）

那個建築正在進行工程。

交通費 （こうつうひ） 　　義 交通費 　　▶名詞

例 新しいアパートが気に入ったのですが、会社までの交通費が上がっています。（あたら き い かいしゃ こうつうひ あ）

雖然很喜歡新的公寓，但到公司的交通費變貴了。

超える / 越える （こ / こ） 　　義 越過、超越 　　▶動詞

例 あの商品の売り上げは予想を超えた。（しょうひん う あ よそう こ）

那個商品的銷售超乎預期。

コース
（義）行程、課程、路線、進程　▶名詞

（例）コース料理の場合は出てくる料理が決まっています。

如果是套餐的話，送上來的餐點都是固定的。

（例）私は英会話コースに通っています。

我正在上英語會話的課程。

（例）この道は、私の犬の散歩コースです。

這條路是我的小狗散步的路線。

ゴール
（義）終點、達陣、球門　▶名詞

（例）ゴールはもうすぐそこだよ。がんばって。

終點就快到了。加油。

ゴールデンウィーク
（義）黃金週 (5月的連續假期)　▶名詞

（例）ゴールデンウィークに多くの人は旅行に出かけます。

許多人在黃金週時出遊。(ゴールデンウィーク也寫作「GW」)

氷（こおり）
（義）冰、冰塊　▶名詞

（例）アイスコーヒーを１つ。氷抜きでお願いします。

我要 1 杯冰咖啡。請幫我去冰。

（例）池には人が乗っても大丈夫な厚い氷が張っている。

池塘上結了一層人站上去也沒問題的厚厚冰層。

凍る（こおる）
（義）結凍　▶動詞

（例）外は水溜りが凍るほど寒かった。

外面冷到水窪都能結凍。

（例）寒い日は足先が凍ってつらいです。

天冷時腳尖都凍得難受。

国籍（こくせき）
（義）國籍　▶名詞

（例）彼女の国籍はどこですか。

她是什麼國籍的？

文法篇

單字篇
あ行

單字篇
か行

單字篇
さ行

單字篇
た行

單字篇
な行

單字篇
は行

コショウ / 胡椒　　　　義 胡椒　　　　▶名詞

 オニオンスープに黒コショウをかけるのがおすすめです。

很推薦在洋蔥湯裡灑黑胡椒。

故障　　　　義 故障　　　　▶名詞

 テレビが壊れたが友達が故障を直してくれた。

雖然電視壞了但朋友幫我修理好。

 車が故障して動かなくなった。

車子故障了沒辦法動。

小銭　　　　義 零錢　　　　▶名詞

 お札ばかり使って小銭で財布がいっぱいになっちゃった。

老是用鈔票，錢包裡塞滿了零錢。

子育て　　　　義 育兒　　　　▶名詞

 子育てを終えたら自分の時間を楽しみたい。

結束育兒之後想要享受自己的時間。

小包　　　　義 小包包裹　　　　▶名詞

 小包が届いているよ。

小包包裹寄到了唷。

断る　　　　義 拒絕　　　　▶動詞

 同僚からの飲み会の誘いを断った。

拒絕了同事一起去喝酒的邀約。

こぼす　　　　義 打翻、灑出　　　　▶動詞

 うっかりワインを白いズボンにこぼしてしまった。

不小心把紅酒潑到白褲子上。

こぼれる　　　　義 流出、溢出　　　　▶動詞

 これ以上水を入れたらこぼれるよ。

再倒水進去的話會溢出來喔。

例 お茶がこぼれるから、蓋をちゃんと閉めてください。

茶會灑出來，請把蓋子確實蓋上。

コミュニケーション　　義 溝通　　▶名詞

例 海外でコミュニケーションを取れるように英語の勉強をしています。

為了能在國外和人溝通，正在學英語。

混む　　義 擁擠、人多　　▶動詞

例 ゴールデンウィークはどこ行っても混みます。

黃金週不管去哪都很多人。

コメディ　　義 喜劇　　▶名詞

例 気分が落ち込んだとき、コメディ映画を見るとハッピーになれます。

心情低落的時候，看了喜劇電影就會變得開心。(也可以說コメディー)

殺す　　義 殺、摒住　　▶動詞

例 この子は優しい性格で、虫を殺すこともできない。

這個孩子的個性溫柔，連殺蟲子都做不到。

例 泥棒は息を殺してベッドの下に隠れている。

小偷摒住呼吸躲在床底下。(息を殺す：摒息)

混雑　　義 混亂、擁擠　　▶名詞

例 混雑状況によって待ち時間が変わる。

依照人潮擁擠狀況，等待時間也會改變。

例 いつもなら電車は混雑しているのに今朝は空いていた。

要是平常的話電車都會很擠，今天早上卻很空。

コンテスト　　義 比賽、競賽　　▶名詞

例 スピーチコンテストに応募したことがありますか。

是否報名參加過演講比賽？

こんなに　　義 如此、這麼　　▶副詞

例 このクッキー、なんでこんなにおいしいの？もっと欲しい。

這個餅乾怎麼如此好吃？想要吃更多。

文法篇

單字篇
あ行

單字篇
か行

單字篇
さ行

單字篇
た行

單字篇
な行

單字篇
は行

さ行

| **サービス** | 義 服務、招待 | ▶名詞 |

例 ビールをどうぞ。これは店からのサービスです。

請享用啤酒。這是由店家招待的。

例 そのレストラン、値段は高いですが、サービスがよくておいしいです。

那間餐廳，雖然價位高，但是服務好而且很美味。

| **最高**（さいこう） | 義 最好、最佳、最多 ▶名詞、な形 |

例 面白かった。この映画は最高だった。

真有趣。這部電影超棒的。

例 彼は最高のサッカー選手です。

他是最好的足球選手。

| **最中**（さいちゅう） | 義 正在 | ▶名詞 |

例 旅の最中に、言葉が通じなくて困ったことはありますか。

旅行途中，曾經遇過因語言不通而困擾的事嗎？

| **最低**（さいてい） | 義 最少、差勁 | ▶名詞、な形 |

例 明日の最低気温は 10 度の予想となっています。

明天的最低溫預測會是 10 度。

例 浮気なんて、最低な男ですね。

竟然劈腿，真是差勁的男人。

| **才能**（さいのう） | 義 才能、天分 | ▶名詞 |

例 どんなに才能があっても、努力しなければ成功できません。

不管有多少才能，不努力的話就無法成功。

| **サイン** | 義 署名、指示、暗示 ▶名詞 |

例 領収書にサインしてください。

請在收據上簽名。

例 大ファンなんです。サインをお願いできますか。

我是超級粉絲！可以請你幫我簽名嗎？

例 コーチが肩や手を触って選手にサインを出した。

教練碰了手跟肩膀對選手發出暗號。

下がる　　　　　義 下降、降低、後退 ▶動詞

例 薬を飲んでようやく熱が下がった。

吃了藥之後終於退燒了。

例 電車がまいります。危ないですから黄色線までお下がりください。

電車將進站，請退到黃線之後以免危險。

例 売り上げが下がり続けていて、このままだと店を閉めるほかない。

銷售額不停地下降，再這樣下去只能關店了。

先に　　　　　　義 先、剛才　　　▶副詞

例 先に車に乗って待っていてもいいですか。

可以先上車等嗎？

作業　　　　　　義 操作、工作　　▶名詞

例 とても簡単な作業で、すぐに覚えられます。

因為是很簡單的操作，馬上就能記起來。

削除する　　　　義 刪除　　　　　▶動詞

例 この情報をホームページから削除してください。

請將這個情報從網頁上刪除。

作品　　　　　　義 作品　　　　　▶名詞

例 この美術館にピカソの作品が展示されている。

這個美術館展出著畢卡索的作品。

叫ぶ　　　　　　義 大叫、喊叫　　▶動詞

例 あまりの痛みに大きい声で叫んでしまった。

因為太痛了而大聲叫了出來。

下げる　　　　　義 撤下、減低、退下 ▶動詞

例 食器を下げてもらえますか。

可以幫我把餐具收走嗎？

文法篇

單字篇
あ行

單字篇
か行

單字篇
さ行

單字篇
た行

單字篇
な行

單字篇
は行

Track 181

例 男の子は頭を下げて謝った。

男孩子低頭道了歉。

例 音楽の音量を下げてください。

請把音樂的音量調低。

支える　義 支撐、維持　▶動詞

例 家計を支えるために大学院を辞めて働こうと思っています。

為了支撐家中經濟，想要從研究所休學去工作。

例 倒れそうな人を支えてあげた。

伸手撐住了快倒下的人。

刺さる　義 刺入、插入　▶動詞

例 魚を食べていると、骨が喉に刺さった。

吃魚的時候，被骨頭刺到喉嚨。

刺す　義 刺、扎　▶動詞

例 蚊に刺されてとても痒い。

被蚊子叮非常癢。

指す　義 指　▶動詞

例 メニューを指しながら注文します。

一邊用手指菜單一邊點餐。

例 これは誰のことを指していますか。

這指的是誰呢？

座席　義 座位　▶名詞

例 座席を先に予約しておきたい。

想要先預約座位。

誘う　義 邀請　▶動詞

例 私を誘ってくれてありがとうございます。

感謝你邀請我。

撮影（さつえい）　　　義 拍攝　　　▶名詞

例 店内での写真撮影はご遠慮ください。
（てんない　しゃしんさつえい　えんりょ）

請勿在店內拍照攝影。

ざっと　　　義 大約、粗略地　　　▶副詞

例 この資料はざっと見ただけで、まだ詳しく読んでいない。
（しりょう　み　くわ　よ）

只是大致看過這份資料，還沒有仔細閱讀。

さっぱり　　　義 清爽、完全　　　▶副詞

例 このフルーツサラダはさっぱりとしていて夏にぴったりです。
（なつ）

這個水果沙拉很清爽非常適合夏天。

例 外国人から話しかけられたけど、何を言ってるかさっぱりわからない。
（がいこくじん　はな　なに　い）

被外國人搭話，但完全不知道對方在說什麼。

さて　　　義 那麼　　　▶接續詞、感嘆詞

例 さて、始めましょうか。
（はじ）

那麼，開始吧。

サボる　　　義 偷懶、曠課、曠職　　　▶動詞

例 学校をサボっちゃだめだよ。
（がっこう）

不可以翹課喔。

冷ます（さます）　　　義 弄涼、冷卻　　　▶動詞

例 お茶はまだ熱いです。少し冷ましてから飲みます。
（ちゃ　あつ　すこ　さ　の）

茶還很燙。等稍微冷一點我再喝。

冷める（さめる）　　　義 變涼、降低　　　▶動詞

例 料理が冷めないうちに召し上がってください。
（りょうり　さ　め　あ）

趁料理還沒涼請享用。

覚ます（さます）　　　義 叫醒、喚起　　　▶動詞

例 仕事に集中したいときにコーヒーを飲んで目を覚ます。
（しごと　しゅうちゅう　の　め　さ）

想專心工作的時候，喝咖啡讓自己清醒。

文法篇

單字篇
あ行

單字篇
か行

單字篇
さ行

單字篇
た行

單字篇
な行

單字篇
は行

覚める　（さ）　　　義 醒來、醒悟　　▶動詞

例 患者はようやく目が覚めた。

病患終於醒來了。

サラリーマン　　　義 上班族　　▶名詞

例 父はサラリーマンです。

父親是上班族。

サンダル　　　義 涼鞋、拖鞋　　▶名詞

例 水遊び用のサンダルを探しています。

在找玩水用的涼鞋。

塩辛い　（しおから）　　義 鹹的　　▶い形

例 この料理は味付けがとても塩辛くて、お水をたくさん飲まないと食べ

られない。

這道菜的調味非常鹹，不喝很多水的話吃不下。

資格　（しかく）　　義 資格、證照　　▶名詞

例 私は会計士の資格を持っている。

我擁有會計師的證照。

四角い　（しかく）　　義 方形的　　▶い形

例 金魚鉢をあの四角いテーブルの上に置いてください。

請把金魚缸放在那張方形的桌上。

しかも　　　義 而且　　▶接續詞

例 今日はすごく寒い。しかも雨まで降り出した。

今天非常冷。而且還下起了雨。

叱る　（しか）　　義 責罵　　▶動詞

例 子ども時代によく叱られていた。

孩堤時代經常被罵。

時給　（じきゅう）　　義 時薪　　▶名詞

例 今のアルバイトの時給はいくらですか。

現在的打工時薪是多少錢呢？

事件　　　　　　　義 案件、事件　　　▶名詞

例 この事件は全国で報道された。

這個案件受到全國的報導。

試食　　　　　　　義 試吃　　　　　　▶名詞

例 今日スーパーでソーセージの試食があった。

今天在超市有德式香腸的試吃。

事実　　　　　　　義 事實　　　　　　▶名詞

例 彼の説明は事実と全く違います。

他的說明和事實完全不同。

事情　　　　　　　義 理由、原因、情況 ▶名詞

例 あのイベントは色んな事情により、延期になった。

這個活動因為種種原因而延期了。

自身　　　　　　　義 自己、本身　　　▶名詞

例 私自身もそのようなことを経験したことがあります。

我本身也經歷過那樣的事。

自信　　　　　　　義 自信　　　　　　▶名詞

例 彼は試験に合格する自信があります。

他有自信能通過考試。

自炊する　　　　　義 自己煮飯　　　　▶動詞

例 平日は自炊しないでほとんど外食です。

平日不自己煮飯，幾乎都是外食。

事前　　　　　　　義 事先、事前　　　▶名詞

例 遅れそうになったら、事前に連絡してください。

如果覺得快遲到的話，請事先聯絡。

文法篇

單字篇
あ行

單字篇
か行

單字篇
さ行

單字篇
た行

單字篇
な行

單字篇
は行

Track
183

舌 ^{した} 　　義 舌頭　　　　　▶ 名詞

例 熱々の豆腐を食べて、舌をやけどしてしまった。

吃熱騰騰的豆腐，燙傷了舌頭。(やけど：燙傷)

親しい ^{した} 　　義 親近、親密　　　▶ い形

例 旅行に行ったらいつも親しい人にお土産を買う。

去旅行的話總是會買伴手禮給親近的人。

試着する ^{しちゃく} 　　義 試穿　　　　　▶ 動詞

例 このワンピースを試着してもいいですか。

可以試穿這件洋裝嗎？

視聴する ^{しちょう} 　　義 收看、觀看　　　▶ 動詞

例 このサイトでたくさんの映画を無料で視聴できます。

這個網站可以免費收看很多電影。

視聴率 ^{しちょうりつ} 　　義 收視率　　　　　▶ 名詞

例 その番組はつまらなくて、視聴率もあまりよくありませんでした。

那個節目很無聊，收視率也不太好。

実家 ^{じっか} 　　義 老家、娘家　　　▶ 名詞

例 毎年のお正月に必ず実家に帰ります

每年的過年，一定會回老家。

失業する ^{しつぎょう} 　　義 失業　　　　　▶ 動詞

例 不景気で失業した。

因為不景氣而失業了。

実験 ^{じっけん} 　　義 實驗　　　　　▶ 名詞

例 あの実験は失敗で終わりました。

那個實驗以失敗作收。

実際 ^{じっさい} 　　義 實際　　　　　▶ 名詞、副詞

例 日本製と書いてるけど実際はベトナム製です。

雖然寫著日本製，實際卻是越南製。

例 見た目はおいしそうだったけど、実際に食べてみると私の口には合いませんでした。

看起來雖然很好吃，但實際吃了發現和我的口味不合。

じっと 　　　義 盯著、一動不動、平靜　　▶副詞

例 人の顔をじっと見るのは失礼だよ。

老盯著別人的臉看是很不禮貌的。

例 子供は机の前にじっと座ることができない。

孩子無法好好坐在書桌前不動。

実に 　　　義 實在、確實　　▶副詞

例 学校でオーケストラの演奏が聞けるなんて、実にすばらしい。

竟然可以在學校聽到管弦樂團演奏，真是太棒了。

実は 　　　義 說真的、其實　　▶副詞

例 実は私、犬が苦手なの。

其實我很怕狗。

しっぽ 　　　義 尾巴　　▶名詞

例 犬がしっぽを振って飼い主を待っていた。

小狗搖著尾巴等主人。

失礼 　　　義 失禮、無禮、抱歉 ▶名詞、な形

例 先輩を名前だけで呼ぶのは失礼だから気を付けてね。

只叫前輩的名字（而不加敬稱）是很無禮的，要注意喔。

例 失礼ですが出身はどこですか。

不好意思，請問您的故鄉是哪裡？

例 人の部屋に入るときに「失礼します」と言ってから入ります。

進他人房間時先說「打擾了」再進入。

例 予定があるので、お先に失礼させていただきます。

因為有事，所以容我先告辭了。

文法篇

單字篇
あ行

單字篇
か行

單字篇
さ行

單字篇
た行

單字篇
な行

單字篇
は行

指定席 （していせき）
義 指定席　▶名詞

例 指定席と自由席、どっちがいい。

對號座和自由座，哪個好？

指導 （しどう）
義 指導、教導　▶名詞

例 先輩の指導で技術を身につけた。

在前輩的指導下學會了技術。

品 （しな）
義 商品、品項　▶名詞

例 このスーパーは安くていい品が揃っています。

這家超市聚集了便宜又優質的商品。

しばしば
義 常常　▶副詞

例 寒い時期はしばしば寝坊してしまう。

天冷的時期時不時會睡過頭。

芝生 （しばふ）
義 草皮、草地　▶名詞

例 庭の芝生に入らないでください。

請不要踩入院子裡的草坪。

支払う （しはらう）
義 支付　▶動詞

例 カードで支払います。

我要用信用卡支付。

しばらく
義 暫時　▶副詞

例 ただいま準備中ですのでしばらくお待ちください。

現在還在準備中，請稍等一下。

自分 （じぶん）
義 自己　▶代名詞

例 寮に入って家事を自分自身でやるようになった。

住宿之後開始會自己做家事。

例 自分の問題は自分で解決する。

自己的問題自己解決。

自慢 じまん　　　義 引以為傲、炫耀　▶名詞

例 さすが私の自慢の後輩、仕事が早い。

不愧是我引以為傲的後輩，做事非常快。

例 彼女は自分の息子が試合に勝ったことを自慢している。

她炫耀自己兒子比賽獲勝一事。

地味 じみ　　　義 不起眼、樸實　▶名詞、な形

例 本当は派手な服が好きなんですが、仕事のために地味にしています。

其實我喜歡浮誇的衣服，但為了工作所以穿得樸素。

締め切り しめきり　　　義 截止日　▶名詞

例 この仕事を終わらせる締め切りはいつですか。

這個工作完成的截止日是什麼時候？

地元 じもと　　　義 當地、本地、故鄉　▶名詞

例 この野菜は傷みやすいから、地元でしか食べられない。

這個蔬菜容易腐壞，所以在產地才吃得到。

車掌 しゃしょう　　　義 列車長　▶名詞

例 電車内にあった落とし物を車掌さんに届けた。

把電車裡的遺失物交給列車長。

借金 しゃっきん　　　義 債務、欠款　▶名詞

例 彼は借金が多くて生活が苦しい。

他揹負大量債務，生活困苦。

しゃべる　　　義 談話、說話、喋喋不休　▶動詞

例 風邪をひいて、しゃべると咳が出る。

感冒了，說話就會咳嗽。

邪魔 じゃま　　　義 妨礙、礙事　▶名詞、な形

例 ここに立っていると邪魔なのでどいてください。

站在這裡很礙事，請讓開。(どく：讓開)

文法篇

單字篇 あ行

單字篇 か行

單字篇 さ行

單字篇 た行

單字篇 な行

單字篇 は行

ジャケット　　　　義 外套、夾克、封面　▶名詞

例 夜は寒くなるから、ジャケットを持っていってね。

晚上會變冷，記得帶外套去喔。

しゃっくり　　　　義 打嗝　　　　　▶名詞

例 朝からしゃっくりが止まらない。

從早上就一直打嗝。

就職　　　　　　　義 工作、就業　　▶名詞

例 ずっと就職できずに悩んでいる。

一直找不到工作而煩惱著。

例 大学 4 年生になると就職活動が始まります。

上大四就開始找工作。

渋滞　　　　　　　義 塞車　　　　　▶名詞

例 渋滞にはまって、仕事に遅れてしまいました。

因為遇上了塞車，所以工作遲到。(渋滞にはまる：遇上塞車)

終電　　　　　　　義 末班電車　　　▶名詞

例 終電を逃したら帰れなくなっちゃうよ。

錯過末班電車的話會回不了家喔。

充電する　　　　　義 充電　　　　　▶動詞

例 ここで充電してもいいですか。

這裡可以充電嗎？

自由　　　　　　　義 自由　　　　　▶名詞、な形

例 宿泊者であれば誰でも自由にドリンクバーを利用できます。

只要是住宿的客人誰都可以自由使用飲料吧。

例 入社前に思っていたとおり、会社は自由な雰囲気があります。

就如同進公司前所想的，公司有自由的氣氛。

収入　　　　　　　義 収入　　　　　▶名詞

例 もう少し 収 入 を上げるために資格の 勉 強 をしています。

為了稍微提高收入，正在攻讀證照。

重 要 　　　　　義 重要 　　　▶名詞、な形

例 これはとても 重 要 な資料です。

這是很重要的資料。

修理 　　　　　義 修理 　　　▶名詞

例 スマホを修理に出したけど、返ってきたら何も直っていない。

把手機送去修理，拿回來後卻什麼也沒修好。

例 彼に 車 を修理してもらった。

請他幫忙修理車。

修理代 　　　　　義 修理費 　　　▶名詞

例 会社のパソコンを壊してしまったら修理代を払う必要はありますか。

把公司的電腦弄壞的話需要付修理費嗎？

終 了 　　　　　義 結束 　　　▶名詞

例 1 日目の作業がやっと 終 了 です。

第 1 天的工作終於結束了。

例 記念切手の販売は 終 了 しました。

紀念郵票的銷售截止了。

授 業 料 　　　　　義 學費、課程費 　　　▶名詞

例 授 業 料 の支払は月末にしたいです。

想要月底再付學費。

塾 　　　　　義 補習班 　　　▶名詞

例 受験に備えて子供を塾に通わせたいです。

為了準備升學考試，想讓孩子去上補習班。

祝 日 　　　　　義 假日、節日 　　　▶名詞

例 明日は祝 日だから休みです。

明天是節日所以放假。

文法篇

單字篇
あ行

單字篇
か行

單字篇
さ行

單字篇
た行

單字篇
な行

單字篇
は行

宿泊する しゅくはく　　義 住宿　　▶動詞

例 今日はどこのホテルに宿泊する予定ですか。

今天預計住哪裡的旅館呢？

主人 しゅじん　　義 主人、丈夫　　▶名詞

例 私の主人はオーストラリア人です。

我的先生是澳洲人。

例 ご主人はいらっしゃいますか。

您的先生在嗎？

例 この店の主人はとても親切です。

這間店的老闆非常親切。

出勤する しゅっきん　　義 上班　　▶動詞

例 海外オフィスとミーティングがあるからいつもより遅く出勤します。

和國外辦公室有會議，所以比平常晚到公司。

出国 しゅっこく　　義 出國、出境　　▶名詞

例 入国カードとパスポートは、出国の時に必要なので大事に取っておいてください。

入境表格和護照是出境時必備的，請小心保管。

出場 しゅつじょう　　義 出場、參加　　▶名詞

例 私たちのサッカーチームは全国大会の出場が決まった。

我們的足球隊確定進入全國大賽。

出身 しゅっしん　　義 出身、生於　　▶名詞

例 社長は日本の大阪府出身です。

社長是生於日本大阪。

種類 しゅるい　　義 種類　　▶名詞

例 バイキングに行くとたくさんの種類があってつい取り過ぎてしまう。

去吃到飽的時候，因為種類很多總是不小心拿太多。

順調 じゅんちょう　　義 順利　　▶名詞、な形

例 仕事が予定通りに進んでいて順調です。

工作依計畫進行非常順利。

順番　　　義 順序　　　▶名詞

例 銀行はいつも混んでいて順番が来るまでかなり時間がかかる。

銀行總是很多人，要很久才會輪到自己的號碼。

準備　　　義 準備　　　▶名詞

例 明日からの旅行の準備をしていなくて慌てている。

因為還沒準備明天開始的旅行而十分慌張。

例 まだ準備中です。5分後に開店します。

還在準備中，5分鐘之後開店。

生姜　　　義 薑　　　▶名詞

例 アジアの料理には生姜がよく使われています。

亞洲料理經常用到薑。

消極的　　　義 消極的　　　▶な形

例 私は消極的な性格で、自分の意見をあまり言えません。

我的個性消極，不擅說出自己的意見。

例 自信がないから、就職を消極的に考えてしまう。

因為沒有自信，所以對於找工作總會負面思考。

状況　　　義 狀況　　　▶名詞

例 今の状況を説明いたします。

為您說明現在的狀況。

条件　　　義 條件　　　▶名詞

例 条件を確認した上で契約書にサインします。

確認過條件之後在合約書上簽名。

正直　　　義 誠實、老實、正直 ▶名詞、な形

例 彼女は正直な人で嘘をつかない。

她是很正直的人不會說謊。

文法篇

單字篇 あ行

單字篇 か行

單字篇 さ行

單字篇 た行

單字篇 な行

單字篇 は行

例 正直に言うとここの料理は私の好みに合いません。

老實說這裡的料理不是我喜歡的口味。

常識	**義** 常識	▶**名詞**

例 社会人として挨拶は常識です。

對社會人士來說打招呼是常識。

乗車券	**義** 乗車券	▶**名詞**

例 観光地をたくさん巡りたいなら1日乗車券を買ったほうがお得だよ。

想要去很多觀光景點的話，買1日乘車券比較划算喔。(お得：划算)

症状	**義** 症狀	▶**名詞**

例 熱や咳の症状はありますか。

有發燒或咳嗽的症狀嗎？

招待	**義** 邀請	▶**名詞**

例 このグループは友達の招待がないと参加できません。

這個團體如果沒有朋友的邀請就沒辦法參加。

例 私たちは結婚式に招待されなかった。

我們沒被邀請參加婚禮。

状態	**義** 狀態	▶**名詞**

例 お肌の状態はどうですか。

皮膚的狀態怎麼樣呢？

上達する	**義** 進步	▶**動詞**

例 どうしたら英語の発音が上達しますか。

要怎麼樣英語的發音才會進步呢？

冗談	**義** 玩笑	▶**名詞**

例 日本語で冗談を言えるようになりたいです。

想要變得能用日語開玩笑。

承知	**義** 知道、答應	▶**名詞**

例 無理を承知でお願いするのですが、時間を変更していただけませんか。

雖然知道是很無理的要求，但是否能更改時間。

例 その状況はよく承知しております。

我很清楚那個狀況。

例 イベント計画の変更について承知しました。

我了解活動計畫改變的事了。(答應變更)

商店街　　　義 商店街　　▶名詞

例 駅前の商店街に買い物に行きました。

去了車站前的商店街購物。

消費税　　　義 消費税　　▶名詞

例 値段は消費税が含まれた価格となります。

價格是包含消費稅的價格。

上品　　　義 高尚、優雅、有品味　▶名詞、な形

例 彼女はとても上品な話し方をしてます

她說話非常優雅。

例 この紅茶は上品な香りがします。

這個紅茶有高雅的香氣。

情報　　　義 情報、消息　▶名詞

例 ネットに正しい情報もあれば間違った情報もある。

網路上有正確的情報，也有錯誤的情報。

証明書　　　義 證明書　　▶名詞

例 身分証明書がないとこのビルに入れません。

沒有身分證明文件的話，無法進入這棟大樓。

証明する　　　義 證明　　▶動詞

例 パスポートを出して本人であることを証明します。

出示護照證明是本人。

文法篇

單字篇
あ行

單字篇
か行

單字篇
さ行

單字篇
た行

單字篇
な行

單字篇
は行

しょうらい
将来　　　　義 將來　　　▶名詞

例 私は将来エンジニアになろうと思っています。

我將來想當工程師。

しょうりゃく
省略　　　　義 省略　　　▶名詞

例 この問題を省略なしに解いてください。

請不要做任何省略，解開這個問題。

例 学生に考えさせるつもりで説明をわざと省略した。

為了讓學生自己思考，故意省略了說明。

しょうりょう
使用料　　　義 使用費、租用費　　▶名詞

例 この会場の使用料はいくらかかりますか。

這個會場的租用費要多少錢呢？

しょくぎょう
職業　　　　義 職業　　　▶名詞

例 ご職業は何ですか。

請問從事什麼職業？

しょくご
食後　　　　義 餐後　　　▶名詞

例 お飲み物は、食後でよろしいでしょうか。

飲料在餐後上可以嗎？

しょくざい
食材　　　　義 食材　　　▶名詞

例 このお料理にはどんな食材が入っていますか。

這道菜裡用了什麼食材呢？

しょくじだい
食事代　　　義 餐費　　　▶名詞

例 観光地の食事代は高い。

觀光景點的餐飲費用都很高。

しょくぜん
食前　　　　義 餐前　　　▶名詞

例 家族と一緒に食前にお祈りします。

和家人一起做餐前禱告。

しょくたく
食卓　　　義 餐桌　　　▶名詞

例 家族全員で食卓を囲んで座った。
かぞくぜんいん　しょくたく　かこ　すわ

全家人圍著餐桌坐好。

しょくにん
職人　　　義 專業工匠、專家　　▶名詞

例 これは職人の手によって作り上げられた包丁です。
しょくにん　て　　　　つく　あ　　　　ほうちょう

這是專業工匠親手製作的菜刀。(包丁：菜刀)

しょくば
職場　　　義 職場、工作環境　　▶名詞

例 明日から新しい職場で働くので楽しみです。
あした　　あたら　しょくば　はたら　　たの

明天開始在新的職場工作，很期待。

しょくひ
食費　　　義 伙食費　　　▶名詞

例 食費を節約するためになるべく自炊をしている。
しょくひ　せつやく　　　　　　　　　じすい

為了節省伙食費，盡量自己煮飯。

しょくひん
食品　　　義 食品　　　▶名詞

例 今の冷凍食品は便利なだけではなく、味も美味しいです。
いま　れいとうしょくひん　べんり　　　　　　あじ　おい

現在的冷凍食品不只是方便，味道也好吃。

しょくぶつ
植物　　　義 植物　　　▶名詞

例 母は庭に植物をたくさん植えている。
はは　にわ　しょくぶつ　　　　う

媽媽在院子種了很多植物。

しょくよく
食欲　　　義 食欲　　　▶名詞

例 夏はすごく暑いから食欲がなくなります。
なつ　　　　あつ　　　しょくよく

夏天非常熱變得沒有食欲。

じょじょ
徐々に　　　義 漸漸地　　　▶副詞

例 勉強し続けることで、英語を徐々に聞き取れるようになった。
べんきょう　つづ　　　　　えいご　じょじょ　き　と

因為持續學習，漸漸地能聽懂英語了。

しょしんしゃ
初心者　　　義 初學者　　　▶名詞

例 私は初心者なので、日本語が上手くなくてすみません。
わたし　しょしんしゃ　　　　にほんご　うま

我是初學者，日語不夠好，不好意思。

文法篇

單字篇
あ行

單字篇
か行

單字篇
さ行

單字篇
た行

單字篇
な行

單字篇
は行

女性 (じょせい) ⑧ 女性 ▶名詞

例 女性には年齢を聞かない方がいいよ。

最好別問女性的年齡喔。

食器 (しょっき) ⑧ 餐具 ▶名詞

例 子供がテーブルに食器を並べてくれた。

孩子幫我在桌上擺了餐具。

例 食べた後の食器を片付けた。

把用完餐後的餐具收拾好。

食器棚 (しょっきだな) ⑧ 餐具櫃 ▶名詞

例 乾いた食器を食器棚に片付けた。

把乾了的餐具收到餐具櫃裡。

ショック ⑧ 衝擊、震驚、受打擊 ▶名詞

例 失礼なことを言われてショックだった。

被說了失禮的話覺得震驚。

例 私たちはその悲しいニュースにショックを受けた。

我們因為那悲傷的新聞而受到打擊。

女優 (じょゆう) ⑧ 女演員 ▶名詞

例 この映画に好きな女優が出ている。

這部電影有我喜歡的女演員。

書類 (しょるい) ⑧ 資料、文件 ▶名詞

例 保険の書類にサインしてから出してください。

請在保險的文件上簽名之後提出。

知らせ (し) ⑧ 通知、告知 ▶名詞

例 大学から合格の知らせが届きました。

大學的合格通知寄到了。

尻 (しり) ⑧ 尾端、臀部 ▶名詞

例 散歩している柴犬のおしりが可愛い。

柴犬散步時的屁股很可愛。

知り合い　　　　　義 認識的人、點頭之交　　▶名詞

例 彼はただの知り合いです。名前は知っているけど、そこまで親しくあ

りません。

他只是點頭之交。雖然知道名字，但沒有那麼熟。

例 私 たちは共通の知り合いを通して出会いました。

我們是透過共通的友人認識的。

素人　　　　　義 門外漢　　▶名詞

例 私 は法律に関しては素人で、勉強し始めたところです。

關於法律我是門外漢，才剛開始學習。

進学　　　　　義 升學　　▶名詞

例 大学院に進学するか 就 職 するか迷っています。

正在猶豫要繼續念研究所還是找工作。

真剣　　　　　義 認真　　▶名詞、な形

例 優 勝 したいから真剣に練 習 するつもりです。

因為想要獲勝所以打算認真地練習。

寝室　　　　　義 寢室、房間　　▶名詞

例 人の寝室に勝手に入らないで。

不要任意進入別人的寢室。

新人　　　　　義 新人　　▶名詞

例 彼は新人でまだ分からないことだらけです。

他是新人，還有很多不懂的事。

信じる　　　　　義 相信　　▶動詞

例 あなたは占いを信じますか。

你相信占卜嗎？

文法篇

單字篇
あ行

單字篇
か行

單字篇
さ行

單字篇
た行

單字篇
な行

單字篇
は行

人生　じんせい　義 人生　▶名詞

例 人生を無駄にしたくありません。

不想浪費人生。

新鮮　しんせん　義 新鮮　▶名詞、な形

例 私は農家から直接新鮮な野菜と果物を買います。

我都直接從農家買新鮮的蔬菜和水果。

新品　しんぴん　義 新品　▶名詞

例 これの新品はありますか。

這個有新的嗎？

シンプル　義 簡單的、單純的　▶な形

例 言葉も考えもシンプルが一番だ。

無論是話語還是想法，都是簡單點最好。

進歩　しんぽ　義 進步　▶名詞

例 この業界は技術の進歩が早い。

這個業界技術進步非常快。

深夜　しんや　義 深夜　▶名詞

例 ゲームに夢中になって深夜まで起きていてしまった。

沉迷於遊戲玩到了半夜。

親友　しんゆう　義 好朋友　▶名詞

例 学校で何でも言える親友ができた。

在學校交到了無話不談的好友。

信用　しんよう　義 信用、相信　▶名詞

例 約束を破ったら信用を失うよ。

不遵守約定的話會失去信用喔。

例 ルールを守らない人は信用できない。

不遵守規則的人不能相信。

酢 (す) 　　　　　　義 醋　　　　　▶名詞

例 タンメンにお酢をかけて食べるとおいしいよ。

湯麵淋上醋的話很好吃喔。

スイッチ 　　　　　　義 開關　　　　▶名詞

例 スイッチを入れても電気がつかない。

打開開關燈也不亮。

例 出かける前にヒーターのスイッチを切ることを忘れないでください。

出門前別忘了要關掉電暖器的電源。

水道代 (すいどうだい) 　　　義 水費　　　　▶名詞

例 食洗機を使った方が手洗いより水道代が安いらしいよ。

用洗碗機的話似乎比手洗更省水費喔。(水費也可以說「水道料金」)

炊飯器 (すいはんき) 　　　義 電子鍋　　　▶名詞

例 友達の引っ越し祝いに炊飯器をプレゼントしようと考えています。

為慶祝朋友搬家，正考慮要送電子鍋當禮物。

ずいぶん 　　　　　　義 非常、很　　▶副詞、な形

例 １０月に入ると夜はずいぶん寒くなってきました。

進入 10 月之後夜晚就變冷許多。

数字 (すうじ) 　　　　　義 數字　　　　▶名詞

例 慎重に何度もチェックしたのに、数字が合わない。

明明很慎重地核對了好幾次，數字還是對不上。

スカーフ 　　　　　義 領巾、(薄)圍巾 ▶名詞

例 先生は首にはおしゃれなスカーフを巻いている。

老師的脖子上圍了一條時尚的領巾。

姿 (すがた) 　　　　　義 外表、模樣、樣子 ▶名詞

例 会議が始まったのに、部下の姿が見えない。

會議已經開始了，卻不見下屬的身影。

文法篇

單字篇 あ行

單字篇 か行

單字篇 さ行

單字篇 た行

單字篇 な行

單字篇 は行

| スキー | 義 滑雪 | ▶名詞 |

例 毎年長野にスキーに行きます。

每年都去長野滑雪。

| 少なくとも | 義 至少、起碼 | ▶副詞 |

例 全員は来ないかもしれないけど、少なくとも田中さんは来る。

雖然可能不會全部的人都到，但至少田中先生 (小姐) 會來。

例 少なくとも週に１度はジムに行きます。

每週最少會去 1 次健身房。

| 少しも | 義 一點也 | ▶副詞 |

例 まったく興味がない仕事をしても少しも楽しくない。

完全沒興趣的工作，就算做了一點也不開心。

| 過ごす | 義 度過 | ▶動詞 |

例 夏休みはどう過ごしましたか。

暑假怎麼度過的呢？

| 勧める | 義 推薦、建議 | ▶動詞 |

例 同僚に上司と相談することを勧めました。

建議同事可以找主管商量。

| 裾 | 義 下緣、末端、山腳 | ▶名詞 |

例 このズボンは裾が長くていつも踏んでしまう。

這褲子太長了總是踩到褲腳。

| スター | 義 巨星、星星 | ▶名詞 |

例 彼女はハリウッドでも活躍する大スターです。

她是在好萊塢也很活躍的大明星。

| スタッフ | 義 工作人員 | ▶名詞 |

例 あのお店のスタッフはとても親切で信頼できます。

那家店的員工很親切值得信賴。

ずつ　　　義 個別、分別　▶助詞

例 全種類を1つずつください。

請給我所有種類各1個。

例 少しずつ部屋を片付けようと思います。

想要一點一點慢慢整理房間。

すっかり　　　義 完全、徹底　▶副詞

例 レポートを書くのをすっかり忘れていました。

徹底忘了要寫報告。

例 暑い。もうすっかり夏ですね。

好熱。已經完全是夏天了呢。

すっきり　　　義 暢快、俐落、清爽　▶副詞

例 ずっと秘密にしていたことがようやく言えてすっきりした。

一直保密的事情終於能說出口真是暢快。

例 思い切ってソファーを捨てたら、部屋がすっきりした。

下定決心把沙發丟了後，房間變得很清爽。

素敵　　　義 漂亮、帥、很棒　▶な形

例 素敵なプレゼントをありがとう。

謝謝你送這麼棒的禮物。

ストーリー　　　義 故事、劇情　▶名詞

例 ドラマのストーリーが進むにつれておもしろくなった。

連續劇隨著劇情進行變得有趣。

ストレス　　　義 壓力　▶名詞

例 最近仕事が忙しすぎてストレスが溜まっている。

最近工作太忙了，累積了很多壓力。

素直　　　義 坦率、誠實　▶な形

例 相手を尊重しながら自分の意見を素直に伝えた。

尊重對方的同時也坦率地表達了自己的意見。

文法篇

單字篇 あ行

單字篇 か行

單字篇 さ行

單字篇 た行

單字篇 な行

單字篇 は行

すなわち　　　　義 也就是　　　▶接續詞

例 来週の金曜日、すなわち１２日までに提出してください。

請在下個星期五，也就是 12 日以前提交。

スニーカー　　　　義 運動鞋　　　▶名詞

例 お気に入りのスニーカーを履いて出かけたのに、急に雨が降ってきた。

穿了很喜歡的運動鞋出門，卻突然下起雨來。

素晴らしい　　　　義 出色、精彩、了不起　　　▶い形

例 昨日の演奏は素晴らしかった。

昨天的演奏非常精彩。

スピード　　　　義 速度　　　▶名詞

例 車がものすごいスピードで走っていった。

車子以非常快的速度行駛而過。

すれ違う　　　　義 交錯、擦身而過　　　▶動詞

例 この道路がとても狭いので、対向車とすれ違うことができません。

這條道路非常狹小，無法和對向來車交錯。(対向車：對向來車)

例 綺麗な女の人とすれ違ったときにいい匂いがしました。

和美麗的女性擦身而過時，有芳香的氣味。

鋭い　　　　義 敏銳、鋒利　　　▶い形

例 彼女は勘が鋭い人なので、嘘にすぐ気づく。

她是直覺很敏銳的人，馬上會發現謊言。(勘：直覺)

性格　　　　義 個性　　　▶名詞

例 あの２人は性格が合わなくて一緒にいると喧嘩ばかりです。

那 2 個人的個性不合，在一起時總是吵架。

生活費　　　　義 生活費　　　▶名詞

例 彼女は親に頼らないで、自分で生活費を稼いでいる。

她不靠父母，自己賺取生活費。

税関 （ぜいかん）　　　義 海關　　　▶名詞

例 空港で税関を通らなければいけない。
（くうこう ぜいかん とお）

在機場一定要過海關才行。

税金 （ぜいきん）　　　義 税金　　　▶名詞

例 この車は毎年税金いくらぐらいかかりますか。
（くるま まいとしぜいきん）

這輛車每年要付大約多少税金？

成功 （せいこう）　　　義 成功　　　▶名詞

例 社員全員の努力が成功につながった。
（しゃいんぜんいん どりょく せいこう）

全體員工的努力促成了成功。

生産 （せいさん）　　　義 生産、製造　　　▶名詞

例 今年は玉ねぎの生産が減ってしまったそうです。
（ことし たま せいさん へ）

據說今年洋蔥的產量減少了。

例 私は自動車部品を生産する会社に勤めています。
（わたし じどうしゃぶひん せいさん かいしゃ つと）

我在製造汽車零件的公司工作。

精算 （せいさん）　　　義 精算、結算　　　▶名詞

例 運賃が足りない場合は、自動精算機で精算してください。
（うんちん た ばあい じどうせいさんき せいさん）

遇到車資不足的情況，請到自動補票機結算補票。

政治家 （せいじか）　　　義 政治家　　　▶名詞

例 彼は政治家になる夢を見ています。
（かれ せいじか ゆめ み）

他夢想成為政治家。

成人式 （せいじんしき）　　　義 成人禮　　　▶名詞

例 成人の日は毎年 1 月の第 2 の月曜日で、成人式が行われます。
（せいじん ひ まいとしいちがつ だいに げつようび せいじんしき おこな）

成年紀念日是在每年 1 月的第 2 個星期一，會舉辦成年禮。

成績 （せいせき）　　　義 成績　　　▶名詞

例 先生のおかげで成績が上がりました。
（せんせい せいせき あ）

多虧了老師，成績才能進步。

文法篇

單字篇
あ行

單字篇
か行

單字篇
さ行

單字篇
た行

單字篇
な行

單字篇
は行

贅沢（ぜいたく）　　義 奢侈、浪費　　▶名詞、な形

例 ダイヤのネックレスは私（わたし）にとって贅沢（ぜいたく）すぎるギフトでした。

鑽石項鍊對我來說是太過奢侈的禮物。

例 私（わたし）の給料（きゅうりょう）では、多（おお）くの贅沢（ぜいたく）をすることができません。

以我的薪水，無法做太奢侈的事情。

成長（せいちょう）　　義 成長　　▶名詞

例 子供（こども）の成長（せいちょう）は早（はや）すぎる。

孩子的成長太快了。

青年（せいねん）　　義 青年　　▶名詞

例 ２０代（にじゅうだいころ）の頃はどんな青年（せいねん）でしたか。

20 幾歲的時候是怎麼樣的青年呢？

成年（せいねん）　　義 成年　　▶名詞

例 国（くに）によって成人（せいじん）の年齢（ねんれい）は違（ちが）う。

各國成人的 (法定) 年齡都不同。

生年月日（せいねんがっぴ）　　義 出生年月日　　▶名詞

例 生年月日（せいねんがっぴ）をパスワードに使（つか）わないほうがいい。

最好不要用出生年月日當作密碼。

性能（せいのう）　　義 功能、性能　　▶名詞

例 スマホのカメラの性能（せいのう）がよくなったので、誰（だれ）でも綺麗（きれい）な写真（しゃしん）が撮（と）れる。

因為智慧型手機的相機功能變好了，任誰都能拍出好看的照片。

製品（せいひん）　　義 製品、產品　　▶名詞

例 こちらが新（あたら）しい製品（せいひん）です。

這是新的產品。

制服（せいふく）　　義 制服　　▶名詞

例 私（わたし）が通（かよ）っていた高校（こうこう）は制服（せいふく）がありません。

我 (以前) 上的高中沒有制服。

整理　せいり　　　義 整理　　　▶名詞

例 整理が苦手で、書類が溜まってしまう。

不擅長整理，所以總是累積文件。

例 先月大掃除で部屋を整理したのに、もう散らかってきました。

明明上個月才大掃除整理了房間，已經開始變亂了。

セール　　　　義 特賣、拍賣　　　▶名詞

例 去年売っていた服が、今はセールで半額くらいで買えます。

去年賣的衣服，現在特價只要大約半價就能買到。

責任　せきにん　　　義 責任　　　▶名詞

例 もう子供じゃないから、自分の行動に責任を持つべきだ。

已經不是孩子了，必須對自己的行動負責。

積極的　せっきょくてき　　　義 積極的　　　▶な形

例 今の同僚はいつも積極的にイベントに参加します。

現在的同事總是積極地參加活動。

絶対　ぜったい　　　義 絕對　　　▶名詞、な形

例 絶対なんてこの世に存在しない。

這世上不存在絕對。

例 大事な試合だからこそ絶対に負けたくない。

因為是重要的比賽，絕對不想輸。

例 こっちが絶対正解だよ。

這個一定是正確解答。（「絶対」也可以有類似副詞的用法）

セット　　　　義 套組、布景、裝設　▶名詞

例 パスタが欲しいんですが、飲み物のセットメニューはありますか。

想要吃義大利麵，有搭配飲料的套餐菜單嗎？

節約　せつやく　　　義 節約、節儉　　　▶名詞

例 自転車通勤でお金の節約になるし運動にもなります。

騎腳踏車通勤，即可以省錢也能運動。

文法篇

單字篇
あ行

單字篇
か行

單字篇
さ行

單字篇
た行

單字篇
な行

單字篇
は行

例 春休みに旅行に行くために今は節約している。

為了春假時去旅行，現在正節約省錢。

| ぜひ | 義 一定、務必、是非對錯 | ▶副詞、名詞 |

例 今度ぜひうちに遊びに来てください。

下次請一定要來我家玩。

| 狭い | 義 狹窄、侷促 | ▶い形 |

例 今の部屋が狭いからソファーを諦めるしかない。

現在的房間很狹窄，只好放棄沙發。

| 責める | 義 責備、催促 | ▶動詞 |

例 仕事のミスをして上司に責められた。

工作上犯了錯，被主管責罵。

| セルフサービス | 義 自助式 | ▶名詞 |

例 最近スーパーでセルフサービスのレジをよく見かけるようになった。

最近在超市變得很常看到自動結帳櫃檯。

| 世話 | 義 照顧、關照 | ▶名詞 |

例 最近は赤ちゃんの世話をするのにすごく忙しい。

最近為了照顧嬰兒而十分忙碌。

| 選挙 | 義 選舉 | ▶名詞 |

例 次の大統領選挙は来年の5月に予定されている。

下次的總統選舉預計在明年5月。

| 洗剤 | 義 洗潔劑 | ▶名詞 |

例 肌が弱いから、洗剤で手がカサカサになった。

因為皮膚很敏感，清潔劑讓手變得粗糙。

| 選手 | 義 選手 | ▶名詞 |

例 私の夢はサッカー選手になることです。

我的夢想是成為足球選手。

先日（せんじつ）　義 前些日子、前陣子　▶名詞

例 先日はありがとうございました。

謝謝你前些日子的照顧。

センス　義 品味、感覺　▶名詞

例 彼女はモデルもやっているだけあって、ファッションセンスがいい。

正因為她也是模特兒，時尚品味很好。(だけあって：正因為)

全体（ぜんたい）　義 全體、一共　▶名詞、副詞

例 山全体が雪に覆われている。

整座山被白雪覆蓋。

センチ　義 公分　▶名詞

例 髪を 3 センチ切ってください。

請把頭髮剪短 3 公分。

全国（ぜんこく）　義 全國　▶名詞

例 このような展示会は全国で行われている。

像這樣的展示會正在全國舉辦。

前半（ぜんはん）　義 前半　▶名詞

例 着くのが遅かったので試合の前半が見られなかった。

因為太晚到，沒看到前半段的比賽。

洗面所（せんめんじょ）　義 盥洗室　▶名詞

例 バスタオルは洗面所に置いてあるカゴにあります。

浴巾在盥洗室的籃子裡。(「洗面所」是有洗手台和更衣場所的空間)

専門家（せんもんか）　義 專家　▶名詞

例 薬剤師は薬の専門家です。

藥師是藥的專家。

専門学校（せんもんがっこう）　義 二年制專科學校　▶名詞

例 私は今年度から保育の専門学校に通っています。

我從今年度開始上幼保專科學校。

文法篇

單字篇
あ行

單字篇
か行

單字篇
さ行

單字篇
た行

單字篇
な行

單字篇
は行

ぞうきん
雑巾　　　　　　義 抹布　　　▶名詞

例 雑巾を絞ってテーブルを拭いた。

把抹布擰乾，擦了桌子。(絞る：擰乾)

そうさ
操作　　　　　　義 操作、操作方法　▶名詞

例 この加湿器は操作がとても簡単です。

這個加濕器的操作非常簡單。

そうざい
惣菜　　　　　　義 熟食　　　▶名詞

例 今日の晩ごはんはハンバーグとスーパーで買った惣菜です。

今天的晚餐是漢堡排和超市買的熟食。

そうしん
送信する　　　　義 傳送、寄出　▶動詞

例 後輩にメールを送信したけど返事が来ない。

傳了電子郵件給後輩，但是沒收到回覆。

そうぞう
想像　　　　　　義 想像　　　▶名詞

例 期待していたゲームは想像通りに面白かった。

期待的遊戲和想像的一樣有趣。

例 ホテルの部屋は想像していたよりも大きいです。

旅館的房間比想像中的還大。

そうだん
相談する　　　　義 商量　　　▶動詞

例 ちょっと相談したいことがあるのですが。

我有事想跟你商量。

そうりょう
送 料　　　　　　義 運費　　　▶名詞

例 初回のご注文は送料無料です。

初次下單免運費。

そそ
注ぐ　　　　　　義 注入、澆、貫注　▶動詞

例 店員さんが私にコーヒーを 1 杯注いでくれた。

店員為我倒了一杯咖啡。

そく
足　　　　　　　　　　義 雙 (鞋子)　　　▶助數詞

例 靴を何足持っていますか。

擁有幾雙鞋子？

そくたつ
速達　　　　　　　　　義 限時郵件　　　▶名詞

例 この資料を速達で送っていただけませんか。

可以幫我把這份資料用限時寄出嗎？

そこで　　　　　　　　義 於是　　　　　▶接續詞

例 突然携帯が鳴った。そこで、電話に出るためにお店の外へ出た。

手機突然響了。於是為了接電話而走到店外。

そだい
粗大ごみ　　　　　　　義 大型垃圾　　　▶名詞

例 粗大ごみを回収してもらうには事前の申し込みがいります。

巨大垃圾要回收之前需要事先申請。

そだ
育つ　　　　　　　　　義 成長　　　　　▶動詞

例 赤ちゃんがすくすく育っている。

嬰兒長得很快。

そっくり　　　　　　　義 相似　　　　　▶副詞、な形

例 兄弟 2 人は顔だけでなく、声もそっくりです。

2 兄弟不只是臉，聲音也很像。

例 弟 は父にそっくりな顔をしている。

弟弟長得很像爸爸。

そっと　　　　　　　　義 悄悄、輕輕、小心 ▶副詞

例 先生は生徒達に気づかれないように、そっとドアを閉めた。

老師不讓學生們注意到輕輕地關上了門。

そで
袖　　　　　　　　　　義 袖子　　　　　▶名詞

例 手を洗う前に袖をまくった。

洗手之前先捲起袖子。(まくる：捲起來)

文法篇

單字篇
あ行

單字篇
か行

單字篇
さ行

單字篇
た行

單字篇
な行

單字篇
は行

その上（うえ）　　　義 況且、又　　　▶接續詞

例 彼は頭がいいです。その上性格も優しい。（かれ あたま）（うえせいかく やさ）

他頭腦很好。而且個性也很溫和。

そのうち　　　義 再過不久、其中　　　▶副詞

例 空が明るくなってきたので、そのうち晴れるでしょう。（そら あか）（は）

天空變亮了，再不久應該會放晴吧。

そば　　　義 蕎麥麵　　　▶名詞

例 そばは独特の香りがする。（どくとく かお）

蕎麥麵有獨特的香氣。

祖母（そ ぼ）　　　義 祖母　　　▶名詞

例 私の祖母は海外に住んでいます。（わたし そ ぼ かいがい す）

我的祖母住在國外。

それぞれ　　　義 各自　　　▶名詞

例 それぞれの街にそれぞれの魅力がある。（まち）（みりょく）

各個城市都有各自的魅力。

それで　　　義 於是、所以　　　▶接續詞

例 納得できないので、それでもう一度質問した。（なっとく）（いちどしつもん）

因為無法信服，於是再問一次。

それでも　　　義 即使如此　　　▶接續詞

例 2時間くらいしか会えないけど、それでもいいですか。（にじかん）（あ）

大概只有2小時能見面，即使如此也好嗎？

それとも　　　義 或是　　　▶接續詞

例 店内で食べますか。それとも持ち帰りますか。（てんない た）（も かえ）

要內用，還是外帶？

尊敬（そんけい）　　　義 尊敬　　　▶名詞

例 両親に感謝と尊敬の気持ちを伝えました。（りょうしん かんしゃ そんけい き も つた）

向雙親表達了感謝和尊敬的心意。

例 私は高校時代の先生を尊敬しています。
わたし こうこうじだい せんせい そんけい

我很尊敬高中時代的老師。

た行

| ダイエット | 義 減肥 | ▶名詞 |

例 ダイエットのために大好きなケーキを食べないようにしています。
だいす た

為了減肥而不吃最喜歡的蛋糕。

| 体温 たいおん | 義 體溫 | ▶名詞 |

例 体温を測って熱があるかどうか確認した。
たいおん はか ねつ かくにん

量測了體溫確認有沒有發燒。

| 退学 たいがく | 義 退學 | ▶名詞 |

例 出席日数が足りなくて学校を退学になりました。
しゅっせきにっすう た がっこう たいがく

因為出席天數不足而被退學了。

| 大学院 だいがくいん | 義 研究所 | ▶名詞 |

例 去年の9月から大学院に通っています。
きょねん く がつ だいがくいん かよ

去年9月開始上研究所。

| 退屈 たいくつ | 義 無聊 | ▶名詞、な形 |

例 映画を見に行ったけど、途中から退屈になってきて、眠くなった。
えいが み い とちゅう たいくつ ねむ

去看了電影，但中途開始覺得無聊想睡。

| 滞在 たいざい | 義 停留 | ▶名詞 |

例 海外に5年間滞在の予定で、すでに2年滞在している。
かいがいに ご ねんかんたいざい よてい にねんたいざい

預計在國外停留5年，已經過2年了。

| 大した たい | 義 驚人的、了不起 | ▶連體詞 |

例 大した話ではないんだけど大阪に転勤することになった。
たい はなし おおさか てんきん

不是什麼了不起的話題，不過我要調職去大阪了。

例 大したことじゃないから心配しないで。
たい しんぱい

不是什麼大事別擔心。

文法篇

單字篇
あ行

單字篇
か行

單字篇
さ - た行

單字篇
た行

單字篇
な行

單字篇
は行

退職 たいしょく 　義 辭職、退職 　▶名詞

例 体調不良が続いてるので退職を考えています。

因為健康狀況一直不佳，正考慮離職。

例 家庭の事情で退職した。

因為家庭因素而離職了。

対する たい 　義 對於 　▶動詞

例 課長は仕事に対する責任感が強い。

課長對工作有強烈的責任感。

大体 だいたい 　義 基本上、大致上 　▶名詞、副詞

例 大体の人が残業は嫌だと思っている。

大部分的人都覺得討厭加班。

例 東京駅から品川駅までは大体10分で到着します。

從東京車站到品川車站，大約10分鐘會到。

大抵 たいてい 　義 通常、大多 　▶名詞、な形、副詞

例 休日は大抵オンラインゲームをしています。

休假通常在玩線上遊戲。

例 大抵の社員が賛成しています。

員工大多數都贊成。

態度 たいど 　義 態度 　▶名詞

例 そのお客さんはとても態度が悪かった。

那位客人態度非常差。

代表 だいひょう 　義 代表 　▶名詞

例 田中選手が日本代表に選ばれた。

田中選手被選為日本代表。

例 クラスを代表して感謝を申し上げます。

代表班上表達感謝之意。

タイプ 　義 類型、型式 　▶**名詞**

例 どんなタイプの炊飯器があるか知りたいです。

想知道有什麼類型的電子鍋。

だいぶ 　義 很、相當地 　▶**名詞**、**な形**、**副詞**

例 注文してからだいぶ時間が経ったけど商品が届きません。

訂購之後已過了相當長的時間，商品還沒送到。

逮捕する 　義 逮捕 　▶**動詞**

例 やっと犯人は逮捕されました。

犯人終於被逮捕了。

ダイヤ 　義 時刻表、鑽石 　▶**名詞**

例 台風でダイヤが乱れるかもしれません。

因為颱風，火車時刻說不定會被打亂。

ダイヤモンド / ダイヤ 　義 鑽石 　▶**名詞**

例 これは本物のダイヤモンドではありません。

這不是真正的鑽石。

例 彼女は耳にダイヤのピアスをつけている

她耳朵上戴著鑽石耳環。

体力 　義 體力 　▶**名詞**

例 全く運動してないので体力が落ちている。

因為都沒運動，所以體力下滑。

ダウンロード 　義 下載 　▶**名詞**

例 このアプリをダウンロードすると便利ですよ。

下載這個 APP 很方便好用喔。

絶えず 　義 不斷 　▶**副詞**

例 妹は絶えずドラマを見ています。

妹妹不斷地看連續劇。

文法篇

單字篇
あ行

單字篇
か行

單字篇
さ行

單字篇
た行

單字篇
な行

單字篇
は行

倒す 　　　義 放倒、打倒　　▶動詞

例 少し椅子を倒してもいいですか。

我可以把椅背向後倒嗎？

例 相手チームを倒して優勝したいです。

想要打倒對手隊伍得到優勝。

互いに 　　　義 彼此　　▶副詞

例 これからもお互いに体に気をつけて頑張りましょう。

從今以後彼此也要注意健康一起加油。

高まる 　　　義 高漲、提高　　▶動詞

例 満腹より空腹の方が集中力が高まる。

比起吃飽，空腹較能提高集中力。

高める 　　　義 提高、提升　　▶動詞

例 仕事を通じて自分の能力を高めたい。

想透過工作提升自己的能力。

炊く 　　　義 炊煮　　▶動詞

例 毎日炊飯器でご飯を炊きます。

每天用電子鍋煮飯。

抱く 　　　義 抱　　▶動詞

例 電車で赤ちゃんを抱いている女性に席を譲った。

在電車裡把位子讓給抱著嬰兒的女性。

タクシー代 　　　義 計程車車資　　▶名詞

例 会社はタクシー代を出してくれるので、終電のことは気にせず働けます。

因為公司會出計程車資，所以可以專心工作不在意末班車的時間。

宅配 　　　義 宅配　　▶名詞

例 食材の宅配サービスを利用しています。

使用宅配食材的服務。

宅配便（たくはいびん）
義 宅急便、快遞 ▶名詞
例 留守（るす）の間（あいだ）に宅配便（たくはいびん）が届（とど）いた場合（ばあい）はどうすればいいですか。
不在家的時候宅配寄到的話該怎麼辦？

丈（たけ）
義 長度 ▶名詞
例 ワンピースの丈（たけ）を短（みじか）くしたいです。
想要把連身裙改短。

確か（たし）
義 確切、確實 ▶な形、副詞
例 これは確（たし）かな情報（じょうほう）だと思（おも）います。
我覺得這是確切的情報。

例 あのレストラン、値段（ねだん）は高（たか）いけど美味（おい）しいことは確（たし）かです。
那間餐廳，價格很高，但確實很好吃。

確かめる（たし）
義 確認 ▶動詞
例 資料（しりょう）のデータをもう一度（いちど）確（たし）かめてください。
請再一次確認資料上的數據。

出す（だ）
義 發出、付出 ▶動詞
例 カバンから充電器（じゅうでんき）を出（だ）した。
從包包裡拿出充電器。

例 仕事（しごと）では成果（せいか）を出（だ）すことが求（もと）められている。
被要求在工作上拿出成果。

例 先生（せんせい）に本（ほん）を読（よ）んでレポートを書（か）くという課題（かだい）が出（だ）された。
老師出了作業要看書之後寫報告。

助かる（たす）
義 得救 ▶動詞
例 手伝（てつだ）ってくれてありがとう。助（たす）かるよ。
謝謝你的幫忙。得救了。

助け合う（たす・あ）
義 互助 ▶動詞
例 社員（しゃいん）みんなで助（たす）け合（あ）いながら成果（せいか）を上（あ）げた。
員工全體互相幫助而拿出成果。

文法篇

單字篇
あ行

單字篇
か行

單字篇
さ行

單字篇
た行

單字篇
な行

單字篇
は行

助ける 　　　　　義 幫助　　　▶動詞

例 道に迷ってホテルに帰れないので助けてください。

迷路了回不了旅館，請幫幫我。

ただ 　　　　　義 只能、只有、但是　▶副詞、接續詞

例 私は何もできずに、ただ見ていただけ。

我什麼都做不到，只能在旁邊看。

例 合格したのはただの2人だった。

只有2個人及格。

例 メールをありがとうございました。ただ、私は担当者ではないのです。

謝謝你的來信。但我並不是負責的人。

叩く 　　　　　義 拍打、攻擊　　▶動詞

例 面白いシーンを見て、手を叩いて笑った。

看到有趣的場景，拍著手大笑。

例 友達を見つけて彼女の背中を叩いた。

找到了朋友，拍了她的背。

畳む 　　　　　義 疊上、合上　　▶動詞

例 洗濯物を毎日畳むのが面倒なのでそのままにしてしまいます。

因為每天摺衣服很麻煩，不禁就這樣放著。

立ち上がる 　　　義 站起來、奮起　▶動詞

例 椅子から立ち上がった瞬間に腰を痛めた。

從椅子上站起來的瞬間弄傷了腰。

例 何度失敗しても立ち上がり、チャレンジし続ける。

不管失敗幾次都再站起來，持續挑戰。

立ち止まる 　　　義 停下、站住　　▶動詞

例 素敵な作品の前で立ち止まった。

在很出色的作品前面停下了腳步。

経つ 　　　　　義 流逝、過　　　▶動詞

例 今日は時間が経つのを忘れるほど楽しかった。

今天開心地都忘了時間流逝。

建つ　　　　義 建造　　　▶動詞

例 公園だった場所にマンションが建つ予定です。

曾經是公園的地方預計要蓋住宅大樓。

卓球　　　　義 桌球　　　▶名詞

例 高校時代に、卓球部に所属していました。

高中時代，參加了桌球社。

だって　　　　義 因為、可是、也是 ▶助詞、接續詞

例 「また食べるの。」/「だってお腹が空いたんだもん。」

「你還要吃啊？」/「因為我肚子餓了嘛。」

例 私 だって塾に行きたいのにお金が無いから通えない。

我也想上補習班啊，但沒有錢所以去不了。

たっぷり　　　　義 充足、很多　　▶副詞、な形

例 試合は1時間後に始まる。まだたっぷり時間がある。

比賽在1小時後開始。還有充足的時間。

例 柿はビタミンたっぷりな果物です。

柿子是富含維他命的水果。

立てる　　　　義 建立、制定　　▶動詞

例 計画を立てても、計画通りに進められない。

就算制定了計畫，也無法依計畫進行。

建てる　　　　義 建造、建立　　▶動詞

例 私 の夢は自分の家を建てることです。

我的夢想是建造自己的家。

例え　　　　義 例子、比喻　　▶名詞

例 その例えは面白いね。

那個比喻很有趣呢。

文法篇

單字篇
あ行

單字篇
か行

單字篇
さ行

單字篇
た行

單字篇
な行

單字篇
は行

例 きれいな布があるのですが、例えとしたらどんなものが作れますか。

有塊美麗的布，舉例的話可以做成什麼呢？

| たとえ | 義 就算 | ▶副詞 |

例 たとえおいしくても、カロリーが高すぎるなら、食べません。

就算很美味，熱量太高的話也不吃。

| 他人 | 義 外人、局外人 | ▶名詞 |

例 他人の意見より、大事なのは自分で考えて決断することです。

比起別人的意見，重要的是依自己的想法做決定。

| 種 | 義 種子 | ▶名詞 |

例 昨日買ったスイカは種が多くて食べづらかった。

昨天買的西瓜有很多籽，很不方便吃。

| 楽しむ | 義 享受 | ▶動詞 |

例 旅行を楽しんでください。

請好好享受旅程。

例 イギリスでの滞在を楽しんでいますか。

享受現在待在英國的時光嗎？

| 頼み | 義 請託 | ▶名詞 |

例 彼女は性格が優しすぎて同僚の頼みを断れない。

她的個性太溫和了，無法拒絕同事的請託。

| 頼む | 義 拜託、請求 | ▶動詞 |

例 ランドリーサービスを頼みたいです。

我想請託送洗服務。

| たびたび | 義 常常 | ▶副詞 |

例 仕事のミスが多くて、上司からたびたび注意される。

工作犯了很多錯，常常被主管警告。

| 多分 | 義 大概 | ▶副詞 |

例 今の時間だと彼は多分寝ている。
いま じかん かれ たぶんね

現在這個時間，他大概睡了。

騙す
だま
義 欺騙　　　▶動詞

例 全部知ってるから、私を騙そうとしても無駄だ。
ぜんぶし わたし だま むだ

我全部都知道，就算想騙我也是沒用的。

たまたま
義 恰巧、偶爾　　　▶副詞

例 カフェでたまたま後輩に会った。
こうはい あ

恰巧在咖啡廳遇到後輩。

例 楽な仕事とはいえ、たまたま忙しい日がある。
らく しごと いそが ひ

雖說是輕鬆的工作，偶爾也有忙碌的日子。

たまに
義 偶爾　　　▶副詞

例 普段はコンタクトで、 たまに眼鏡をかけます。
ふだん めがね

平常戴隱形眼鏡，偶爾會戴眼鏡。

たまる
義 忍受、抗拒　　　▶動詞

例 仕事のあとのビールはたまらない。
しごと

工作後的啤酒讓人難以抗拒。(たまる通常使用否定形)

例 ジャケットを忘れたので寒くてたまらない。
わす さむ

忘了帶外套，冷得受不了。

溜まる / 貯まる
た　　た
義 累積、積存　　　▶動詞

例 部屋の片付けができていないと、ゴミが溜まってしまう。
へや かたづ た

沒好好收拾房間的話，會累積垃圾。

例 難しい仕事でストレスが溜まっている。
むずか しごと た

因為困難的工作而累積了壓力。

黙る
だま
義 沉默、閉嘴　　　▶動詞

例 彼は会議中にずっと黙っていた。
かれ かいぎちゅう だま

他在會議中一直保持沉默。

文法篇

單字篇
あ行

單字篇
か行

單字篇
さ行

單字篇
た行

單字篇
な行

單字篇
は行

ため息 ^{いき}　　義 嘆氣　　▶名詞

例 試験のことを思うと、ついため息をついてしまう。

想到考試的事，就忍不住嘆氣。

溜める / 貯める ^た　　義 存、累積　　▶動詞

例 彼は必死にアルバイトをしてお金を貯める。

他拚命地打工存錢。

だるい　　義 倦怠、懶洋洋　　▶い形

例 風邪で体がだるい。

因為感冒而覺得倦怠。

例 残業がそれほど多くないのに仕事がだるいと感じている。

即使不常加班，卻對工作還是覺到倦怠。

男性 ^{だんせい}　　義 男性　　▶名詞

例 男性の洋服も色々と種類があります。

男性的衣服也有各式種類。

だんだん　　義 逐漸　　▶副詞

例 天気がだんだん寒くなってきたね。

天氣逐漸變冷了呢。

担当 ^{たんとう}　　義 負責　　▶名詞

例 担当のスタッフが変わったのですこし心配になりました。

因為換了負責的工作人員，所以變得有點擔心。

例 みんなでそれぞれの担当を決めましょう。

大家一起決定各自負責的任務。

例 私は人事を担当しています。

我負責人事。

ダンボール　　義 瓦楞紙箱　　▶名詞

例 ダンボールにガムテープを貼る。

在紙箱上貼封箱膠帶。

血 ^ち　　　　　義 血　　　▶名詞

例 紙で指を切っちゃって血が出ている。

被紙割到手指，流血了。

チェックアウト　　　義 退房　　　▶名詞

例 チェックアウトの時間は何時ですか。

退房時間是幾點呢？

チェックイン　　　義 報到、登記　　　▶名詞

例 今、チェックインできますか。

現在可以辦理報到嗎？

違い ^{ちが}　　　義 錯誤、不同　　　▶名詞

例 理想と現実の違いに気づいた。

注意到理想和現實的差距。

地下街 ^{ちかがい}　　　義 地下街　　　▶名詞

例 地下街のお店を見ながら駅に向かいます。

一邊看著地下街的商店一邊前往車站。

近づく ^{ちか}　　　義 靠近　　　▶動詞

例 台風が近づいている

颱風正在靠近。

例 徐々に目標に近づいている。

慢慢地接近目標。

近づける ^{ちか}　　　義 使接近、使靠近　　　▶動詞

例 水槽に顔を近づけてきれいな魚を見つめる。

把臉靠近水槽凝視美麗的魚。（見つめる：凝視、一直看）

近道 ^{ちかみち}　　　義 捷徑　　　▶名詞

例 急いでるから近道をした。

因為趕時間所以走了捷徑。

文法篇

單字篇 あ行

單字篇 か行

單字篇 さ行

單字篇 た行

單字篇 な行

單字篇 は行

例 外国の言葉を学ぶには留学するのが一番の近道です。

要學習外語，留學是最好的捷徑。

地球 義 地球 ▶名詞

例 地球は太陽系の惑星です。

地球是太陽系的行星。(惑星：行星)

地区 義 地區 ▶名詞

例 ここはカフェがたくさんある地区です。

這裡是有很多咖啡廳的地區。

チケット代 義 票價、票錢 ▶名詞

例 先輩が映画のチケット代を払ってくれた。

前輩付了電影票的錢。

知識 義 知識 ▶名詞

例 彼女は会計に関する知識を持っている。

她擁有會計相關的知識。

知人 義 相識的人 ▶名詞

例 フランス旅行ついでに知人を訪ねた。

去法國旅行時順道拜訪朋友。

縮める 義 縮短、縮小 ▶動詞

例 インターネットは人と人との距離を縮めた。

網路縮短了人與人的距離。

地方 義 地方、地區、鄉土 ▶名詞

例 東北地方に一度行ってみたいです。

想去一次東北地區看看。

例 インドで美味しい地方料理を食べた。

在印度吃到好吃的當地料理。

チャイム 義 鈴聲、門鈴 ▶名詞

例 授業開始のチャイムが鳴った。

開始上課的鐘聲響了。

例 何度もチャイムを鳴らしたけど、誰も出てこない。

按了好幾次門鈴，都沒人回應。

ちゃんと　　　義 好好地　　　▶副詞

例 新しい靴が大きすぎる。買う前にちゃんと確認すればよかった。

新的鞋子太大了。買之前要是能好好確認就好了。

中止　　　義 中止、中斷　　　▶名詞

例 たとえ雨が降ってきたとしても、大会は中止にならない。

就算是下雨了，大會也不會因此中止。

注射　　　義 注射、打針　　　▶名詞

例 注射を受けたすぐ後よりも、次の日に注射した部分の痛みを感じる。

比起剛打完針，第二天打針的地方比較覺得痛。

昼食　　　義 中餐　　　▶名詞

例 私はまだ昼食を食べていません。

我還沒吃午餐。

中心　　　義 中心　　　▶名詞

例 この講義はアジア文化を中心にしています。

這堂課是以亞洲文化為中心。

中年　　　義 中年　　　▶名詞

例 父が中年太りでおなかまわりがぷよぷよです。

爸爸因為中年發福，肚子一帶都軟軟的。(ぷよぷよ：柔軟有彈性)

注目　　　義 注意、注目　　　▶名詞

例 アメリカ大統領就任に、世界の注目が集まっている。

世界都關注著美國總統就職。

例 はい、みんな注目してください。

來，大家注意這裡。

文法篇

單字篇
あ行

單字篇
か行

單字篇
さ行

單字篇
た行

單字篇
な行

單字篇
は行

注文 ちゅうもん　　　義 訂購、點餐　　▶名詞

例 ご注文はいかがなさいますか。

請問想要什麼？

例 ご注文はお決まりですか。

決定要點什麼了嗎？

調査 ちょうさ　　　義 調査　　▶名詞

例 警察はあの事件の調査をしている。

警察正在調查那個事件。

例 事故の原因を調査する。

調查發生意外的原因。

調子 ちょうし　　　義 程度、情況、音調　▶名詞

例 今日はパソコンの調子がおかしい。

今天電腦的狀況怪怪的。

例 仕事の調子はどうですか。

今天工作的狀況怎麼樣？

例 喉の調子が悪くて思うように歌えない。

嗓子的狀況不好，沒辦法盡情地唱。

朝食 ちょうしょく　　　義 早餐　　▶名詞

例 朝食を楽しむために朝早く起きるようにしています。

為了享受早餐，所以會早起。

挑戦 ちょうせん　　　義 挑戰　　▶名詞

例 次は大きい仕事でかなりの挑戦です。

下次是大型的工作是相當大的挑戰。

例 今年の冬、スキーに挑戦しようと思っています。

今年的冬天，想要挑戰滑雪。

貯金 ちょきん　　　義 儲蓄、存款　　▶名詞

例 貯金はほとんどありません。

幾乎沒有存款。

例 まさかのときのために貯金したほうがいいよ。

最好還是要存錢以備不時之需。

直接　　　　　　　義 直接　　　　▶名詞、な形

例 担当者に直接話したいです。

想和負責的人直接談話。(「直接」也可以有類似副詞的用法)

例 事故の直接の原因はなんですか。

意外的直接原因是什麼呢？

直行便　　　　　　義 直飛、直達　　▶名詞

例 私の最寄りの空港からは直行便がないので、乗り継ぎしないといけない。

離我最近的機場沒有直飛班機，所以只能轉機。

散る　　　　　　　義 散開、凋謝　　▶動詞

例 昨日の大雨で桜が散ってしまった。

昨天的大雨讓櫻花都散落了。

例 気が散るからテレビを消してください。

因為會分散注意力，請把電視關掉。

追加する　　　　　義 追加　　　　▶動詞

例 注文にポテトを追加したいです。

想要加點薯條。

ついに　　　　　　義 終於　　　　▶副詞

例 去年から建設していた第 2 ビルがついに完成しました。

去年開始建設的第 2 大樓終於完成了。

通学　　　　　　　義 上學　　　　▶名詞

例 通学中に音楽を聴いています。

上學路上會聽音樂。

文法篇

單字篇
あ行

單字篇
か行

單字篇
さ行

單字篇
た行

單字篇
な行

單字篇
は行

例 うちの子供は電車で通学している。

我家的孩子是搭電車上學。

通勤　　　　　　義 通勤、上班　　　▶名詞

例 通勤にどれくらい時間がかかりますか。

通勤要花多少時間？

例 私は通勤中にフランス語の勉強をしています。

我利用通勤時間學習法語。

例 私は自転車で 2 0 分かけて通勤しています。

我花 20 分鐘騎腳踏車通勤。

通じる　　　　　　義 理解、通往　　　▶動詞

例 言葉が通じないので指差しで注文しました。

因為語言不通所以用手比的方式點了餐。(指差し：用手比)

例 彼は真面目な性格なので、冗談が通じない。

他個性認真，開玩笑是說不通的。

通訳　　　　　　義 口譯、翻譯　　　▶名詞

例 英語通訳の仕事をしています。

從事英語翻譯的工作。

例 このアプリを使って通訳しながら外国人と会話できます。

用這個 APP 一邊翻譯就能和外國人對話。

通路　　　　　　義 通道　　　　　　▶名詞

例 近所のスーパーは通路が狭くてカートだと買い物しづらい。

附近的超市走道很狹窄，推購物車的話不方便買東西。

通路側　　　　　義 靠走道　　　　　▶名詞

例 通路側の席は空いていますか。

靠走道的位子是空著的嗎？

捕まる　　　　　　義 被抓到　　　　　▶動詞

例 犯人が警察に捕まった。

犯人被警察抓到了。

付き　　義 附屬、附贈　　▶名詞

例 家具付きのアパートを探しています。

正在找附家具的公寓。

例 平日のランチはコーヒー付きです

平日的午餐會附咖啡。

付き合う　　義 陪伴、交往　　▶動詞

例 朝早くから練習に付き合ってくれてありがとう。

謝謝你從一大早就陪我練習。

例 主人とは付き合ってから 2 年で結婚しました。

和老公交往兩年後結婚。

次々　　義 接連地、接二連三 ▶副詞

例 今日の授業はわからないところがたくさんあって、次々と質問した。

今天上課有很多不懂的地方。我接連發問了。

例 選手たちが世界記録を次々に更新した。

選手們接二連三地更新了世界紀錄。

付く / つく　　義 附加、安裝、達到 ▶動詞

例 今日は都合がつかないのです。来週はどうでしょうか。

今天沒有空。下週怎麼樣？(都合がつく：有空)

例 セットを注文するとデザートが付いてくる

點套餐的話會附甜點。

例 お気に入りの洋服に汚れがついてしまった。

喜歡的衣服上沾了髒污。

例 子供と連絡がつかなくて心配です。

和孩子聯絡不上很擔心。

文法篇

單字篇
あ行

單字篇
か行

單字篇
さ行

單字篇
た行

單字篇
な行

單字篇
は行

付ける / つける   義 決定、添加、穿著、點著   ▶動詞

例 家族みんなでクリスマスツリーに飾りをつけた。

家人一起裝飾了聖誕樹。

例 拾った犬に映画の主人公の名前を付けた。

幫撿到的狗取電影主角的名字。

例 火をつけたのを忘れて鍋を焦がしてしまった。

忘記開了火，不小心把鍋子燒焦了。

続き   義 繼續、後續   ▶名詞

例 今連載中の漫画の続きが気になる。

很在意現在連載中漫畫的後續。

続く   義 繼續、持續   ▶動詞

例 今朝の練習は 2 時間も続いた。

早上的練習竟持續了 2 小時。

続ける   義 繼續、持續   ▶動詞

例 何事も続けることが大事です。

任何事最重要的都是持續。

包む   義 包住、圍住   ▶動詞

例 餃子を包むのは苦手です。

不擅長包餃子。

例 壊れないようにしっかり包んでいただけますか。

可以幫我牢固的包好免得摔壞嗎？

勤める   義 任職   ▶動詞

例 この仕事は長く勤めれば給料が上がっていきます。

這個工作做得久的話，薪水就會增加。

繋がる   義 關連、連接   ▶動詞

例 遠く離れていても心が繋がっている。

就算離得遠，心也是連繫在一起。

例 広告は売り上げに繋がっている。

廣告和銷售額是相關的。

| 繋ぐ | 義 維持、連接 | ▶動詞 |

例 子どもはお母さんと手を繋いで嬉しそうに散歩している。

孩子牽著母親的手，一臉開心地散著步。

| 繋げる | 義 接上、連貫 | ▶動詞 |

例 おもちゃの線路を繋げて、長い電車を走らせた。

連上玩具軌道，讓長長的電車行走。（線路：火車軌道）

| 津波 | 義 海嘯 | ▶名詞 |

例 先程地震がありましたが、津波の心配はありません。

剛剛有地震，但不用擔心發生海嘯。

| 常に | 義 經常、總是 | ▶副詞 |

例 彼は常に返信が遅い。

他回信總是很慢。

| つま先 | 義 腳尖 | ▶名詞 |

例 満員電車の中でハイヒールの女性につま先を踏まれた。

在擠滿人的電車裡被穿高跟鞋的女性踩到腳尖。

| つまらない | 義 無趣的、不重要的 | ▶連語 |

例 昨日の映画はつまらなくてあくびが止まらなかった。

昨天的電影很無聊，忍不住一直打呵欠。

| 積む | 義 堆積、累積 | ▶動詞 |

例 荷物を車に積んだ。

把行李堆到車上。

例 この仕事でたくさんの経験を積んだ。

在這個工作累積了很多經驗。

例 机にいつも大量の書類が積まれている。

桌上總是堆積了大量的文件。

文法篇

單字篇
あ行

單字篇
か行

單字篇
さ行

單字篇
た行

單字篇
な行

單字篇
は行

積もる　　　　　義 累積　　　　▶動詞

例 朝起きたら雪が積もっている。

早上起來之後發現積雪了。

例 社長に対して不満が積もっている。

對社長的不滿持續累積。

梅雨　　　　　　義 梅雨　　　　▶名詞

例 梅雨の時期なのでじめじめしている。

梅雨的季節覺得很潮濕。

強まる　　　　　義 增強、加重　　▶動詞

例 面接を受けてみてその会社で働きたいという気持ちが強まった。

去面試之後想在那間公司工作的心情變得更強烈了。

つらい　　　　　義 痛苦、難受　　▶い形

例 忙しい仕事で心も体も疲れてつらいです。

因為忙碌的工作身心疲勞很痛苦。

出会い　　　　　義 相會、相識　　▶名詞

例 彼女との最初の出会いはフランスでした。

和她最初是在法國相識。

出会う　　　　　義 相遇、相識　　▶動詞

例 久々にいい映画に出会いました。

久違地遇到了好電影。

例 私たちは友人の結婚式で出会いました。

我們是在朋友的婚禮上認識的。

ティッシュペーパー / ティッシュ 義 面紙 ▶名詞

例 ポケットにティッシュを入れたまま洗濯してしまった。

面紙還在口袋裡就不小心拿去洗了。

例 ティッシュペーパーをトイレに流すと詰まってしまうよ。

把面紙沖到馬桶裡會塞住喔。

停電 <ruby>停電<rt>ていでん</rt></ruby>
義 停電　　　　▶名詞

例 <ruby>試合中<rt>しあいちゅう</rt></ruby>に<ruby>停電<rt>ていでん</rt></ruby>になってしまった。

比賽進行中停電了。

ディナー
義 晚餐　　　　▶名詞

例 <ruby>好<rt>す</rt></ruby>きな<ruby>人<rt>ひと</rt></ruby>からディナーに<ruby>誘<rt>さそ</rt></ruby>われた。

喜歡的人約我吃晚餐。

テーマ
義 主題　　　　▶名詞

例 <ruby>昨日<rt>きのう</rt></ruby><ruby>見<rt>み</rt></ruby>た<ruby>映画<rt>えいが</rt></ruby>のテーマが<ruby>面白<rt>おもしろ</rt></ruby>かった。

昨天看的電影主題很有趣。

適当 <ruby>適当<rt>てきとう</rt></ruby>
義 適切、敷衍　　　　▶名詞 、 な形

例 イベントの<ruby>日程<rt>にってい</rt></ruby>は<ruby>決<rt>き</rt></ruby>まったのに、<ruby>適当<rt>てきとう</rt></ruby>な<ruby>場所<rt>ばしょ</rt></ruby>が<ruby>見<rt>み</rt></ruby>つかりません。

活動的日期已經決定，卻還沒找到適合的場地。

例 <ruby>主人<rt>しゅじん</rt></ruby>は<ruby>私<rt>わたし</rt></ruby>が<ruby>話<rt>はな</rt></ruby>しかけても<ruby>適当<rt>てきとう</rt></ruby>な<ruby>返事<rt>へんじ</rt></ruby>しか<ruby>返<rt>かえ</rt></ruby>さない。

就算我跟老公攀談，他也只是敷衍地回答。

できれば
義 可以的話　　　　▶連語

例 <ruby>試合前<rt>しあいまえ</rt></ruby>のミーティングはできれば<ruby>参加<rt>さんか</rt></ruby>してほしいです。

可以的話希望 (大家都) 要參加賽前會議。

手首 <ruby>手首<rt>てくび</rt></ruby>
義 手腕　　　　▶名詞

例 <ruby>利<rt>き</rt></ruby>き<ruby>手<rt>て</rt></ruby>と<ruby>反対<rt>はんたい</rt></ruby>の<ruby>手首<rt>てくび</rt></ruby>に<ruby>腕時計<rt>うでどけい</rt></ruby>をつけたほうがいい。

手錶最好戴在慣用手的另一邊手腕比較好。

デザイナー
義 設計師　　　　▶名詞

例 ゲームデザイナーになりたいなら、まず<ruby>専門学校<rt>せんもんがっこう</rt></ruby>で<ruby>知識<rt>ちしき</rt></ruby>を<ruby>学<rt>まな</rt></ruby>んだほうがいい。

如果想要成為遊戲工程師，最好先到專門學校學知識。

デザイン
義 設計　　　　▶名詞

例 このコートはデザインがおしゃれですね。

這件大衣的設計很時尚。

文法篇

單字篇
あ行

單字篇
か行

單字篇
さ行

單字篇
た行

單字篇
な行

單字篇
は行

例 私が自分で結婚指輪をデザインすることにした。

我決定自己設計結婚戒指。

手数料　　　　　　義 手續費　　　▶名詞

例 チケット代金のほかにコンビニ発券の手数料がかかります。

除了票券的金額外，還要付便利商店取票手續費。

手帳　　　　　　　義 手帳、日誌　▶名詞

例 アプリにきりかえて、紙の手帳を使わなくなった。

換成使用 APP，而不用紙本的行事曆了。(きりかえる：轉換)

鉄道　　　　　　　義 鐵路　　　　▶名詞

例 鉄道が好きで、休日は電車に乗ったり写真を撮りに行っています。

喜歡鐵路，假日會去搭乘電車及拍照。

手の甲　　　　　　義 手背　　　　▶名詞

例 入場するときにスタッフに手の甲にスタンプを押してもらった。

入場的時候工作人員在手背上蓋了印章。

掌 / 手のひら　　　義 手掌　　　　▶名詞

例 子供が桜の花びらを手のひらに乗せた。

孩子把櫻花花瓣放在手心上。(花びら：花瓣)

では　　　　　　　義 那麼　　　　▶接續詞

例 では、始めましょう。

那麼，開始吧。

手袋　　　　　　　義 手套　　　　▶名詞

例 寒い日は手袋をして出かけます。

寒冷的日子會戴上手套再出門。

手間　　　　　　　義 工夫、勞力和時間　▶名詞

例 料理を作るには手間がかかりますが、家族に喜んでもらえると嬉しいです。

製作料理很費工夫，但看到家人開心就覺得愉快。

手前 (てまえ)

義 眼前　　　▶ 名詞

例 すぐ取れるようにメガネを本棚の手前に置いた。

為了立刻拿到所以把眼鏡放在書架前方。

出る (でる)

義 出來、出現　　　▶ 動詞

例 大通りに出たとたんに渋滞にはまってしまった。

一出來到大馬路上就陷入塞車車陣中。

例 給料が出る前に、大きな出費はできない。

發薪水之前，不能有大筆的支出。

例 体調不良で授業に出られなかった。

因為身體不舒服，沒出席上課。

例 私は大学を出てからすぐに日本語教師として働き始めました。

我從大學畢業之後立刻就開始擔任日語老師的工作。

例 この小説はアニメ化されたことから人気が出たらしいよ。

這本小說因為被拍成動畫開始有人氣。

例 急に熱が出てしまった。

突然發燒了。

点 (てん)

義 分數、件　　　▶ 名詞、助數詞

例 テストは何点でしたか。

考試考了幾分？

例 デパートで食器を 3 点買いました。

在百貨公司買了 3 樣餐具。

電気代 (でんきだい)

義 電費　　　▶ 名詞

例 クーラーをほぼ付けっぱなしで今月の電気代が心配です。

幾乎都開著冷氣，很擔心這個月的電費。

伝言 (でんごん)

義 傳話、留言　　　▶ 名詞

例 伝言をお願いしてもよろしいでしょうか。

可以留言拜託您轉告嗎？

文法篇

單字篇 あ行

單字篇 か行

單字篇 さ行

單字篇 た行

單字篇 な行

單字篇 は行

Track 208

例 彼は今会議中です。伝言を伝えましょうか。

他現在正在開會。要我幫你傳話嗎？

天井　　　　　　義 天花板　　　▶名詞

例 この家はリビングの天井が高いから、広く感じます。

這個家的客廳天花板很高，所以覺得很開闊。

電子レンジ　　　義 微波爐　　　▶名詞

例 お弁当を電子レンジで温めてから食べる。

用微波爐加熱便當後吃。

点数　　　　　　義 分數　　　　▶名詞

例 テストで高い点数を取った。

考試得了高分。

電池　　　　　　義 電池　　　　▶名詞

例 リモコンの電池が切れた。交換しなくちゃ。

遙控器的電池沒電了。必須換電池。(電池が切れる：沒電)

伝票　　　　　　義 帳單　　　　▶名詞

例 伝票をお願いします。

請給我帳單。

添付する　　　　義 附上　　　　▶動詞

例 メールに添付した資料をご覧になってください。

請看電子郵件附件的資料。

トイレットペーパー　　義 (廁所用)衛生紙　▶名詞

例 トイレットペーパーはトイレに流してください。

衛生紙請丟到馬桶內沖走。

倒産　　　　　　義 破產　　　　▶名詞

例 コロナウイルスの影響で会社が倒産してしまった。

因為新冠肺炎的影響，公司破產了。

どうしても　　　　義 無論如何、怎麼都 ▶副詞

例 テストの採点についてどうしても納得できない。

關於考試的計分方式說什麼都無法接受。

同時に　　　　　義 同時　　　　　▶連語

例 こども 2 人が同時に喋り始めた。

2 個孩子同時開始說話。

同窓会　　　　　義 同學會　　　　▶名詞

例 昨日、同窓会が開かれました。

昨天開了同學會。

到着　　　　　　義 到達　　　　　▶名詞

例 救急車の到着が遅れた。

救護車很晚才到達。

例 予約時間より早めに到着した。

比預約時間還早到達。

通す　　　　　　義 使穿過、使通行、透過 ▶動詞

例 通行人が居る時はまず車を止めて通行人を通す。

有行人的時候要先停下車讓行人通過。

例 すみません。降りますので通してください。

(在車內) 不好意思，我要下車請讓我過。

例 何度やっても針に糸が通せない。

試了好幾次都沒辦法把線穿過針。

例 仕事を通して成長したと感じた。

覺得透過工作成長了。

トースター　　　　義 烤麵包機　　　▶名詞

例 トースターでパンを 1 枚焼きました。

用烤麵包機烤了一片麵包。

文法篇

單字篇
あ行

單字篇
か行

單字篇
さ行

單字篇
た行

單字篇
な行

單字篇
は行

通り _{とお}　　　　　義 大馬路、同樣、流通　　▶名詞

例 車 の多い通りなので、気をつけて横断してください。

這是車多的道路，過馬路時請小心。

例 誕生日当日はいつも通りに仕事して過ごした。

生日當天和平時一樣在工作中度過。

例 自分が予想した通りに企画が進むと安心した。

企劃如自己預期的進行就安心了。

通る _{とお}　　　　　義 通過、貫穿　　▶動詞

例 会議で、私の企画が通った。

會議時通過了我的企劃。

例 名古屋を通って大阪に行った。

經過名古屋去了大阪。

例 鶏肉は中まで火が通っていないとお腹を壊してしまうよ。

雞肉裡面如果沒全熟的話，會吃壞肚子喔。

例 近くで工事しているのでトラックが次々と通っていく。

因為附近在施工，卡車接二連三地通過。

溶かす _と　　　　　義 使溶解、使融化　　▶動詞

例 プロテインを水に溶かして飲んでいます。

把高蛋白加水溶解後飲用。(プロテイン：高蛋白)

ドキドキ　　　　　義 心跳加速、怦怦跳　▶副詞、名詞

例 試合の時、いつも緊張でドキドキする。

比賽時總是因為緊張而心跳加速。

得 _{とく}　　　　　義 有利、划算　　▶名詞、な形

例 今買うならお得ですよ。

現在買的話很划算喔。

特に _{とく}　　　　　義 特別是、尤其　　▶副詞

例 今日は特に寒かったです。

今天特別冷。

例 特に欲しい物はないけど久しぶりにデパートに行きたい。

雖然沒有特別想要的東西，但久違地想去百貨公司。

| 解く | 義 解決、解開 | ▶動詞 |

例 一度誤解されてしまうと、誤解を解くのには時間がかかる。

一旦被誤解要花很多時間才能解開誤會。

| 得意 | 義 拿手 | ▶な形、名詞 |

例 私は数学の問題を解くのが得意です。

我很擅長解決數學問題。

| 独身 | 義 單身 | ▶名詞 |

例 私はまだ独身です。

我還是單身。

| 溶ける | 義 溶解、融化 | ▶動詞 |

例 早く食べないとアイスが溶けるよ。

不快吃的話冰淇淋要融化了喔。

例 やっと太陽が出て雪が溶け始めた。

太陽終於出來了，雪也開始融化。

| 解ける | 義 解決、解開 | ▶動詞 |

例 この問題は私にとって難しすぎて解けない。

這個問題對我來說太難了，無法解決。

例 やっと面接が終わって緊張が解けました。

面試終於結束，放下了緊張的心情。

| 所々 | 義 處處、各處 | ▶名詞 |

例 ネット環境が悪くて、相手の話が所々聞き取れない。

網路狀況很差，對方說的話有很多地方聽不清楚。

文法篇

單字篇
あ行

單字篇
か行

單字篇
さ行

單字篇
た行

單字篇
な行

單字篇
は行

年明け <ruby>年明け<rt>としあ</rt></ruby>　義 新年　▶名詞

例 <ruby>年明け<rt>としあ</rt></ruby>は<ruby>仕事<rt>しごと</rt></ruby>が<ruby>入<rt>はい</rt></ruby>って<ruby>休<rt>やす</rt></ruby>めない。

新年時有工作無法休息。

年上 <ruby>年上<rt>としうえ</rt></ruby>　義 年齡較長、年長者 ▶名詞

例 <ruby>年上<rt>としうえ</rt></ruby>の<ruby>人<rt>ひと</rt></ruby>には<ruby>敬語<rt>けいご</rt></ruby>を<ruby>使<rt>つか</rt></ruby>った<ruby>方<rt>ほう</rt></ruby>がいいと<ruby>思<rt>おも</rt></ruby>います。

對年長者最好使用敬語喔。

年下 <ruby>年下<rt>としした</rt></ruby>　義 年齡小、年少者 ▶名詞

例 <ruby>彼女<rt>かのじょ</rt></ruby>は<ruby>年下<rt>としした</rt></ruby>だけど、<ruby>私<rt>わたし</rt></ruby>よりしっかりしている。

她雖然年紀較小，但比我還穩重。

年寄り <ruby>年寄り<rt>としよ</rt></ruby>　義 老年人、銀髮族 ▶名詞

例 <ruby>電車<rt>でんしゃ</rt></ruby>でお<ruby>年寄<rt>としよ</rt></ruby>りに<ruby>席<rt>せき</rt></ruby>を<ruby>譲<rt>ゆず</rt></ruby>った。

在電車裡讓座給老人。

閉じる <ruby>閉<rt>と</rt></ruby>じる　義 合上、關上　▶動詞

例 <ruby>勉強<rt>べんきょう</rt></ruby>に<ruby>疲<rt>つか</rt></ruby>れてしまったら<ruby>少<rt>すこ</rt></ruby>し<ruby>目<rt>め</rt></ruby>を<ruby>閉<rt>と</rt></ruby>じて<ruby>休<rt>やす</rt></ruby>むだけでも<ruby>随分<rt>ずいぶん</rt></ruby><ruby>違<rt>ちが</rt></ruby>います。

念書累了的話，稍微閉上眼休息一下也會有很大的不同。

例 ブラウザを<ruby>閉<rt>と</rt></ruby>じて<ruby>仕事<rt>しごと</rt></ruby>に<ruby>集中<rt>しゅうちゅう</rt></ruby>します。

關掉瀏覽器專心工作。(ブラウザ：瀏覽器)

特急 <ruby>特急<rt>とっきゅう</rt></ruby>　義 特快車、火速　▶名詞

例 その<ruby>駅<rt>えき</rt></ruby>には、<ruby>特急<rt>とっきゅう</rt></ruby>に<ruby>乗<rt>の</rt></ruby>れば<ruby>早<rt>はや</rt></ruby>く<ruby>着<rt>つ</rt></ruby>きますよ。

要到那個車站，坐特急的話比較早到喔。

突然 <ruby>突然<rt>とつぜん</rt></ruby>　義 突然　▶副詞、な形

例 <ruby>突然<rt>とつぜん</rt></ruby><ruby>子供<rt>こども</rt></ruby>が<ruby>道路<rt>どうろ</rt></ruby>に<ruby>飛<rt>と</rt></ruby>び<ruby>出<rt>だ</rt></ruby>した。

小孩突然衝到馬路上。

例 <ruby>突然<rt>とつぜん</rt></ruby>なお<ruby>知<rt>し</rt></ruby>らせで<ruby>申<rt>もう</rt></ruby>し<ruby>訳<rt>わけ</rt></ruby>ありません。<ruby>本日<rt>ほんじつ</rt></ruby><ruby>臨時<rt>りんじ</rt></ruby><ruby>休業<rt>きゅうぎょう</rt></ruby>とさせていただいております。

很抱歉突然告知。今天臨時店休。

トップ 　義 最上位、最頂端　▶名詞

例 彼は世界のトップ選手です。

他是世界頂尖的選手。

届く 義 到達、送達 ▶動詞

例 商品は無事に届いた。

商品順利送達了。

届ける 義 投遞、送到 ▶動詞

例 拾った財布を交番に届けた。

把撿到的錢包送到警察局。

例 今朝、子供に忘れ物を届けに行った。

今早幫孩子送去忘了帶的東西。

届け先 義 收件人、投送地點 ▶名詞

例 注文した商品の届け先を変更したいのですが、できますか。

想要更改訂購商品的收件地址，可以嗎？

とにかく 義 總之 ▶副詞

例 失敗するかもしれないけど、とにかくやってみよう。

說不定會失敗，總之先試著去做。

飛ばす 義 放飛、甩開、飛馳 ▶動詞

例 アルコールを飛ばすために、よく煮詰めてください。

為了讓酒精揮發，請燉煮久一點。(アルコール：酒精)

例 車を飛ばして空港まで行った。

開車飛奔到機場。

跳ぶ 義 跳起、跳過 ▶動詞

例 缶を開けたら猫が跳んできた。

一打開罐頭貓就跳過來了。

泊まる 義 投宿、停泊 ▶動詞

例 明日はどこに泊まる予定ですか。

明天預計住在哪裡？

文法篇

單字篇
あ行

單字篇
か行

單字篇
さ行

單字篇
た行

單字篇
な行

單字篇
は行

例 港に船が泊まっている。

船停靠在港邊。

共に　　　　義 共同、一起　　▶連語

例 火曜日は定休日ですが、水曜日はランチとディナー共に営業します。

星期二是公休日，但星期三的午餐和晚餐都會營業。

例 外出するときは家族と行動を共にしてください。

外出時請和家人一同移動。

ドライブ　　　　義 兜風　　▶名詞

例 犬を助手席に乗せて千葉県までドライブに行った。

把小狗放在副駕駛座，開車兜風到千葉縣。

ドラッグストア　　　　義 藥妝店　　▶名詞

例 観光客が日本のドラッグストアで買い物をしている姿をよく見かけるようになった。

變得經常看到觀光客在日本的藥妝店買東西。

努力　　　　義 努力　　▶名詞

例 テストがダメだった。やっぱりまだ努力が足りないんだ。

考試沒考好。果然還是不夠努力。

例 司法試験に合格するために努力しています。

為了通過律師考試而努力著。

ドリンク　　　　義 飲料　　▶名詞

例 ドリンクのメニューを見せていただけますか。

可以給我飲料的菜單嗎？

取る　　　　義 取得　　▶動詞

例 お箸を2膳取ってくれませんか。

可以給我 2 雙筷子嗎？（膳：雙，筷子的單位）

例 セキュリティが厳しいのでビルに入るのに許可を取る必要があります。

因為警備森嚴，所以進入大樓需要取得許可。

例 昨日の資料、3部ずつコピーを取ってくれませんか。

昨天的資料可以幫我分別影印 3 份嗎？

例 では、出席を取ります。名前を呼ばれたら返事をしてください。

那麼，開始點名。叫到名字的請回答。

例 睡眠を十分に取らないと勉強に集中できません。

沒有足夠睡眠的話無法專心念書。

例 今回の試験で 8 0 点以上を取るのが目標です。

目標是這次考試拿到 80 分以上。

例 年を取れば取るほど 1 日が短く感じる。

隨著年紀增長，愈發覺得 1 天很短暫。

例 普段はタブレットでメモを取ることが多いです。

平常用平板做筆記的情況比較多。

例 このイベントには人数制限があり、なかなか予約が取れません。

這個活動有人數限制，不太好預約到。

例 彼女は自分が困った時だけ、両親に連絡を取る。

她只有在自己有困難時才會和雙親聯絡。

トレーニング　　　　義 訓練　　　▶名詞

例 最近は、仕事の前にトレーニングに行くことが多い。

最近經常在工作前去健身。

例 私はジムで週 3 回トレーニングしています。

我每週會去健身房健身 3 次。

ドレッシング　　　　義 沙拉醬、調料　　▶名詞

例 サラダにどんなドレッシングをかけて食べるのが好きですか。

喜歡在沙拉上淋什麼沙拉醬吃呢？

とんでもない　　　　義 不得了、沒什麼　　▶い形

例 彼のプレーを見て、とんでもない選手だなと思いました。

看了他的表現，覺得是很不得了的選手。

文法篇

單字篇
あ行

單字篇
か行

單字篇
さ行

單字篇
た行

單字篇
な行

單字篇
は行

例「きのうはありがとうございました。」/「いいえ、とんでもないです。」
「昨天謝謝你。」/「不客氣，沒什麼。」

どんどん 　　　**義** 順暢、接二連三 　▶副詞

例 遠慮しないでどんどん食べてください。
不用客氣，請盡量吃。

例 お祭りの準備がどんどん進んでいきます。
祭典的準備順暢地進行著。

丼 （どんぶり）　　**義** 大的碗、蓋飯 　▶名詞

例 息子はいま中学生で、毎食ご飯を 丼 2杯食べている。
兒子現在是中學生，每餐都吃兩大碗的飯。

例 どんな 丼 物 が好きですか。
喜歡什麼樣的丼飯料理？

な行

内容 （ないよう）　　**義** 内容 　▶名詞

例 もっとシンプルに仕事の内容を説明してほしい。
希望能更簡潔地說明工作的內容。

直す / 治す （なおす）　　**義** 修補、治療 　▶動詞

例 メイクを直したのにきれいになっていない。
明明補了妝卻沒變得更好看。

例 私 が書いた文章を直してもらえますか。
可以幫忙修正我寫的文章嗎？

例 同 僚 が壊れたパソコンを直してくれた。
同事幫我把壞掉的電腦修好。

仲 （なか）　　**義** 交情、友誼 　▶名詞

例 あの2人は気が合ってとても仲がいいです。
那2個人很合得來交情非常好。

長さ　　義 長度　　▶名詞

例 電源コードの長さはどれくらいですか。

電源線的長度大約多長？

流す　　義 流、放　　▶動詞

例 汗をかいた後にシャワーを浴びて汗を流した。

流汗之後淋浴把汗水沖掉。

長袖　　義 長袖　　▶名詞

例 今日は半袖ではまだ寒いので長袖を着ています。

今天穿短袖還太冷，所以穿了長袖。

仲直りする　　義 合好、重修舊好　　▶動詞

例 両親は仲が良くて、喧嘩してもすぐ仲直りする。

父母的感情很好，即使吵架也能立刻合好。

なかなか　　義 非常、(不)容易　　▶副詞、な形、感嘆詞

例 私に合うカバンがなかなか見つからない。

不容易找到適合我的包包。

例 なかなか難しい問題ね。

真是困難的問題啊。

仲間　　義 朋友、同伴、夥伴　▶名詞

例 彼は私にとってなくてはならない仲間です。

他對我來說是不可缺少的同伴。

中身　　義 內容物、內涵　　▶名詞

例 カバンの中身はなんですか。

包包裡面有什麼呢？

例 今日の餃子の中身はエビです。

今天煎餃的內餡是蝦仁。

例 外見より中身が大切です。

比起外表，內涵更重要。

文法篇

單字篇
あ行

單字篇
か行

單字篇
さ行

單字篇
た行

單字篇
た - な行

單字篇
は行

長め 義 較長的 ▶名詞、な形

例 今日の動画はいつもより長めです。

今天的影片比平常還長。

眺める 義 凝視、眺望、盯著 ▶動詞

例 展望台から景色を眺めるのが好きです。

喜歡從瞭望台眺望景色。

仲良し 義 好朋友、友好 ▶名詞

例 私たちは学生時代からずっと仲良しです。

我們從學生時代就一直是好朋友。

流れる 義 流、流傳 ▶動詞

例 このカフェはいつもおしゃれなジャズ音楽が流れている。

這間咖啡廳總是放著時髦的爵士樂。

泣き出す 義 哭出來 ▶動詞

例 彼女は今にも泣き出しそうな顔をしています。

她露出馬上就要哭出來的表情。

亡くなる / 無くなる 義 死亡、消失、用盡 ▶動詞

例 彼の祖父は先月に亡くなりました。

他的祖父上個月過世了。

例 電車が無くなるから帰らなきゃ。

快沒電車了該回去了。

例 洗剤を買ったばかりなのにもう無くなった。

清潔劑才剛買又用完了。

殴る 義 毆打 ▶動詞

例 子供が同級生に殴られた。

孩子被同學打了。

なぜ 義 為什麼 ▶副詞

例 なぜ早く帰りたいのに残業しなくてはいけないのですか。

為什麼明明想早點回去卻必須要加班呢？

懐かしい　　　　　義 懷念的、想念的　▶ い形

例 この曲を聞くたびに懐かしい気持ちになります。

每次聽到這首歌都會有懷舊的心情。

納得　　　　　義 理解、承認、接受 ▶ 名詞

例 納得がいかないのが嫌いなので納得するまでやる。

因為討厭無法接受的事，所以要做到自己能接受為止。

斜め　　　　　義 斜、歪　　　　▶ 名詞 、 な形

例 いつも写真を斜めに撮ってしまう。

拍照總是不小心拍歪。

鍋　　　　　義 鍋子、火鍋　　 ▶ 名詞

例 冬といえば鍋料理です。

說到冬天就想到火鍋。

生　　　　　義 生、原始、現場 ▶ 名詞 、 な形

例 鳥の唐揚げを揚げたあと、中身を見てまだ生だった。

炸好炸雞之後，看了裡面還是生的。

例 いつかあの歌手の歌を生で聴きたいです。

希望有天能聽到那位歌手現場演唱。

波　　　　　義 浪潮、起伏　　 ▶ 名詞

例 趣味はサーフィンです。波に乗った時はとても気持ちがいいです。

興趣是衝浪。乘浪時感覺非常舒服。

例 彼女は感情の波が激しくていつも急に怒ったり泣いたりします。

她的情感起伏很劇烈，總是突然生氣或哭泣。

涙　　　　　義 眼淚　　　　　▶ 名詞

例 試合が終わったあと、みんなは悔しくて涙を流した。

比賽結束後，大家因為不甘心流下了淚水。

文法篇

單字篇
あ行

單字篇
か行

單字篇
さ行

單字篇
た行

單字篇
な行

單字篇
は行

279

舐める　な   義 舔   ▶動詞

例 こぼれたお酒を少し舐めた。

舔了一下灑出來的酒。

悩み　なや   義 煩惱   ▶名詞

例 先生に悩みを相談したいです。

想和老師商量煩惱的事。

悩む　なや   義 煩惱   ▶動詞

例 子供の将来に悩んでいます。

為孩子的將來煩惱。

鳴らす　な   義 發出聲響   ▶動詞

例 前の車が青信号になっても動かなくてクラクションを鳴らした。

前面的車都綠燈了還不動，所以按了喇叭。

鳴る　な   義 響、叫   ▶動詞

例 朝ごはんをしっかり食べたのに、仕事中にお腹が鳴ってしまった。

明明好好吃了早餐，工作時還是肚子叫。

なんとか   義 想辦法、總算   ▶副詞、連語

例 駅まで全力で走って、終電になんとか間に合った。

盡全力跑到車站，總算趕上了最後一班電車。

例 黙っていないで、なんとか言ってよ。

別沉默，說些什麼啊。

似合う　に あ   義 適合、登對   ▶動詞

例 隣のご夫婦はとても似合っているね。

隔壁的夫妻非常登對呢。

例 この色は私に似合わない。

這個顏色不適合我。

煮える　に   義 煮熟、沸騰   ▶動詞

例 この料理はお肉とじゃがいもが柔らかく煮えたら完成です。

這道料理把肉和馬鈴薯煮到軟就完成了。

握る   義 握、捏   ▶動詞

例 おばあさんがおにぎりを握ってくれた。

奶奶為我捏了飯糰。

例 彼女はハンカチを握って泣いている。

她握著手帕哭泣。

賑わう   義 擁擠、熱鬧   ▶動詞

例 鎌倉はいつも観光客で賑わっています。

鎌倉總是充滿了觀光客。

にこにこ   義 笑咪咪   ▶副詞

例 彼女は明るい性格でいつもにこにこと笑っている。

她個性開朗，總是笑咪咪的。

例 おじいちゃんがにこにこしながら私に手を振った。

爺爺笑咪咪地對著我揮手。

虹   義 彩虹   ▶名詞

例 昨日は雨のあとに虹が出た。

昨天下過雨之後出現彩虹。

偽物   義 贗品、假的   ▶名詞

例 ブランド品の偽物が出回っているニュースを見ました。

看到名牌精品的贗品四處流通的新聞。

例 本物のお医者さんならそんなことをしない。その人はきっと偽物です。

真正的醫生不會做那種事。那個人一定是假的。

似せる   義 模仿、仿效   ▶動詞

例 偽物は、似たデザインを使って見た目を本物に似せる。

贗品用類似的設計使外表像真貨。

文法篇

單字篇
あ行

單字篇
か行

單字篇
さ行

單字篇
た行

單字篇
な行

單字篇
は行

にっこり　　義 微笑、笑了一下　　▶副詞

例 彼女はカメラを見てにっこりと笑った。

她看著相機微笑。

入学（にゅうがく）　　義 入學　　▶名詞

例 入学の手続きを教えてください。

請告訴我辦理入學的程序。

例 息子が今年大学に入学しました。

兒子今年進到大學就讀。

入国（にゅうこく）　　義 入境　　▶名詞

例 入国と税関を通るときはいつも緊張します。

入境和過海關時總是很緊張。

入社する（にゅうしゃ）　　義 入社　　▶動詞

例 5年前に今の会社に入社しました。

5年前進到現在這間公司。

入場料（にゅうじょうりょう）　　義 入場費　　▶名詞

例 この国のほとんどの美術館は入場料が無料です。

這國家幾乎所有的美術館都是免費入場。

入力する（にゅうりょく）　　義 輸入　　▶動詞

例 暗証番号を入力してください。

請輸入密碼。

煮る（に）　　義 煮、燉　　▶動詞

例 水分がなくなるまで強火で煮てください。

請用大火煮到水分都收乾。

人気（にんき）　　義 受歡迎　　▶名詞

例 彼は日本ではすごく人気のある俳優です。

他在日本是很受歡迎的演員。

人間（にんげん）　義 人類　▶名詞

例 人間だから誰（だれ）でもミスをする。気（き）にしないで。

因為是人，所以誰都會犯錯。別在意。

抜く（ぬく）　義 拔出、貫穿、省略　▶動詞

例 虫歯（むしば）でクリニックに行（い）って歯（は）を抜（ぬ）いてもらった。

因為蛀牙，去診所拔了牙。

例 毎朝（まいあさ）ギリギリの時間（じかん）まで寝（ね）ていて、つい朝食（ちょうしょく）を抜（ぬ）いてしまう

每天都睡到最後一刻，不小心就會省略了早餐。

例 身長（しんちょう）が同級生（どうきゅうせい）に抜（ぬ）かれて、私（わたし）がクラスで一番（いちばん）背（せ）が低（ひく）い人（ひと）になった。

身高被同學超越，我變成了班上最矮的人。

例 お風呂（ふろ）の栓（せん）を抜（ぬ）かないでください。

浴缸的塞子請不要拔掉。

抜ける（ぬける）　義 貫穿、逃脫、脫落、遺漏　▶動詞

例 自転車（じてんしゃ）のタイヤの空気（くうき）が抜（ぬ）けている。

腳踏車的輪胎漏氣了。

例 犬（いぬ）の毛（け）が抜（ぬ）けるから掃除（そうじ）が大変（たいへん）です。

狗會掉毛所以打掃很辛苦。

例 長（なが）いトンネルを抜（ぬ）けたら海（うみ）が見（み）えてきた。

穿過了長長的隧道，就會看到大海。

例 具合（ぐあい）悪（わる）くなって途中仕事（とちゅうしごと）を抜（ぬ）けて病院（びょういん）行（い）った。

身體不太舒服，暫時離開工作去了醫院。

例 全（ぜん）20巻（かん）ですが、9巻（きゅうかん）と12巻（じゅうにかん）の2冊（にさつ）が抜（ぬ）けています。

全部有20集，但是少了第9和第12集。

ぬるい　義 溫的　▶い形

例 コーヒーがぬるいので、電子（でんし）レンジで温（あたた）めた。

因為咖啡溫溫的（不熱），所以用微波爐加熱了。

文法篇

單字篇
あ行

單字篇
か行

單字篇
さ行

單字篇
た行

單字篇
な行

單字篇
は行

根 (ね)　　義 根部、根源　　▶名詞

例 にんじんは根の部分を食べる野菜です。

紅蘿蔔是食用根部的蔬菜。

値上げ (ねあ)　　義 漲價　　▶名詞

例 お気に入りのお菓子がまた値上げになった。

喜歡的零食又漲價了。

願い (ねが)　　義 願望、申請書　　▶名詞

例 ようやくヨーロッパを旅行する願いが叶った。

終於實現了去歐洲旅行的心願。

熱心 (ねっしん)　　義 充滿熱忱、熱情　　▶名詞、な形

例 成果を出すために社員全員が熱心に仕事をしている。

為了拿出成果，員工全體都充滿熱忱在工作。

熱する (ねっ)　　義 加熱、熱中、發熱　　▶動詞

例 フライパンを熱してから油を入れます。

把平底鍋加熱後，倒入油。

例 私は熱しやすく冷めやすい性格で、何をしても長く続きません。

我是易冷又易熱的個性，不管做什麼都無法長久持續。

熱中する (ねっちゅう)　　義 熱中、全心投入　　▶動詞

例 私は大学までは野球に熱中していました。

我到大學為止都熱衷於棒球。

眠る (ねむ)　　義 睡著、長眠　　▶動詞

例 疲れているのになかなか眠れない。

明明很累卻睡不著。

寝坊する (ねぼう)　　義 睡過頭　　▶動詞

例 寝坊しちゃって、飛行機に乗り遅れた。

睡過頭沒搭上飛機。

年中無休 ねんじゅうむきゅう　義 全年無休　▶名詞

例 駅前のレストランは年中無休です。

車站前的餐廳全年無休。

年末 ねんまつ　義 年末、年終　▶名詞

例 年末に大掃除をする人が多いです。

會進行年末大掃除的人很多。

年末年始 ねんまつねんし　義 年末年初、新年前後　▶名詞

例 年末年始はいつも実家で過ごします。

年末年初的時期總是在老家度過。

農業 のうぎょう　義 農業　▶名詞

例 祖父は空気と水がきれいな町で農業をしています。

祖父在空氣和水都很乾淨的城市從事農業。

能力 のうりょく　義 能力　▶名詞

例 私はこの仕事をやるには能力がまだ足りないと感じた。

我覺得自己的能力還不足以從事這項工作。

ノートパソコン　義 筆記型電腦　▶名詞

例 ホテルでも仕事ができるようにノートパソコンを持っていった。

為了在旅館也能工作所以帶了筆電去。

残す のこす　義 留下、剩下　▶動詞

例 料理の量が多くて食べきれずに残した。

料理的份量很多吃不完而剩下來了。

例 友人が付箋にメッセージを残して帰った。

朋友在便條紙上留了訊息就回去了。

乗せる / 載せる のせる　義 載、加入、放上　▶動詞

例 大きい家具をトラックに載せた。

把大型家具放上卡車。

文法篇

單字篇 あ行

單字篇 か行

單字篇 さ行

單字篇 た行

單字篇 な行

單字篇 は行

例 昨日初めて家族を乗せてドライブした。

昨天第一次載家人去兜風。

望む　　義 期望、眺望　　▶動詞

例 国民は平和を望んでいる。

國民期望著和平。

例 展望台からきれいな夜景を望んだ

從觀景台眺望了美麗的夜景。

伸ばす　　義 攤開、擴展　　▶動詞

例 髪を長く伸ばしたい。

想把頭髮留長。

例 子供が手を伸ばしても、エレベーターのボタンに届かなかった。

孩子就算把手伸長，也按不到電梯的按鈕。

例 クッキーの生地を伸ばして焼きます。

攤平餅乾的麵糰然後烤。

伸びる　　義 增加、擴大、變長 ▶動詞

例 ひたすら過去の問題を解いていたらテストの点数が伸びた。

一直做考古題之後考試的分數就增加了。

例 1 年間で身長が 10 センチ伸びた。

1 年裡長高了 10 公分。

例 早く食べないと麺が伸びちゃうよ。

不快吃的話麵就糊了唷。

上り　　義 上升、上行　　▶名詞

例 上りの電車は東京方面へ向かいます。

上行電車是往東京方向。

例 山の公園に歩いて行ったけど、上り坂がきつかったです。

走路去了山裡的公園，上坡很辛苦。(上り坂：上坡)

上る / 昇る　　義 上升、攀登　　▶動詞

例 運動をあまりしないから、階段を上るだけで息が上がる。

因為不太運動，只是爬樓梯就呼吸急促。

例 昨夜ずっとアニメを見ていて、気がついたら日が昇っていた。

昨晚一直看動畫，一回神太陽已經出來了。

乗り遅れる　　　義 趕不上　　　▶動詞

例 もう少しで電車に乗り遅れるところだった。

差一點就趕不上電車了。

乗り換え　　　義 轉換　　　▶名詞

例 空港から姫路駅まで行くには乗り換えが必要ですか。

從機場到姬路車站，需要轉乘嗎？

乗り換える　　　義 轉乘　　　▶動詞

例 池袋で丸の内線に乗り換えてください。

請在池袋轉乘丸之內線。

乗り継ぎ　　　義 轉機、轉乘　　　▶名詞

例 国内線から国際線の乗り継ぎに間に合わなかった。

沒趕上從國內線往國際線的轉乘。

乗る　　　義 乘坐、附和、參與　▶動詞

例 馬に乗ったことがありますか。

曾經騎過馬嗎？

例 進路について悩んだときは先生がいつも相談に乗ってくれました。

煩惱未來出路時，老師總是願意回應我的諮詢。

例 ジムでリズムに乗りながら運動します。

在健身房隨著節奏運動。

呑気　　　義 悠閒、無憂無慮、不慌不忙　▶名詞、な形

例 彼は呑気な性格で、試験の前に何も準備していないのに全く焦らない。

他個性不慌不忙，考試前什麼都沒準備也完全不焦慮。

文法篇

單字篇 あ行

單字篇 か行

單字篇 さ行

單字篇 た行

單字篇 な行

單字篇 は行

のんびり　　　　義 悠閒、逍遙自在　▶副詞

例 観光地のレストランで綺麗な景色を眺めながら、のんびりと食事した。

在觀光景點的餐廳一邊眺望美麗的景色，一邊悠閒地用餐。

例 外で遊ぶより、家でのんびりするのが好きです。

比起去外面玩，更喜歡在家悠閒度過。

は行

葉 / 葉っぱ　　　　義 葉子　　　▶名詞

例 秋になると葉の色が変わる。

到了秋天葉子的顏色就變了。

例 昨日片づけたのに、またたくさんの葉っぱが落ちてきた。

明明昨天才整理的，又掉了大量的葉子。

バーゲンセール / バーゲン 義 促銷、特價 ▶名詞

例 年末のバーゲンでずっと欲しかったバッグを買いました。

在年末的特賣買了一直想要的包包。

パーセント　　　　義 百分比　　　▶名詞

例 定価 5000 円のシャツを 10 パーセントオフで買いました。

用 10% 的折扣購買了定價 5000 日圓的襯衫。

パート　　　　義 非全職計時工作　▶名詞

例 子供が幼稚園に入ったのでパートの仕事を探しています。

孩子上幼稚園了，所以我在找計時的工作。

倍　　　　義 倍　　　▶名詞、助數詞

例 雪の影響で、会社まで来るのにいつもの 2 倍以上の時間がかかった。

因為下雪的影響，花了平常 2 倍以上的時間到公司。

バイキング　　　　義 吃到飽　　　▶名詞

例 家族とバイキングに行って、好きなものをたくさん食べた。

和家人去了吃到飽自助餐，吃了很多愛吃的東西。

配達 はいたつ
義 配送、寄送　　▶ 名詞

例 海外への配達はできますか。
かいがい　　　　はいたつ

能寄送到海外嗎？

例 速達は休日にも配達されますか。
そくたつ きゅうじつ　　はいたつ

快遞在假日也會配送嗎？

俳優 はいゆう
義 演員　　▶ 名詞

例 彼は有名な俳優になりました。
かれ ゆうめい はいゆう

他成為了有名的演員。

パイロット
義 機長、飛行員　　▶ 名詞

例 目が悪くてパイロットに応募することができなかった。
め わる　　　　　　　　　おうぼ

視力不好所以無法報考飛行員。

量る / 計る / 測る はか はか はか
義 測量、計算　　▶ 動詞

例 チェックインのときにスーツケースの重さを量られた。
おも はか

辦理報到時被測量了行李箱的重量。

例 電車を降りてから会社までの時間を計ってみた。
てんしゃ お　　　　かいしゃ　　　　じかん はか

試著計算下了電車後到公司的時間。

例 縦と横の長さを測ってもらえますか。
たて よこ なが はか

可以幫我測量直的和橫的長度嗎？

例 体温計で体温を測った。
たいおんけい たいおん はか

用體溫計量了體溫。

吐き気 は け
義 反胃、噁心　　▶ 名詞

例 毎回飛行機に乗ると吐き気とめまいがする。
まいかいひこうき の　　　　は け

每次坐飛機就會覺得想吐和頭暈。

泊 はく
義 宿、夜　　▶ 名詞

例 再来週は主人と2人で函館2泊3日の旅行です。
さらいしゅう しゅじん ふたり はこだて にはくみっか りょこう

下下週要和先生2個人去函館旅行三天兩夜。

文法篇

單字篇
あ行

單字篇
か行

單字篇
さ行

單字篇
た行

單字篇
な-は行

單字篇
は行

吐く　　　　　　　義 吐　　　　▶動詞

例 この薬を飲むたびに吐きそうになる。

毎次吃這個藥都很想吐。

激しい　　　　　　義 激烈、強烈、很　　▶い形

例 外は激しい雨が降っているので今日は家に居よう。

外面下著劇烈的大雨，今天就待在家吧。

始まり　　　　　　義 開始、開端　　　▶名詞

例 浴衣を着る人を見て、夏の始まりを感じました。

看到穿浴衣的人，感受到夏天的開端。

初め / 始め　　　　義 開頭、起始　　　▶名詞

例 今年は 4 月の始めに桜が満開になった。

今年 4 月初櫻花就盛開了。

例 始めは言葉が出てこなかったけど、最近は会話ができるようになって

きました。

剛開始時說不出單字，現在已經變得能對話了。

例 初めから最後まで考えは変わらない。

從最初到最後，想法都沒變。

パジャマ　　　　　義 睡衣　　　　　▶名詞

例 寝る前にパジャマに着替える。

睡前會換睡衣。

柱　　　　　　　　義 柱子　　　　　▶名詞

例 駅の柱に色んなポスターが貼ってあります。

車站的柱子貼著各式海報。

例 3 年生の彼はチームの柱です。

3 年級的他是隊伍的支柱。

走り出す　　　　　義 開始跑、出發　　▶動詞

例 車のエンジンをかけてすぐ走り出した。

發動車子引擎後就立刻出發。

例 生徒たちは先生の合図を聞いて走り出した。

學生們聽到老師的指令就開始跑。

外す　　　　　　義 去掉、取下、離開 ▶動詞

例 帰りの電車でネクタイを外した。

在回程的電車上拿掉了領帶。

例 今ちょっと席を外してもいいですか。

我現在可以離開位子一下嗎？

外れる　　　　　　義 偏離、排除 ▶動詞

例 天気予報が外れた。

氣象預報失準了。

例 地震で窓が外れて猫が逃げてしまいました。

因為地震窗子脫軌讓貓咪逃跑了。

パスワード　　　　義 密碼 ▶名詞

例 パスワードを忘れてしまった。

忘了密碼。

肌　　　　　　義 皮膚 ▶名詞

例 自分の肌に合う化粧品を探しています。

在找適合自己皮膚的化妝品。

裸　　　　　　義 裸體 ▶名詞

例 いつも裸で寝ています。

總是裸體睡覺。

はっきり　　　　義 明確、爽快 ▶副詞

例 はっきり言ってくれないと分からないよ。

不說清楚的話我不懂啊。

発見　　　　　　義 發現 ▶名詞

例 その化石はとても貴重な発見だ。

那個化石是非常珍貴的發現。

文法篇

單字篇
あ行

單字篇
か行

單字篇
さ行

單字篇
た行

單字篇
な行

單字篇
は行

例 健康診断で異常が発見された。

健康檢查發現了異常。

発車する　　　義 發車　　　▶動詞

例 まもなく発車します。列車から離れてください。

即將發車。請離開車廂旁邊。

発表　　　義 發表、公布　　　▶名詞

例 大学の合格発表はいつですか。

大學放榜是什麼時候呢？

例 暑い日が続いて、熱中症警戒アラートが発表されたみたい。

天氣持續炎熱，好像發布了小心中暑的警報。(アラート：警報)

例 あの歌手は公演中止を発表した。

那位歌手發表了演出取消的消息。

発明　　　義 發明　　　▶名詞

例 時計は重要な発明です。

時鐘是重要的發明。

派手　　　義 浮誇、華麗、花俏　▶名詞、な形

例 彼女は派手な服を着るのが好きです。

她喜歡穿浮誇的服裝。

話し合う　　　義 商量、討論　　　▶動詞

例 みんなで手術について話し合う必要があります。

大家必須要一起商量手術的事。

話しかける　　　義 攀談　　　▶動詞

例 勇気を出して隣の人に話しかけた。

拿出勇氣和隔壁的人攀談。

離れる　　　義 離開、脫離　　　▶動詞

例 今から別の仕事があるのでパソコンの前から離れます。

接下來還有別的工作，要離開電腦前。

羽 / 羽根　　はね　はね　　義 翅膀、羽毛　　▶名詞

例 鳥が羽を広げて飛びます。
とり　はね　ひろ　と
鳥兒展翅飛翔。

例 この鳥は羽根がとてもきれいです。
とり　はね
這隻鳥的羽毛非常美麗。

幅　　はば　　義 寬度、幅度　　▶名詞

例 このテーブルの幅は何センチですか。
はば　なん
這張桌子的寬度是幾公分？

例 私は興味の幅が広いです。
わたし　きょうみ　はば　ひろ
我的興趣範圍很廣。

例 ガスの値上げよりも電気の値上げの幅が大きいです。
ね　あ　てんき　ね　あ　はば　おお
比起瓦斯漲價，電費漲價的幅度更大。

場面　　ばめん　　義 情況、場合　　▶名詞

例 ドラマの好きな場面は何度も見ます。
す　ばめん　なんど　み
連續劇裡喜歡的場景，會反覆看好幾次。

例 この言葉はカジュアルな場面でしか使いません。
ことば　ばめん　つか
這個字只在非正式的情況使用。

生やす　　は　　義 長、留　　▶動詞

例 ひげを生やしたいです。
は
想要留鬍子。

流行り　　はや　　義 流行　　▶名詞

例 今流行りのアニメは何ですか。
いまはや　なん
現在流行什麼動畫？

流行る　　はや　　義 流行　　▶動詞

例 冬はインフルエンザが流行る季節です。
ふゆ　はや　きせつ
冬天是流感流行的季節。

文法篇

單字篇 あ行

單字篇 か行

單字篇 さ行

單字篇 た行

單字篇 な行

單字篇 は行

例 若い子の間でこの髪型が流行っているみたいです。

年輕人之間好像正流行這個髮型。

腹 （はら）　義 腹部、腸胃、肚量　▶名詞

例 食べすぎて腹を壊しちゃった。

吃太多了吃壞肚子。

バラ　義 玫瑰　▶名詞

例 バラの香りが好きです。

喜歡玫瑰的香氣。

バランス　義 平衡、均衡　▶名詞

例 健康のために、バランスのいい食事を取ります。

為了健康攝取營養均衡的飲食。

例 先輩はバランスを崩して椅子から落ちてしまった。

學長失去平衡從椅子上跌了下來。

範囲 （はんい）　義 範圍　▶名詞

例 テストの範囲が広すぎて何から勉強すればいいのかわかりません。

考試的範圍太廣了，不知從何讀起。

半額 （はんがく）　義 半價　▶名詞

例 高いお肉が半額になったので買いました。

昂貴的肉品只要半價，所以就買了。

はんこ　義 印章　▶名詞

例 大事な書類にはんこを押した。

在重要的文件上蓋了印章。

犯罪 （はんざい）　義 犯罪、違法　▶名詞

例 動物を捨てることは犯罪です。

遺棄動物是違法的。

反省 （はんせい）　義 反省　▶名詞

例 彼は先生に反省の気持ちを伝えました。

他向老師表達了反省之意。

例 自分の行動を深く反省しています。

深切反省自己的行動。

半袖　　　　　　　義 短袖　　　　▶名詞

例 寒いのに娘が半袖の服で学校に行きたがります。

明明很冷，女兒還是想穿短袖去學校。

パンダ　　　　　　義 貓熊　　　　▶名詞

例 パンダを見るのは今回が初めてです。

這次是第一次看貓熊。

判断　　　　　　　義 判斷　　　　▶名詞

例 あなたの判断を尊重します。

尊重你的判斷。

例 人を外見で判断してはいけません。

不能以貌取人。

犯人　　　　　　　義 犯人　　　　▶名詞

例 犯人はこの中にいる。

犯人就在這之中。

パンフレット　　　義 場刊、節目冊　▶名詞

例 記念にこのミュージカルのパンフレットを買いました。

買了這部音樂劇的場刊作為紀念。

ピアス　　　　　　義 耳環　　　　▶名詞

例 お気に入りのピアスをつけてデートに向かいます。

戴上心愛的耳環出門赴約。(ピアス：針式耳環；イアリング：夾式耳環)

ヒーター　　　　　義 電暖器　　　▶名詞

例 今日はちょっと寒いです。でもヒーターを使うほどではない。

今天有點冷。但不到需要開電暖器的程度。

文法篇

單字篇
あ行

單字篇
か行

單字篇
さ行

單字篇
た行

單字篇
な行

單字篇
は行

| 冷える | 義 變涼、覺得涼 | ▶動詞 |

例 冬に足が冷えて眠れない。

冬天時腳冰得睡不著。

例 夏にキンキンに冷えたビールが飲みたい。

夏天時想喝凍得冰冰涼涼的啤酒。(キンキン：非常冰涼)

| ぴかぴか | 義 閃閃發亮 | ▶な形、副詞 |

例 車をぴかぴかに磨いた。

把車擦得閃閃發亮。

例 ダイヤの指輪がぴかぴかと光っている。

鑽戒閃耀著亮晶晶的光芒。

| 引き受ける | 義 接任、承擔、負責 | ▶動詞 |

例 退職する同僚の仕事を私が引き受けることになりました。

離職同事的工作將由我承接。

例 結婚式の司会を引き受けてくれませんか。

你願意擔任婚禮司儀嗎？

| ひげ | 義 鬍子 | ▶名詞 |

例 面接に行く前に、ひげを剃っておいた方がいいと思います。

我覺得去面試前，把鬍子剃了比較好。

| ビザ | 義 簽證 | ▶名詞 |

例 3ヶ月以上その国に滞在する場合はビザが必要です。

在該國停留超過 3 個月以上的情況需要簽證。

| 日差し | 義 陽光 | ▶名詞 |

例 日差しが強くてスマホの画面が見えない。

陽光太強了看不見手機畫面。

| 肘 | 義 手肘 | ▶名詞 |

例 荷物を持っているから、肘でドアを開けた。

因為拿著行李，所以用手肘開門。

非常に <ひじょう>　　　　義 十分、非常　　　▶副詞

例 みんなの意見をまとめるのは非常に難しいことです。<いけん> <ひじょう むずか>

整合大家的意見是很難的事。

びしょびしょ　　　　義 濕答答、下不停　　▶副詞、な形

例 汗でシャツがびしょびしょになった。<あせ>

因為流汗，襯衫變得濕答答的。

美人 <びじん>　　　　　義 美人　　　　　　▶名詞

例 社長は美人で仕事もできる。<しゃちょう びじん しごと>

社長是美女又很能幹。

ビタミン　　　　　　義 維他命　　　　　▶名詞

例 母は健康のためにビタミンＣを飲んでいます。<はは けんこう> <の>

母親為了健康服用維他命Ｃ。

びっくり　　　　　　義 嚇一跳、驚訝　　▶副詞

例 久々に大きい地震でびっくりした。<ひさびさ おお じしん>

久違地大地震而嚇了一跳。

引っ越し <ひ こ>　　　義 搬家　　　　　　▶名詞

例 最近、引っ越しの準備で忙しいです。<さいきん ひ こ じゅんび いそが>

最近為了準備搬家而忙碌。

ぴったり　　　　　　義 密合、剛剛好　　▶副詞、な形

例 彼は約束の時間ぴったりに来ました。<かれ やくそく じかん き>

他依約定的時間準時到達。

例 自分の足にぴったりな靴を見つけるのは難しいです。<じぶん あし くつ み むずか>

很難找到剛好合腳的鞋子。

例 窓をぴったりと閉めていると、虫は外から入ってきません。<まど し むし そと はい>

把窗戶緊閉的話，蟲就無法從外面飛進來。

文法篇

單字篇
あ行

單字篇
か行

單字篇
さ行

單字篇
た行

單字篇
な行

單字篇
は行

人混み <ruby>人<rt>ひと</rt></ruby><ruby>混<rt>ご</rt></ruby>み 　　義 人潮聚集　　▶名詞

例 <ruby>人気<rt>にんき</rt></ruby>スポットに<ruby>遊<rt>あそ</rt></ruby>びに<ruby>行<rt>い</rt></ruby>きたいけど、<ruby>人混<rt>ひとご</rt></ruby>みが<ruby>苦手<rt>にがて</rt></ruby>ですぐ<ruby>疲<rt>つか</rt></ruby>れます。

雖然想要去熱門景點，但因不擅長人潮聚集的地方馬上就累了。

人差し指 <ruby>人<rt>ひと</rt></ruby><ruby>差<rt>さ</rt></ruby>し<ruby>指<rt>ゆび</rt></ruby>　　義 食指　　▶名詞

例 <ruby>人差<rt>ひとさ</rt></ruby>し<ruby>指<rt>ゆび</rt></ruby>でボタンを<ruby>押<rt>お</rt></ruby>した。

用食指按了按鈕。

独り / 一人 <ruby>独<rt>ひと</rt></ruby>り / <ruby>一人<rt>ひとり</rt></ruby>　　義 一個人、獨自、單獨　　▶名詞、副詞

例 <ruby>独<rt>ひと</rt></ruby>りで<ruby>悩<rt>なや</rt></ruby>んでいないで、<ruby>専門家<rt>せんもんか</rt></ruby>に<ruby>相談<rt>そうだん</rt></ruby>してみましょう。

不要獨自一人煩惱，找專家諮詢吧。

例 マスクを１<ruby>人<rt>ひとり</rt></ruby>に５<ruby>個<rt>ご</rt></ruby>ずつ<ruby>配<rt>くば</rt></ruby>ってください。

請把分給每人 5 個口罩。

例 ひとり<ruby>焼肉<rt>やきにく</rt></ruby>が<ruby>好<rt>す</rt></ruby>きです。

喜歡個人烤肉。

一人暮らし <ruby>一人暮<rt>ひとりぐ</rt></ruby>らし　　義 獨居　　▶名詞

例 <ruby>今年<rt>ことし</rt></ruby>から<ruby>東京<rt>とうきょう</rt></ruby>で<ruby>一人暮<rt>ひとりぐ</rt></ruby>らしを<ruby>始<rt>はじ</rt></ruby>めた。

今年開始 1 個人在東京生活。

ビニール 　　義 塑膠　　▶名詞

例 ビニール<ruby>袋<rt>ぶくろ</rt></ruby>をもらえますか。

可以給我塑膠袋嗎？

例 <ruby>急<rt>きゅう</rt></ruby>に<ruby>雨<rt>あめ</rt></ruby>が<ruby>降<rt>ふ</rt></ruby>り<ruby>出<rt>だ</rt></ruby>して、コンビニでビニール<ruby>傘<rt>かさ</rt></ruby>を<ruby>買<rt>か</rt></ruby>った。

突然下起雨，在便利商店買了塑膠傘。

皮膚 <ruby>皮膚<rt>ひふ</rt></ruby>　　義 皮膚　　▶名詞

例 ニキビに<ruby>悩<rt>なや</rt></ruby>んで<ruby>皮膚科<rt>ひふか</rt></ruby>に<ruby>行<rt>い</rt></ruby>った。

為了面皰煩惱而去了皮膚科。

秘密 <ruby>秘密<rt>ひみつ</rt></ruby>　　義 祕密　　▶名詞

例 ケーキを<ruby>何個<rt>なんこ</rt></ruby><ruby>食<rt>た</rt></ruby>べたかは<ruby>秘密<rt>ひみつ</rt></ruby>です。

吃了幾個蛋糕是祕密。

| 紐 | 義 繩子 | ▶ 名詞 |

例 子供が靴紐の結び方を覚えました。

孩子學會了綁鞋帶的方法。

例 エプロンの紐を解いて脱いだ。

解開圍裙的繩子後脫掉。(ほどく：解開)

| 微妙 | 義 微妙、細微、難以形容 | ▶ 名詞、な形 |

例 この掃除機、デザインはよかったですが、性能はちょっと微妙です。

這台吸塵器，雖然設計很好，但功能有點微妙 (不是那麼好)。

例 写真と製品の実際の色に微妙な違いがあった。

照片和產品實際的顏色有細微的差異。

| 日焼け | 義 日晒、晒傷 | ▶ 名詞 |

例 ビーチで一 1 日中過ごしたら日焼けしてしまった。

在沙灘過了 1 天後晒傷了。

| 冷やす | 義 冰鎮、使冷靜、使變涼 | ▶ 動詞 |

例 ジュースを冷蔵庫に冷やしておいてね。

要先把果汁放到冰箱冰喔。

| 表情 | 義 表情 | ▶ 名詞 |

例 彼女はとても表情豊かな人です。

她是表情很豐富的人。

| 開く | 義 打開、開始 (自動詞他動詞兼用) | ▶ 動詞 |

例 今日の午前中に会議を開きます。

今天上午要開會。

例 隣の子どもと仲良くしたいけど、心を開いてくれない。

想和旁邊的孩子好好相處，但他卻不對我打開心房。

例 時間通りにお店が開きました。

店鋪按照時間開門了。

文法篇

單字篇
あ行

單字篇
か行

單字篇
さ行

單字篇
た行

單字篇
な行

單字篇
は行

広がる 　義 展開、傳開 　▶動詞

例 悪い噂は一瞬で広がった。

不好的傳聞一下就傳開了。

例 空に鮮やかな花火が広がった。

鮮艷的煙火在空中展開。

広げる 　義 擴展、展開 　▶動詞

例 視野を広げるためにいろいろな国に行ってみたいです。

為了拓展視野想去各國看看。

例 子供と絵本を広げて読みました。

和孩子打開繪本一起閱讀。

例 学校の前に道路を広げる工事が進められています。

學校前面正在進行道路拓寬的工程。

広さ 　義 面積、寬廣度 　▶名詞

例 この部屋の広さは４０平米です。

這個房間的面積是 40 平方公尺。

広場 　義 廣場 　▶名詞

例 多くの若者が広場に集まった。

許多年輕人聚集在廣場。

広まる 　義 擴大、普及、流傳 ▶動詞

例 その情報はインターネットを通じてあっという間に広まった。

那個情報透過網路一下子就傳開了。

広める 　義 宣揚、擴展、普及 ▶動詞

例 自分の国の文化を世界に広めたい。

想要宣揚本國的文化。

便 　義 航班、郵件、班次 ▶名詞

例 帰りの飛行機は夜の便です。

回程的飛機是晚上的航班。

例 先週の月曜日に商品を注文して翌日の午前の便で届いた。

上週一訂購商品，隔天上午的配送時段就送到了。

ファイル　　　　　義 檔案　　▶名詞

例 ダウンロードしたファイルが開かない。

下載的檔案打不開。

例 今までの会議資料をファイルした。

把至今的會議資料歸檔。

ファスナー　　　　義 拉鏈　　▶名詞

例 お気に入りの洋服のファスナーが壊れてしまった。

喜歡的衣服的拉鏈壞了。

ファミリーレストラン / ファミレス　　義 連鎖簡餐店　▶名詞

例 ファミリーレストランとは家族で行きやすいレストランのことです。

連鎖簡餐店指的就是方便全家人去的餐廳。

例 子どもが小さいので、ファミレスによく行きます。

因為孩子還小，所以常去連鎖簡餐店。

ファン　　　　　　義 愛好者、粉絲　▶名詞

例 私は日本のアニメの大ファンです。

我是日本動畫的超級粉絲。

増える　　　　　　義 增加　　▶動詞

例 去年に比べて体重が増えてしまった。

和去年相比體重增加了。

フォルダ　　　　　義 資料夾　▶名詞

例 画像をこのフォルダに保存してください。

請把圖片保存到這個資料夾。

例 重要なフォルダを削除してしまった。

不小心把重要的資料夾刪除了。

文法篇

單字篇
あ行

單字篇
か行

單字篇
さ行

單字篇
た行

單字篇
な行

單字篇
は行

深まる 　　　義 加深　　　▶動詞

例 旅行を通して家族の絆が深まった。

透過旅行加深家人間的羈絆。(絆：羈絆)

深める 　　　義 深化、加深　　　▶動詞

例 これは日本文化についての理解を深めるための授業です。

這是一堂深化對日本文化理解的課程。

ふきん 　　　義 抹布　　　▶名詞

例 こぼれたジュースをふきんで拭いた。

用抹布擦拭灑出來的果汁。

拭く 　　　義 擦拭　　　▶動詞

例 コーヒーをこぼしたので何か拭くものをもらえますか。

打翻了咖啡，可以給我什麼東西擦嗎。

吹く 　　　義 吹、噴　　　▶動詞

例 激しい風が吹いています。

正吹著強風。

例 彼は口笛を吹きながら部屋を出ていった。

他吹著口哨出了房間。

服装 　　　義 服裝、裝扮　　　▶名詞

例 面接に行く時にどんな服装がいいですか。

面試時穿什麼樣的衣服去好呢？

腹痛 　　　義 腹痛　　　▶名詞

例 腹痛のせいで全然寝られなかった。

因為肚子痛完全睡不著。

含む 　　　義 包含、含有　　　▶動詞

例 キウイはビタミン C をたくさん含んでいます。

奇異果含有豐富的維生素 C。

例 消費税は値段に含まれていません。

價格不包含消費稅。

| 含める | 義 包括、包含 | ▶動詞 |

例 家族は私を含めて 5 人です。

包含我家裡有 5 個人。

| 袋 | 義 袋子 | ▶名詞 |

例 商品をこの袋に入れていただけますか。

可以幫我把商品放到這個袋子裡嗎？

例 袋をもらえますか。

可以給我袋子嗎？

| 無事 | 義 平安、無事 | ▶名詞、な形 |

例 手術が無事に終わってよかった。

手術平安結束太好了。

例 台風で被害に遭われた方々の無事を祈ります。

祈禱遭遇颱風災害的人都能平安無事。(遭う：遭遇)

| 不思議 | 義 不可思議、神奇 | ▶名詞、な形 |

例 彼が会議に欠席するのは不思議なことではないと思います。

我覺得他缺席會議也不是什麼不可思議的事。

| 不自由 | 義 不方便、不自由 | ▶名詞、な形 |

例 働く環境に不自由がなくて、気持ちよく働けています。

工作環境沒有任何不便，能開心地工作。

例 祖父は体が不自由なので車いすを使っています。

祖父的身體不方便，所以使用著輪椅。

| 不親切 | 義 不友善、冷淡 | ▶名詞、な形 |

例 このお店は店員が不親切で感じ悪いです。

這間店的店員很不友善，感受很差。

文法篇

單字篇
あ行

單字篇
か行

單字篇
さ行

單字篇
た行

單字篇
な行

單字篇
は行

303

不足 （ふそく）　　　義 欠缺、不足　　▶名詞、な形

例 自分はまだ知識も経験も不足です

我的知識和經驗尚不足夠。

例 睡眠不足のせいで少し疲れています。

因為睡眠不足而感到疲累。

例 この商品はただいま在庫が不足しています。

這項商品現在庫存不足。

例 この国は農業に使う水が不足しています。

這個國家的農業用水不足。

蓋 （ふた）　　　義 蓋子　　▶名詞

例 ジャムの蓋を開けてくれませんか。

可以幫我打開果醬的蓋子嗎？

例 スープが冷めないように蓋をしました。

為了不讓湯變冷所以蓋了蓋子。

普段 （ふだん）　　　義 平常、通常　　▶名詞、な形

例 休日は普段何していますか。

假日通常都做些什麼？

例 普段の食事では同じようなものを食べがちです。

平常的飲食容易吃相同的東西。

普通 （ふつう）　　　義 一般、普通　　▶名詞、な形、副詞

例 普通は午前 8 時から作業します。

通常在上午 8 點開始作業。

例 大人になったら親に頼らずに生活していくのが普通です。

成人之後不靠父母過生活是很一般的事。

例 さくらんぼの花は普通 5 月に咲きます。

櫻桃通常是 5 月開花。(さくらんぼ：櫻桃)

物価 （ぶっか）　　　義 物價　　▶名詞

例 インフレで物価がどんどん上がっている。

因為通貨膨脹物價不斷上漲。(インフレ：通貨膨脹)

ぶつける　　　　　　　義 碰上、撞上　　　▶動詞

例 床に置いてある家具に足をぶつけてしまった。

腳撞到放在地板上的家具。

ぶつぶつ　　　　義 布滿小顆粒的樣子、發牢騷▶副詞、名詞

例 課長はいつもぶつぶつと愚痴ばかり言っている。

課長總是碎念抱怨著。

例 肌にぶつぶつとニキビが出ている。

皮膚上長了一顆顆的面皰。(ニキビ：面皰、青春痘)

例 腕にぶつぶつができたので病院に行った。

手臂上長了一粒一粒的東西所以去了醫院。

太い　　　　　　　　義 粗的、厚的　　　　▶い形

例 指が太くて、ギターをうまく弾けない。

手指太粗了，沒辦法彈好吉他。

例 このラーメン屋の麺はかなり太い。

這家拉麵店的麵很粗。

例 彼は知らない単語の下に太い線を引いた。

他在不知道的單字下面畫了粗線。

不動産　　　　　　　義 不動産　　　　　　▶名詞

例 社長は不動産をたくさん持っているらしいです。

社長好像有很多不動產。

太さ　　　　　　　義 寬度、厚度、粗細 ▶名詞

例 線の太さを変更したいのですが、どうすればいいですか。

想要改變線的粗細，該怎麼做呢？

例 腕の太さを測ったことありますか。

測過手腕的粗細嗎？

文法篇

單字篇
あ行

單字篇
か行

單字篇
さ行

單字篇
た行

單字篇
な行

單字篇
は行

太る （ふと） 　　　義 變胖、胖　　　▶動詞

例 私の飼っている犬はすごく太っています。

我養的狗很胖。

船便 （ふなびん） 　　　義 船運、海運　　　▶名詞

例 時間がかかるので、船便で送らないでください。

因為很耗時間，所以請不要用船運寄送。

部品 （ぶひん） 　　　義 零件　　　▶名詞

例 掃除機を修理に出して部品を交換してもらった。

把吸塵器拿去修理，更換了零件。

不便 （ふべん） 　　　義 不便　　　▶名詞、な形

例 インターネットが使えないところに行くととても不便に感じます。

到沒有網路的地方就感到很不方便。

例 買い物に不便なところに住んでいます。

住在不方便購物的地方。

不真面目 （ふまじめ） 　　　義 不認真　　　▶名詞、な形

例 彼は呑気な性格なので、不真面目に見える。

他個性悠哉，所以看起來不認真。

例 課長は不真面目な部下に注意した。

課長警告了不認真的屬下。

不満 （ふまん） 　　　義 不滿　　　▶名詞、な形

例 仕事に不満があります。

對工作有不滿。

例 残業について多くの社員から不満が出ている

許多員工對於加班表示不滿。

増やす （ふ） 　　　義 增加、增添　　　▶動詞

例 テストの点数が悪かったので、勉強の時間を増やすことにしました。

因為考試成績很差，決定增加學習的時間。

フライパン　　　　　　義 平底鍋　　　　　▶名詞

例 野菜を炒めるときはこのフライパンを使います。

炒蔬菜的時候用這個平底鍋。

ブラウス　　　　　　義 女性罩衫、寬鬆上衣　　　▶名詞

例 あの白いブラウスを着ている人は誰ですか。

那位穿著白上衣的人是誰？

プラス　　　　　　義 增加、有益、正向 ▶名詞

例 ポジティブな人がいつもプラス思考でいられる。

積極樂觀的人總是正向思考。

例 オムライスにプラス 500 円でセットに変更できます。

蛋包飯加 500 日圓可以升級為套餐。

プラスチック　　　　義 塑膠　　　　　　▶名詞

例 プラスチックは便利だけど環境に悪いです。

塑膠雖然很方便但對環境不好。

ぶらぶら　　　　　　義 閒逛、搖晃　　　▶副詞、な形

例 この週末は新宿をぶらぶらと散歩しようと思っています。

這個週末想要在新宿閒逛。

例 街をぶらぶらする番組が好きです。

喜歡在街道漫步的節目。

例 彼は就職もしないでぶらぶらとしています。

他不工作一直遊手好閒。

例 切れた紐がぶらぶらと揺れている。

斷了的繩子搖搖晃晃的。

ブランド　　　　　　義 品牌、名牌　　　▶名詞

例 このブランドは聞いたことがありますか。

聽過這個品牌嗎？

文法篇

單字篇
あ行

單字篇
か行

單字篇
さ行

單字篇
た行

單字篇
な行

單字篇
は行

振り / ふり 　　義 模樣 　　▶名詞

例 車の中で何を話したらいいかわからなくて、寝たふりをした。

在車裡因為不知道說什麼就假裝在睡覺。

フリーマーケット / フリマ 　義 跳蚤市場 　▶名詞

例 着なくなった洋服をフリーマーケットに出品した。

把不穿的衣服拿到跳蚤市場販售。

振り込む 　　義 匯款 　　▶動詞

例 間違った口座にお金を振り込んじゃった。

不小心把錢匯到錯誤的戶頭。

降り出す 　　義 開始下（雨、雪） 　▶動詞

例 急に雨が降り出した。

突然開始下雨了。

プリントする 　　義 印刷 　　▶動詞

例 添付したファイルをプリントしてください。

請把附件的檔案印出來。

振る 　　義 丟、甩、揮、灑 　▶動詞

例 魚に塩を振って焼いた。

在魚上灑了鹽後再煎。

例 犬がしっぽを振りながら私の方へ走ってきた。

狗搖著尾巴往我這裡跑來。

例 彼女に振られた。

被女友拋棄了。

震える 　　義 發抖 　　▶動詞

例 緊張しすぎて足が震えてきた。

太緊張了腳開始發抖。

ふるさと 　　義 故鄉、老家 　▶名詞

例 彼はふるさとを離れたまま老いてしまった。

他離開了故鄉直到老去。

| ブレーキ | 義 刹車 | ▶名詞 |

例 ブレーキがきかない。

刹車失靈。

例 ブレーキを踏んで車を止めた。

踩刹車把車停下來。

| プロ | 義 專家、職業的 | ▶名詞 |

例 彼はプロのサッカー選手です。

他是職業足球員。

例 この方は建築のプロです。

這位是建築的專家。

| プロジェクト | 義 項目、企劃、專案 | ▶名詞 |

例 このプロジェクトは順調に進んでいます。

這個企劃順利地進行中。

| 雰囲気 | 義 氣氛 | ▶名詞 |

例 あのカフェは雰囲気が良かった。

那間咖啡廳的氣氛很好。

| 文章 | 義 文章 | ▶名詞 |

例 この文章は難しくて理解できない。

這篇文章太難了無法理解。

| 分別する | 義 判斷、分類 | ▶動詞 |

例 ゴミを分別することによってリサイクルがしやすくなる。

藉由垃圾分類，回收也變得容易了。

| 文法 | 義 文法 | ▶名詞 |

例 日本語は文法が難しい。

日語的文法很困難。

文法篇

單字篇
あ行

單字篇
か行

單字篇
さ行

單字篇
た行

單字篇
な行

單字篇
は行

文房具　ぶんぼうぐ　　　義 文具　　　▶名詞

例 かわいい文房具を見るとつい買っちゃう。

看到可愛的文具忍不住就會買。(也可以說文具)

分野　ぶんや　　　義 領域　　　▶名詞

例 その学校は生物の分野で有名な大学です。

那間學校是生物領域有名的大學。

平気　へいき　　　義 平靜、無所謂　　　▶名詞、な形

例 この商品は水に濡れても平気です。

這個商品就算被水弄濕也沒關係。

例 本当はつらいのに、平気なふりをしてしまった。

其實很難受，但裝出無所謂的樣子。

平均　へいきん　　　義 平均　　　▶名詞

例 私の身長は平均より高い。

我的身高比平均高。

平和　へいわ　　　義 和平、太平　　　▶名詞、な形

例 世界の平和を願います。

祈禱世界和平。

例 今日も平和な一日でした。

今天也是平靜的一天。

ぺこぺこ　　　義 肚子餓、點頭哈腰　▶な形、副詞

例 今朝から何も食べてないから、もうお腹がペコペコだよ。

從今早就沒吃東西，已經很餓了。(ぺこぺこ：屬於口語，常是小孩子用)

例 彼は相手にペコペコしながら電話しています。

他一邊對著對方點頭哈腰一邊講電話。

ベスト　　　義 最好的　　　▶名詞

例 ベストを尽くします。

會盡力做到最好。

例 自分にとってベストの選択をした。
做了對自己最好的選擇。

へそ　　　　　　義 肚臍　　　　　▶名詞

例 へそ出しの服が流行っているらしい。
露肚臍的衣服好像正流行。

別　　　　　　　義 不同、分開　　▶名詞、な形

例 理学部と工学部は数学の問題が別です。
理學院和工學院的數學題目不同。

例 公私の別をはっきりさせる必要があります。
公私分開是必要的。

例 このやり方がだめだったら、別の方法を考えるしかないです。
如果這個做法不行，就只能想不同的方法了。

別に　　　　　　義 沒什麼、沒有　▶副詞

例 この程度の失敗は別に大したことでもない。
這種程度的失敗不是什麼大事。

別々　　　　　　義 各自　　　　　▶名詞、な形

例 支払いは別々にしてください。
請分開結帳。

例 私達は別々の大学に通っています。
我們各自上不同的大學。

減らす　　　　　義 縮減、減少　　▶動詞

例 健康のためにお酒の量を減らしています。
為了健康正減少飲酒量。

ペラペラ　　　　義 滔滔不絕、喋喋不休、流暢 ▶副詞、な形

例 彼は外国人にペラペラと英語で道を案内した。
他用流暢的英文向外國人指路。

文法篇

單字篇
あ行

單字篇
か行

單字篇
さ行

單字篇
た行

單字篇
な行

單字篇
は行

例 人の秘密をペラペラ話すのは良くない。

把別人的祕密說個不停並不好。

| ベランダ | 義 陽台 | ▶名詞 |

例 ホテルのベランダから夕日を眺めた。

從旅館的陽台眺望夕陽。

| ヘリコプター | 義 直昇機 | ▶名詞 |

例 患者はヘリコプターで病院へ運ばれた。

病患被直昇機送到醫院。

| 経る | 義 經過 | ▶動詞 |

例 5年を経て新作が完成した。

歷時5年完成了新作品。

例 アメリカを経てロンドンへ行く。

經由美國前往倫敦。

例 たくさんの失敗を経て成功した。

歷經多次失敗終於成功。

| 減る | 義 減少 | ▶動詞 |

例 転職して給料が減った。

因為換工作薪水變少了。

| ベルト | 義 帶子、腰帶 | ▶名詞 |

例 制服のズボンにベルトをつけます。

在制服的褲子繫上腰帶。

| ヘルメット | 義 安全帽 | ▶名詞 |

例 自転車に乗る時はヘルメットをかぶったほうがいいです。

騎自行車時最好戴上安全帽。

| 変化 | 義 變化 | ▶名詞 |

例 変化を恐れてはいけません。

不可以害怕改變。

例 天候が急に変化した。

天氣突然變了。

変更　　　　　　　義 變更　　　　　▶名詞

例 支払い方法の変更はできません。

不能變更付款方式。

例 登録したメールアドレスを変更したいのですが、やり方を教えてください。

想要更改登錄的電子郵件信箱，請教我怎麼做。

返事　　　　　　　義 回覆　　　　　▶名詞

例 メールを送ったのに返事が来ない。

發了郵件卻沒收到回覆。

例 昼間は忙しいので返信できません。

白天很忙沒辦法回覆。

ベンチ　　　　　　義 長椅　　　　　▶名詞

例 公園でベンチに座ってお弁当を食べます。

坐在公園的長椅吃便當。

ポイント　　　　　義 重點、點數　　▶名詞

例 旅行の宿泊先を決める時の一番のポイントはなんですか。

決定旅行住宿時，首先會考慮哪一點呢？

例 ポイントカードを提示すればポイントがたまります。

出示集點卡的話就能集點。

ほうき　　　　　　義 掃把　　　　　▶名詞

例 床が濡れているからほうきよりモップを使った方がいいと思います。

因為地板是濕的，與其用掃把不如用拖把比較好。(モップ：拖把)

報告　　　　　　　義 告知、報告、聲明 ▶名詞

例 今後の活動について報告があります。

有關於日後活動的事要報告。

文法篇

單字篇
あ行

單字篇
か行

單字篇
さ行

單字篇
た行

單字篇
な行

單字篇
は行

例 彼女は妊娠したことを上司に報告した。

她向主管告知了懷孕的事。

包帯 ⓘ 繃帶 ▶名詞

例 彼女は膝に包帯を巻いています。

她的膝蓋包著繃帶。

包丁 ⓘ 菜刀 ▶名詞

例 料理するなら包丁はいいものを使った方がいいと思います。

我覺得要烹飪的話還是用好的菜刀比較好。

法律 ⓘ 法律 ▶名詞

例 私たちは法律を守らないといけません。

我們必須遵守法律。

ボウリング ⓘ 保齡球 ▶名詞

例 昨日人生で初めてボーリングをしました。

昨天是人生第一次打保齡球。

頬 / 頰 ⓘ 臉頰 ▶名詞

例 子供が私の頬にキスをした。

孩子在我臉頰上親了一下。

ボーナス ⓘ 獎金、紅利 ▶名詞

例 残念ながら、今年のボーナスは期待できなさそうです。

很可惜，今年的獎金似乎無法期待。

ホーム ⓘ 月台、家 ▶名詞

例 あの人が酔っ払ってホームから落ちた。

那個人喝醉了從月台上掉下去。

例 先週、家族全員で私の家でホームパーティーをしました。

上週，家族全員在我家舉辦了家庭聚會。

ホームページ ⓘ 網頁、官網 ▶名詞

例 この店のホームページを見ても何を売っているのかよく分からない。

看了這家店的網頁，還是不清楚在賣什麼。

| ホール | 義 大廳、餐廳外場 | ▶名詞 |

例 演奏会がコンサートホールで行われました。

演奏會在音樂廳舉行。

例 私はレストランのホールスタッフの仕事をしています。

我在餐廳擔任外場的工作人員。

| ボール | 義 球 | ▶名詞 |

例 子どもたちが野球ボールで遊んでいる。

孩子們拿著棒球在玩。

| 募集する | 義 招集、徵求 | ▶動詞 |

例 この会社は新しい社員を募集しています。

這間公司在招募新員工。

| 干す | 義 晒、晾 | ▶動詞 |

例 ベランダがなくて洗濯物を部屋に干しています。

因為沒有陽台所以把衣服晒在房間裡。

| 細い | 義 瘦的、細小的、狹窄的 | ▶い形 |

例 あまり運転していないので、細い道を運転するのが大変です。

因為不太開車，所以在狹窄的道路開車很辛苦。

例 ダイエットしなくていいよ、もうとても細いじゃん。

不必減肥呀，已經夠瘦了啦。

| 細め | 義 比較細的 | ▶名詞、な形 |

例 ごぼうは細めに切ったほうが食べやすいです。

牛蒡切細一點比較好入口。

| ボタン | 義 按鈕、鈕釦 | ▶名詞 |

例 このボタンを押すと電気がつきます。

按這個按鈕電燈就會亮了。

文法篇

單字篇
あ行

單字篇
か行

單字篇
さ行

單字篇
た行

單字篇
な行

單字篇
は行

例 コートのボタンが取れた。

大衣的鈕釦掉了。

| ほっと | 義 鬆口氣 | ▶副詞 |

例 大事な仕事が終わってほっとした。

完成重要的工作後鬆了一口氣。

| 歩道 | 義 步道、人行道 | ▶名詞 |

例 道を渡るとき、必ず横断歩道を使ってください。

過馬路時，請務必利用斑馬線。

| ほとんど | 義 幾乎 | ▶名詞、副詞 |

例 中学生のほとんどがスマホを持っている。

中學生幾乎都有智慧型手機。

例 夏休みの宿題がほとんど終わってます。

暑假作業幾乎都寫完了。

| 骨 | 義 骨頭 | ▶名詞 |

例 交通事故で腕の骨を折って 1 週間入院した。

因為交通意外手腕骨折住院了 1 週。

| ほぼ | 義 大致上、幾乎 | ▶副詞 |

例 ほぼ毎日コーヒーを飲んでいます。

幾乎每天都喝咖啡。

| 微笑む | 義 微笑 | ▶動詞 |

例 先生がこちらを見て微笑んだ。

老師看著這邊微笑。

| 褒める | 義 稱讚、誇獎 | ▶動詞 |

例 私は両親に褒められた。

我被父母稱讚了。

| ホラー | 義 恐怖、恐怖片 | ▶名詞 |

例 映画が好きで、好きなジャンルはホラーです。

喜歡電影，偏好的類別是恐怖片。

| ボリューム | 義 分量、音量 | ▶ 名詞 |

例 テレビのボリュームを下げてください。

請把電視的音量調小。

例 ここの料理のボリュームはすごいですよ。

這裡的料理份量很可觀。

| ぼろぼろ | 義 殘破、(淚水)撲簌簌 | ▶ な形、副詞 |

例 家族の顔を見て涙がぼろぼろと出ました。

看到家人的臉，就撲簌簌落淚。

例 あの人はお金がなくていつもぼろぼろな服を着ている。

那個人沒有錢，總是穿著破爛的衣服。

| 本日 | 義 今日 | ▶ 名詞 |

例 キッチン家具のセールは本日までです。

廚房家具的特價只到今天為止。

| 本人 | 義 本人、當事人 | ▶ 名詞 |

例 制服はあるけど、着るかどうかは本人に任せます。

雖然有制服，但要不要穿讓本人決定。

| ほんの | 義 稀少、微小 | ▶ 連體詞 |

例 これは全体のほんの一部にしかすぎません。

這只是全體的一小部分而已。

| 本物 | 義 真品、真貨 | ▶ 名詞 |

例 これは偽物ではありません、本物のダイヤモンドです。

這不是假貨，而是真正的鑽石。

| 翻訳する | 義 翻譯 | ▶ 動詞 |

例 この文章を日本語から英語に翻訳してください。

請把這篇文章從日文翻成英文。

文法篇

單字篇
あ行

單字篇
か行

單字篇
さ行

單字篇
た行

單字篇
な行

單字篇
は行

ま行

まあまあ　🈩 尚可、好了好了　▶な形、副詞、感嘆詞

🈁 昨日の映画はまあまあ面白かったです。

昨天的電影還算有趣。

🈁「仕事の調子はどうですか。」/「まあまあです。」

「工作的狀況怎麼樣？」/「還可以。」

🈁 まあまあ、そう焦らないで、時間はまだあるんだから。

好了好了，不要這麼急，還有時間嘛。

マイナス　🈩 負數、減少、負面　▶名詞

🈁 3マイナス2イコール1。

3 減 2 等於 1。

🈁 先日は朝の気温がマイナスになった。

前幾天早晨的氣溫是零下。

🈁 寒すぎる。マイナス2度だよ。

太冷了。零下 2 度啊。

🈁「自分には無理だ」とマイナスに考えないで。

不要負面思考著「自己辦不到」。

マウス　🈩 滑鼠、老鼠　▶名詞

🈁 マウスを右クリックするとメニューが出てきます。

點擊滑鼠右鍵會出現選單。

任せる　🈩 託付、交給、任由　▶動詞

🈁 この仕事はあなたに任せます。

這工作就交給你了。

🈁 私に任せてください。

請交給我。/ 讓我來。

巻く　🈩 包、捲、纏　▶動詞

例 今日はとても寒い。マフラーを巻いた方がいいよ。

今天很冷。最好圍上圍巾比較好喔。

| マグロ | 義 鮪魚 | ▶名詞 |

例 マグロのお寿司が好きです。

喜歡鮪魚的壽司。

| 負け | 義 輸、敗北 | ▶名詞 |

例 悔しいけれど、私の負けです。

雖然很不甘心，但的確是我輸了。

| 負ける | 義 輸、打折 | ▶動詞 |

例 私のミスで試合に負けてしまった。

因為我的失誤而輸了比賽。

例 もう少し値段を負けてくれませんか。

價格可以稍微再算便宜一點嗎？

| 曲げる | 義 折彎、改變 | ▶動詞 |

例 膝を曲げると痛いです。

彎曲膝蓋就會痛。

例 周囲の目を気にして意見を曲げてしまった。

因為在意周遭的眼光而改變自己的意見。

| まさか | 義 沒想到、怎麼會、萬一 | ▶名詞、副詞 |

例 まさか彼がそんなことをするとは思わなかったのでびっくりしました。

沒想到他竟然會做那種事，真是嚇了一跳。

| まさに | 義 的確、正是、應該 | ▶副詞 |

例 まさにその通りです。

正是那樣。

例 これはまさに私が欲しかったスーツケースです。

這正是我所想要的行李箱。

單字篇 ま行

單字篇 や行

單字篇 ら行

單字篇 わ行

初級 單字

進階 單字

常用句

混ざる ⓘ 義 摻雜、夾雜 ▶動詞

例 朝の空気に、草の匂いが混ざっている感じです。

覺得早晨的空氣裡混雜著青草的氣息。

増し / まし ⓘ 義 增加、較好的 ▶な形、名詞

例 新商品の値段は、通常の商品と比べると約 3 割増しです。

新商品的價格比一般的商品增加 3 成。

例 ピーマンを食べるくらいなら、何も食べないほうがましだ。

如果要吃青椒，不如什麼都別吃。(～ほうがましだ：...比較好 / 情願...)

例 もう少しましな説明はないでしょうか。

沒有比較好的說明嗎？

マスク ⓘ 義 口罩、面具、面膜 ▶名詞

例 風邪予防でマスクをつける人もいれば、風邪をひいてマスクをつける人もいます。

有的人是為了預防感冒而戴口罩，有的人則是因為感冒了才戴口罩。

貧しい ⓘ 義 貧困的、貧乏的 ▶い形

例 彼女は貧しい家に生まれた。

她出生在貧困的家庭。

ますます ⓘ 義 漸漸、越來越 ▶副詞

例 新聞を読む人はますます減っています。

看報紙的人越來越少。

混ぜる ⓘ 義 加進、混合、攪拌 ▶動詞

例 このソースはケチャップとマヨネーズを混ぜて作ったものです。

這個醬汁是用番茄醬和美乃滋混合而成。

間違い ⓘ 義 錯誤 ▶名詞

例 送信する前に間違いがないか確かめてください。

送出之前請確認有沒有錯。

間違える ⓘ 義 搞錯、誤會 ▶動詞

例 テストでいつも同じ問題を間違えてしまいます。

考試總是錯同樣的題型。

例 講義の時間を間違えて欠席してしまいました。

搞錯上課的時間所以缺課了。

まったく　　義 完全、真是的　▶副詞

例 緊張でまったく食欲がない。

因為緊張完全沒食欲。

例 まったく、また同じミスをしてしまった。

真是的，又犯了相同的錯誤。

祭り　　義 慶典、廟會、祭典　▶名詞

例 今日は近所の公園で祭りがあります。

今天附近的公園有慶典活動。

窓側　　義 靠窗　▶名詞

例 窓側の席をお願いします。

請給我靠窗的位子。

まとめる　　義 總結、匯集　▶動詞

例 自分の考えをまとめてレポートを書きました。

整理自己的想法寫了報告。

例 クラス全員の作文をまとめて本にしました。

把班上所有人的作文統整成一本書。

マナー　　義 禮儀、行為舉止　▶名詞

例 食べ物を口に入れたまま話すのはマナーが悪いよ。

嘴裡有東西就說話是不好的舉止。

まな板　　義 砧板　▶名詞

例 魚を切ったまな板を洗剤で洗いました。

用清潔劑洗淨了切魚的砧板。

單字篇 ま行

單字篇 や行

單字篇 ら行

單字篇 わ行

初級 單字

進階 單字

常用句

学ぶ（まなぶ） ⓘ 學習 ▶動詞

例 わたしはたくさんの先輩たちから多くのことを学んでいます。

我從很多前輩身上學到了許多事情。

真似する（まねする） ⓘ 模仿 ▶動詞

例 勝手に人の作品を真似してはいけない。

不可以隨便模仿他人的作品。

招く（まねく） ⓘ 邀請、招致 ▶動詞

例 親戚の結婚式に招かれた。

被邀請參加親戚的婚禮。

例 専門家を招いて講演会を開いた。

邀請專家進行演講。

例 わたしの説明が足りなくて誤解を招いてしまった。

因為我的說明不足而導致了誤會。

眩しい（まぶしい） ⓘ 光彩奪目的、耀眼的 ▶い形

例 朝の日差しがとても眩しくて、カーテンを閉めました。

早上的陽光非常刺眼，所以把窗簾拉上了。

マフラー ⓘ 圍巾 ▶名詞

例 家庭科の授業でマフラーを編みました。

家政課時織了圍巾。

守る（まもる） ⓘ 守護、遵守 ▶動詞

例 ほとんどの会社は法律を守って残業時間を管理しています。

大部分的公司都遵照法律管理加班時數。

例 家族を守るために働かなきゃいけない。

為了保護家人必須要工作。

迷う（まよう） ⓘ 迷失、猶豫不決 ▶動詞

例 方向音痴な私は、よく道に迷います。

我沒有方向感，經常迷路。(方向音痴：沒有方向感)

例 なにか買うか迷っています。

在猶豫要買什麼。

真夜中（まよなか）　　　義 深夜　　　▶名詞

例 この国では１人で真夜中に街を歩いていても安全です。

在這個國家，１個人深夜走在路上也很安全。

マヨネーズ　　　義 美乃滋　　　▶名詞

例 焼きそばにマヨネーズをかけて食べました。

在炒麵上淋美乃滋之後吃了。

マラソン　　　義 馬拉松　　　▶名詞

例 この秋に初めてマラソンに出ます。

這個秋天要第一次參加馬拉松。

丸（まる）　　　義 圓　　　▶名詞

例 正しい答えに丸をつけてください。

在正確答案上畫圈。

まるで　　　義 就像…一樣、完全　▶副詞

例 優勝したときはまるで夢の中にいるようでした。

奪冠的時候就像在夢裡一樣。

例 ３ヶ月くらい練習しているけど、まるで成長していない。

練習了３個月，卻完全沒成長。

満席（まんせき）　　　義 客滿、滿座　　　▶名詞

例 申し訳ありません。ただいま満席です。お待ちになりますか。

很抱歉，現在客滿了。請問要等嗎？

例 この講座は大人気で予約開始とともにすぐ満席になった。

這個講座很受歡迎，開放預約的同時馬上就額滿了。

満足（まんぞく）　　　義 滿意、滿足　　　▶名詞、な形

例 チャイムが鳴ると、遊びに夢中になっていた子供たちが満足そうな顔で戻ってきました。

鐘聲響了之後，沉浸於遊戲的孩子們帶著滿足的表情回來了。

單字篇
ま行

單字篇
や行

單字篇
ら行

單字篇
わ行

初級
單字

進階
單字

常用句

例 彼女はテストの結果に満足しているように見えた。

她看起來對於考試的結果很滿意。

満点　　　　　　　　義 滿分　　　　▶名詞

例 久しぶりに英語のテストで満点を取った。

久違地在英語考試拿到滿分。

見上げる　　　　　　義 仰望　　　　▶動詞

例 ベランダで家族4人で花火を見上げた。

家族4人在陽台觀看了煙火。

ミーティング　　　　義 會議　　　　▶名詞

例 いつミーティングが開かれる予定ですか。

會議預計什麼時候召開呢？

見送り　　　　　　　義 送行、目送、暫緩 ▶名詞

例 一人旅をする子供を空港まで見送りに行った。

到機場為1人獨自旅行的孩子送行。

例 若いという理由で昇進が見送りになった。

因為年輕的關係，升職的事暫緩了。

見送る　　　　　　　義 送行、目送、暫緩 ▶動詞

例 友達が私を駅まで見送ってくれました。

朋友到車站為我送行。

例 素敵な洋服ですが、今回買うのを見送ります。

雖然是很棒的衣服，但這次先不買了。

見かける　　　　　　義 看到、瞥見　　▶動詞

例 私は時々あの人をこの辺で見かけます。

我有時會在這附近看到那個人。

味方　　　　　　　　義 同伴、伙伴　　▶名詞

例 心配しないで、私はあなたの味方だよ。

別擔心，我站在你這邊。

短め (みじか)
義 較短的　　▶名詞、な形

例 簡単な単語を使って、短めの文を作ってください。

請用簡單的單字寫出較短的句子。

例 私は短めなスカートを履くことが多いです。

我常穿比較短的裙子。

ミス
義 疏失、錯誤　　▶名詞

例 仕事でミスをしてしまい、落ち込んでいます。

工作犯了錯，現在心情很低落。

水玉 (みずたま)
義 圓點、水珠　　▶名詞

例 妹はこの水玉模様のスカートが一番好きです。

妹妹最喜歡這條圓點圖案的裙子。

未成年 (みせいねん)
義 未成年　　▶名詞

例 未成年の人はお酒を飲んではいけない。

未成年的人不能喝酒。

見事 (みごと)
義 精彩、出色　　▶な形、名詞、副詞

例 お見事です。

做得漂亮！(用於稱讚對方)

例 練習でしっかり修正して試合を見事に勝ちました。

在練習時確實地修正後，漂亮地贏下比賽。

見た目 (みため)
義 外表、看起來　　▶名詞

例 人を見た目で判断するな。

不能用外表判斷人。

例 この料理は見た目ほどおいしくない。

這道料理不如外表看起來那麼好吃。

認める (みとめる)
義 承認、認可　　▶動詞

例 彼は嘘をついたことを認めた。

他承認說了謊。

單字篇 ま行

單字篇 や行

單字篇 ら行

單字篇 わ行

初級單字

進階單字

常用句

例 ２０分以上遅刻した人は、受験を認めません。

遲到 20 分鐘以上的人，考試不會被認可。

例 彼は広告業界の専門家として認められています。

他被認可是廣告界的專家。

見直す ▶動詞
義 重新檢視、重看

例 書類を出す前に、もう一度見直すべきです。

交出資料之前，必須重新檢視一次。

例 ３月から価格を見直させていただきます。

3 月之後要重新制定新價格。

身分証明書 ▶名詞
義 身分證明文件

例 商品を受け取るには身分証明書が必要です。

領取商品的時候需要出示身分證明文件。

見舞い ▶名詞
義 探病、探望

例 課長の入院する病院へお見舞いに行きました。

去了課長住院的醫院探病。

名字 ▶名詞
義 姓氏

例 結婚して名字が斎藤から石田に変わりました。

結婚之後姓氏從齋藤變成了石田。

未来 ▶名詞
義 未來

例 自分の未来が全く想像できない。

對於自己的未來完全無法想像。

ミリ / ミリメートル ▶名詞
義 公釐

例 この紙の中心から５ミリ離れたところに穴を開けてください。

在這張紙中心距離 5 公釐的地方開洞。

魅力 ▶名詞
義 魅力

例 それぞれの国にそれぞれの魅力があります。

每個國家各有其魅力。

ミリリットル　　　　義 毫升　　　▶名詞

例 一番大きいサイズの飲みのもは何ミリリットルありますか。

最大的飲料是幾毫升？

診る　　　　　　　義 看診　　　▶動詞

例 今朝熱が出て、午前中に医者に診てもらった。

今天早上發燒，上午去看了醫生。

向かい　　　　　　義 正對面　　　▶名詞

例 新しいスーパーは駅の向かいにあります。

新的超市在車站的對面。

迎える　　　　　　義 迎接、迎來　　▶動詞

例 水泳部は、今年の秋から新しいコーチを迎えました。

游泳社團今年迎來了新的教練。

例 もう新年を迎える準備ができています。

已經準備好迎接新年。

例 もうすぐ３０歳を迎えます。

即將迎來 30 歲。

例 ホテルのスタッフはいつも笑顔で迎えてくれます。

旅館的員工總是帶著笑臉迎接我。

向き　　　　　　　義 方向、傾向　　▶名詞

例 この部屋は南向きです。

這個房間方位是朝南。

向く　　　　　　　義 面向、適合　　▶動詞

例 私は音楽に向いていない。

我不適合音樂。

例 下を向きながら歩くと姿勢が悪くなる。

臉朝下走路的話，姿勢會變差。

單字篇 ま行

單字篇 や行

單字篇 ら行

單字篇 わ行

初級 單字

進階 單字

常用句

剥_むく　　　　　　　　義 剝、削　　　▶動詞

例 りんごは皮_{かわ}を剥_むかなくても食_たべられます。

蘋果不削皮也能吃。

例 蟹_{かに}を剥_むくのが面倒_{めんどう}くさい。

剝螃蟹很麻煩。

向_むける　　　　　義 轉向、朝向、指定用途　▶動詞

例 次_{つぎ}の大会_{たいかい}に向_むけて練習_{れんしゅう}しています。

為了下一次大會正在練習。

例 子供_{こども}は私_{わたし}に背_せを向_むけて座_{すわ}った。

孩子背對著我坐下來。

例 顔_{かお}はどっちを向_むけばいいですか。

臉要朝向哪邊好呢？

蒸_むし暑_{あつ}い　　　　　義 濕熱、悶熱　　▶い形

例 梅雨_{つゆ}の時期_{じき}を迎_{むか}え、蒸_むし暑_{あつ}い日_ひが続_{つづ}いています。

迎來了梅雨季，持續著悶熱的日子。

無視_{むし}する　　　　　義 無視、不顧　　▶動詞

例 声_{こえ}をかけたのに彼女_{かのじょ}は私_{わたし}を無視_{むし}し続_{つづ}けた。

明明喊了她，她卻持續無視我。

例 メッセージを無視_{むし}しないでください。

請不要無視訊息。

例 メールを無視_{むし}するなよ。

不要無視郵件。

虫歯_{むしば}　　　　　　　義 蛀牙　　　　▶名詞

例 歯_はが痛_{いた}むので、虫歯_{むしば}かもしれません。

牙齒很痛，說不定是蛀牙。

例 また虫歯_{むしば}が痛_{いた}くなっている。

蛀牙又痛了。

蒸す（むす）　　　　義 蒸、悶熱　　▶動詞

例 肉まんのような蒸してある料理が好きです。

喜歡像是肉包那種蒸的餐點。

結ぶ（むすぶ）　　　義 締結、連結、繫　▶動詞

例 仕事する時は髪を結んだほうが楽です。

工作時把頭髮綁起來比較輕鬆。

例 子供に靴紐の結び方を教えてあげた。

教了孩子綁鞋帶的方法。

例 あの作者は出版社と契約を結んだ。

那位作者和出版社締結了契約。

例 本州と四国を結ぶ橋はいくつありますか。

連接本洲和四國的橋有幾座呢？

無駄（むだ）　　　　義 徒勞、白費　　▶名詞、な形

例 そんな所に隠れても無駄だよ。

躲在那種地方也是白費力氣。

例 あれこれ心配するのも時間の無駄です。

擔心這擔心那的也是浪費時間。

例 また無駄なお金を使っちゃった。

又浪費錢了。

夢中（むちゅう）　　　義 著迷、起勁　　▶名詞

例 私の友達は最近ハイキングに夢中です。

我的朋友最近熱衷於健行。

紫（むらさき）　　　　義 紫色　　▶名詞

例 彼女はよく紫の洋服を着ています。

她常穿紫色的衣服。

無理（むり）　　　　義 不可能、辦不到、勉強　▶名詞、な形

例 勉強しないで合格するのは無理です。

不讀書是不可能及格的。

單字篇 ま行

單字篇 や行

單字篇 ら行

單字篇 わ行

初級 單字

進階 單字

常用句

例 無理なお願いを聞いてくれてありがとうございます。

謝謝你聽我無理的要求。

例 体調を第一に考えて、無理しないでください。

以健康為第一考量，不要勉強。

| 無料 | 義 免費 | ▶名詞 |

例 このアプリは無料でダウンロードできます。

這個 APP 可以免費下載。

| 姪 | 義 侄女、外甥女 | ▶名詞 |

例 私は姪が 3 人と甥が 2 人います。

我有 3 個侄女和 2 個侄子。

| メイク | 義 妝 | ▶名詞 |

例 仕事から帰ってすぐにメイクを落とした。

工作回來後立刻卸妝。

例 誰かに会う予定があれば、必ずメイクをします。

如果預計會和人見面，一定會化妝。

| 名刺 | 義 名片 | ▶名詞 |

例 名刺をいただけますか。

可以給我名片嗎？

| 命令 | 義 命令 | ▶名詞 |

例 課長の命令で出張に出かけた。

依課長的命令去出差。

例 同僚に命令されるのが嫌です。

不喜歡被同事命令。

例 上司はみんなにあれこれ命令する。

上司對每個人下各種命令。

迷惑 （めいわく）　　義 為難、麻煩　　▶名詞、な形

例 ご迷惑をおかけしてすみません。

不好意思造成你的麻煩。

例 なんて迷惑な人だな。

真是個麻煩人物啊。

メートル　　義 公尺　　▶名詞

例 そのビルの高さ（たか）は何（なん）メートルですか。

那棟大樓的樓高是幾公尺？

メールアドレス　　義 郵件地址　　▶名詞

例 メールアドレスが変（か）わりました。

電子郵件信箱改了。

めくる　　義 翻　　▶動詞

例 この小説（しょうせつ）は面白（おもしろ）すぎてページをめくる手（て）が止（と）まらない。

這本小說太有趣了，翻頁的手停不下來。

目覚まし時計 （めざましどけい）　　義 鬧鐘　　▶名詞

例 目覚（めざ）まし時計（どけい）の代（か）わりにスマホのアラームを使（つか）っています。

用手機鬧鈴取代鬧鐘。

滅多に （めった）　　義 很少　　▶副詞

例 このあたりは滅多（めった）に雨（あめ）が降（ふ）らないです。

這附近很少下雨。（「滅多に」通常接否定形）

めまい　　義 眩暈、頭昏　　▶名詞

例 少（すこ）しめまいがする。

有一點頭暈。

免許 （めんきょ）　　義 執照、許可證　　▶名詞

例 運転免許（うんてんめんきょ）を更新（こうしん）するために会社（かいしゃ）を午前中（ごぜんちゅう）だけ休（やす）みました。

為了更新駕照，上午向公司請假。（運転免許：駕照）

單字篇 ま行

單字篇 や行

單字篇 ら行

單字篇 わ行

初級 單字

進階 單字

常用句

めんぜいてん
免税店 　　　　義 免税店　　　　▶名詞

例 免税店で買い物をしたい。

想在免税店購物。

めんせつ
面接 　　　　義 面試　　　　▶名詞

例 よかった。面接に合格した。

太好了，面試合格了。

めんどう
面倒 　　　　義 麻煩、費事、照顧 ▶名詞、な形

例 こういう面倒な仕事はやりたくない。

不想做這種麻煩的工作。

例 この仕事は面倒だからちょっと時間がかかると思います。

這工作很麻煩，我想要花點時間。

例 子どもの面倒をお願いします。

請幫我照顧孩子。

例 私が病気のとき、両親が子どもの面倒を見てくれた。

我生病時，父母為我照顧孩子。

メンバー 　　　　義 成員　　　　▶名詞

例 私も彼もこのチームのメンバーです。

我和他都是這個隊伍的成員。

もうしこみしょ
申込書 　　　　義 申請書　　　　▶名詞

例 月曜日までに奨学金の申込書を出してください。

請在星期一前繳交獎學金申請書。

もうこ
申し込む 　　　　義 提議、申請、報名 ▶動詞

例 コンサートチケットを申し込まないと行けなくなっちゃうよ。

再不申請演唱會門票的話會去不成喔。

例 アルバイトに申し込みたいです。

想報名打工。

例 彼女に結婚を申し込んだ。

　向女友提議結婚。

毛布 　　　　義 毯子 　　　　▶名詞

例 少し寒いのですが毛布をもらえますか。

　有一點冷，可以給我毯子嗎？

燃える 　　　　義 燃燒 　　　　▶動詞

例 燃えるゴミと燃えないゴミは分別して捨ててください。

　可燃垃圾和不可燃垃圾請分類丟棄。

目的 　　　　義 目的 　　　　▶名詞

例 英語の勉強をする目的は何ですか。

　學英語的目的是什麼呢？

目的地 　　　　義 目的地 　　　　▶名詞

例 何度か道を間違えましたが、目的地に着きました。

　雖然走錯好幾次路，還是到了目的地。

持ち上げる 　　　義 抬起、奉承、捧高 ▶動詞

例 この荷物は重くて持ち上げられない。

　這行李好重沒辦法抬起來。

例 あの人は上司を持ち上げるのがうまい。

　那個人很會奉承上司。

持ち帰り 　　　　義 外帶、帶回家 　　▶名詞

例 店内で召し上がりますか。お持ち帰りですか。

　請問要內用還是外帶？

もちろん 　　　　義 當然 　　　　▶副詞

例 彼は英語はもちろんドイツ語もできます。

　他會英語是理所當然，還會德語。

例 フランスの文化に興味がありますから、もちろんフランス語にも興味
があります。

　對法國文化有興趣，當然對法語也有興趣。

單字篇
ま行

單字篇
や行

單字篇
ら行

單字篇
わ行

初級
單字

進階
單字

常用句

もったいない　　義 浪費、可惜　　▶い形

例 タクシーのほうが早いけど、お金がもったいないから電車で行きます。

搭計程車比較快，但是太浪費錢所以還是搭電車去。

例 せっかく大企業に入ったのに辞めるのはもったいない。

好不容易進了大企業，辭職太可惜了。

最も　　義 最　　▶副詞

例 彼はクラスで最も成績がいい生徒だ。

他是班上成績最好的學生。

モデル　　義 模特兒、型號、原型　　▶名詞

例 この作品は元首相をモデルにした小説です。

這部作品是以前首相為原型的小說。

例 彼はファッションモデルとして働いている。

他的工作是時尚模特兒。

求める　　義 追求、尋找、要求、請求　　▶動詞

例 困ったことがあったら周りに助けを求めてください。

有困擾的話請向周圍求救。

戻る　　義 返回、回來　　▶動詞

例 忘れ物に気付いてまた家に戻った。

發現忘了東西又回到家裡。

例 食事が終わったらすぐに仕事に戻る。

吃完飯馬上回去工作。

ものすごい　　義 驚人、不得了　　▶い形

例 車がものすごいスピードで走っていった。

車子以驚人的速度開走了。

例 あの商品は良かったですが届くのにものすごく時間がかかった。

那商品很好，但要非常久的時間才會到貨。

| **もみじ** | 義 楓葉 | ▶ 名詞 |

例 秋にもみじが赤くなってとてもきれいです。

秋天時楓葉轉紅十分美麗。

| **揉む** | 義 揉 | ▶ 動詞 |

例 孫が初めて肩を揉んでくれた。

孫子第一次幫我揉肩膀。

| **燃やす** | 義 燃燒 | ▶ 動詞 |

例 いらない書類を燃やした。

把不需要的文件燒了。

例 雨の日でも部屋で運動して脂肪を燃やしたい。

下雨天也想在房間運動燃燒脂肪。

| **文句** | 義 怨言 | ▶ 名詞 |

例 彼女はいつも文句を言っている。

她老是在抱怨。

や行

| **やがて** | 義 不久、馬上 | ▶ 副詞 |

例 長女が車の免許を取って、やがて１ヶ月になります。

長女拿到駕照，很快就要滿 1 個月了。

| **野球** | 義 棒球 | ▶ 名詞 |

例 昨日、家族と一緒に野球の試合に行った。

昨天和家人一起去看棒球。

| **約** | 義 大約 | ▶ 副詞 |

例 約１０年間、毎朝約３０分ジョギングしています。

大約 10 年，每天早上都慢跑約 30 分鐘。

| **焼く** | 義 燒、烤、煎、灼 | ▶ 動詞 |

例 魚を弱火で焼いた。

用小火煎了魚。

單字篇 ま - や行

單字篇 や行

單字篇 ら行

單字篇 わ行

初級 單字

進階 單字

常用句

役 _{やく}　　　　　（義）職責、角色、任務　▶名詞

（例）計算を間違えていないかチェックする役を担当します。

負責確認計算無誤的工作。

（例）彼女はこのドラマでどんな役を演じていますか。

她在這部連續劇扮演什麼角色呢？

（例）お役に立てずごめんなさい。

對不起沒幫上忙。(役に立つ：有用、幫上忙)

訳す _{やく}　　　　　（義）翻譯　　　　▶動詞

（例）このレポートをフランス語から日本語に訳してください。

請把這份報告由法語翻譯成日語。

約束する _{やくそく}　　　　（義）約定　　　　▶動詞

（例）誰にも言わないと約束します。

約定好不跟任何人說。

役立つ _{やくだ}　　　　　（義）有貢獻、有益　▶動詞

（例）社会に役立つことをしたい。

想要對社會有貢獻。

（例）このアプリは道に迷った時に役立った。

這個 APP 在迷路時派上了用場。

役立てる _{やくだ}　　　　（義）使用、派上用場　▶動詞

（例）自分の技術をもっと役立てる仕事に転職したい

想要換能讓自己的技術更有用的工作。

役割 _{やくわり}　　　　　（義）任務、作用　▶名詞

（例）親の役割は子供を守ることです。

家長的任務是保護孩子。

夜食 _{やしょく}　　　　　（義）宵夜　　　　▶名詞

（例）寝る前にお腹が空いたので夜食を食べた。

睡前因為肚子餓所以吃了宵夜。

家賃（やちん） 　義 房租 　▶名詞

例 毎月、大家の口座に家賃を振り込んむ。

每個月都把房租匯到房東的帳號。

薬局（やっきょく） 　義 藥房 　▶名詞

例 薬（くすり）をもらいに薬局に行った。

去藥局拿藥。

やっと 　義 終於、好不容易才 　▶副詞

例 ちょっと時間（じかん）がかかったけど、やっとホテルに着（つ）きました。

花了點時間，好不容易才到達旅館。

やはり / やっぱり 　義 依然、畢竟、結果還是、果然 　▶副詞

例 試（ため）してみましたが、やはり失敗（しっぱい）しました。

嘗試過，果然還是失敗。

屋根（やね） 　義 屋頂、頂棚 　▶名詞

例 はしごで屋根（やね）に登（のぼ）った。

用梯子登上了屋頂。

破る（やぶる） 　義 撕碎、打破 　▶動詞

例 彼女（かのじょ）はあの書類（しょるい）を破（やぶ）って捨（す）てた。

她把那份文件撕破丟掉。

例 そんな簡単（かんたん）な約束（やくそく）を破（やぶ）るならもう約束（やくそく）しないよ。

連這麼簡單的約定也打破的話，再也不和你做約定了。

破れる（やぶれる） 　義 被打破、被破壞 　▶動詞

例 制服（せいふく）のズボンが破（やぶ）れそう。

制服的褲子感覺快破了。

辞める（やめる） 　義 辭職、停學、退出 　▶動詞

例 今月（こんげつ）いっぱいで会社（かいしゃ）を辞（や）めることになりました。

做到這個月結束就要離職了。

單字篇 ま行

單字篇 や行

單字篇 ら行

單字篇 わ行

初級 單字

進階 單字

常用句

やや　　　　　義 稍微、有點　　▶副詞

例 わたしの部屋は兄の部屋と比べてやや狭いです。

我的房間和哥哥的房間相比稍微小一點。

唯一（ゆいいつ）　　　　　義 唯一　　▶名詞

例 彼女は、私にとって唯一無二の存在です。

她對我來說是獨一無二的存在。

例 ここは新鮮なお魚が買える唯一のお店です。

這裡是唯一買得到新鮮魚類的店。

勇気（ゆうき）　　　　　義 勇氣　　▶名詞

例 1人で海外へ行くのに勇気が必要です。

1個人去國外旅行是需要勇氣的。

優秀（ゆうしゅう）　　　　　義 優秀、傑出的　　▶な形、名詞

例 彼は優秀な弁護士です。

他是優秀的律師。

夕食（ゆうしょく）　　　　　義 晚餐　　▶名詞

例 夕食は何を作りますか。

晚餐要煮什麼？

友人（ゆうじん）　　　　　義 朋友　　▶名詞

例 彼女は私の大学時代の友人です。

她是我大學時期的朋友。

優先席（ゆうせんせき）　　　　　義 博愛座　　▶名詞

例 ここは優先席なのでお年寄りのために席を譲ってください。

這裡是博愛座，請讓座給老人。

郵送する（ゆうそう）　　　　　義 郵寄　　▶動詞

例 現金は郵送できません。

不能郵寄現金。

夕日 ゆうひ
義 夕陽　　　　▶名詞

例 今日の夕日は真っ赤だね。
きょう ゆうひ ま か

今天的夕陽是火紅的。

有料 ゆうりょう
義 需付費　　　　▶名詞

例 レジ袋は有料です。
ぶくろ ゆうりょう

購物袋要付費。

床 ゆか
義 地板　　　　▶名詞

例 昨日の夜、テレビを見ながら床で寝てしまった。
きのう よる み ゆか ね

昨晚，看著電視在地板上睡著了。

譲る ゆず
義 退讓、讓給　　　　▶動詞

例 救急車に道を譲った。
きゅうきゅうしゃ みち ゆず

讓路給救護車。

例 持っている本は全て妹に譲った。
も ほん すべ いもうと ゆず

把擁有的書全部讓給妹妹。

豊か ゆた
義 富裕、豐富　　　　▶な形

例 芸術は心を豊かにします。
げいじゅつ こころ ゆた

藝術讓心靈豐富。

例 緑が豊かな公園に行きたい。
みどり ゆた こうえん い

想去充滿綠意的公園。

ゆっくり
義 慢慢、安穩、舒適、充分　　　　▶副詞

例 もっとゆっくり話してください。
はな

請再說慢一點。

例 ここの階段は滑りやすいのでゆっくりと降りてください。
かいだん すべ お

這裡的樓梯很容易滑倒，請慢慢下樓。

茹でる ゆ
義 水煮　　　　▶動詞

例 ほうれん草を茹でると柔らかくなる。
そう ゆ やわ

菠菜燙過之後就會變軟。

單字篇 ま行 / 單字篇 や行 / 單字篇 ら行 / 單字篇 わ行 / 初級單字 / 進階單字 / 常用句

Track 244

揺らす　　　　義 晃動、搖晃　　▶動詞

例 警察は彼女の肩を揺らした。

警察搖她的肩。

ゆるい　　　　義 寬鬆的、和緩的　▶い形

例 靴ひもをゆるく締めたまま靴を履く。

鞋帶繫得寬鬆的狀態下穿鞋。

例 ここの空港の手荷物検査はとてもゆるいです。

這個機場對手提行李的檢查很寬鬆。

許す　　　　　義 容許、許可、原諒　▶動詞

例 許してください。

請原諒我。

例 時間が許す限り、家族と一緒に過ごしたい。

在時間許可範圍裡都想和家人一起過。

揺れる　　　　義 搖晃、擺動　　▶動詞

例 船がひどく揺れて、乗客がみんな船酔いしている。

船身搖得很厲害，乘客都暈船了。

夜明け　　　　義 天亮　　　　▶名詞

例 夜明けとともに出発した。

隨著天亮的同時出發了。

良い　　　　　義 好的　　　　▶い形

例 良いお年を。

祝你有好的一年。

翌日　　　　　義 次日　　　　▶名詞

例 着いた日は雨が降っていたけど翌日は晴れて安心した。

到的那天雖然下雨，還好第二天放晴了感到安心。

横切る　　　　義 橫貫、橫越　　▶動詞

例 彼が大通りを横切った。

他橫越了大馬路。

汚れ 義 髒污、污垢 ▶名詞

例 ハンカチで汚れを取った。

用手帕擦掉髒污。

予想 義 預測、設想 ▶名詞

例 予想が外れた。

沒猜中。

例 私 はびっくりしたけど、彼にとっては予想通りだった。

我覺得意外，但對他來說則是意料中事。

酔っ払う 義 喝醉 ▶動詞

例 今晩は飲み過ぎて酔っ払ってしまった。

今晚喝太多醉了。

夜中 義 半夜 ▶名詞

例 夜中に電話をかけるのはやめてください。

請不要在半夜打電話。

世の中 義 社會、世上、時代 ▶名詞

例 世の中にはいろんな人がいる。

世界上有各式各樣的人。

呼び出す 義 叫出來、傳喚 ▶動詞

例 上司に呼び出された。

被上司叫出去。

予防する 義 預防 ▶動詞

例 病気を予防するために運動しています。

為了預防生病而持續運動。

單字篇 ま行
單字篇 や行
單字篇 ら行
單字篇 わ行
初級單字
進階單字
常用句

読み終わる　　　義 讀完　　　▶動詞

例 先週から読み始めた小説、やっと読み終わった。

上週開始看的小說，終於讀完了。

嫁　　　義 老婆、媳婦　　　▶名詞

例 私の嫁はアメリカ出身です。

我的老婆來自美國。

余裕　　　義 充裕、從容、富裕　▶名詞

例 今月はお金に余裕がないので、もう数週間待っていただけませんか。

這個月手頭不太寬裕，可以再等幾週嗎？

寄る　　　義 靠近、順便去　　　▶動詞

例 猫がわたしのそばに寄ってきた。

貓靠到我的身邊。

例 帰りにスーパーに寄って、晩ご飯の材料を買った。

回家時繞到超市買了晚餐的材料。

喜び　　　義 歡喜　　　▶名詞

例 人から感謝されたときに喜びを感じた。

被人感謝時感到歡喜。

弱まる　　　義 變弱　　　▶動詞

例 雨が弱まった。

雨勢變弱了。

弱める　　　義 使減弱　　　▶動詞

例 強火で表面を焼いてから、火を弱めて煮ます。

用大火煎過表面後，再把火轉小燉煮。

ら行

ライター　　　義 打火機　　　▶名詞

例 蝋燭に火をつけたいから、ライターを借りてもいいですか。

想點蠟燭，可以借我打火機嗎？

ライト
義 燈、光源、右側、輕量　▶名詞

例 このクリスマスツリーは夜になるとライトアップされる。

這棵聖誕樹到了夜晚會點燈。

例 スマホのライトがついていますよ。

手機的手電筒（燈）亮著喔。

ライバル
義 對手、敵手　▶名詞

例 学生時代に負けたくないライバルがいました。

學生時期有個不想輸給他的對手。

ライブ
義 演唱會、直播　▶名詞

例 バンドのライブに行くのが趣味です。

興趣是去樂團的演唱會。

楽
義 輕鬆、舒適、寬裕　▶な形、名詞

例 今の仕事は結構楽ですよ。残業をしたことがないです。

現在的工作很輕鬆喔。從沒加過班。

ラスト
義 最後　▶名詞

例 昨日見た映画のラストに感動した。

昨天看的電影最後結局讓我感動。

ラッシュ
義 熱潮、蜂湧而至　▶名詞

例 朝の通勤ラッシュが嫌いで会社から近い場所に引っ越しました。

因為討厭早上的上班尖峰，所以搬到離公司近的地方。

ラベル
義 標籤、牌子　▶名詞

例 ワンピースの袖にラベルがついている。

連身裙的袖子上掛著吊牌。

リーダー
義 領導者、隊長　▶名詞

例 私はここのチームリーダーです。

我是這裡的隊長。

單字篇 ま行

單字篇 や - ら行

單字篇 ら行

單字篇 わ行

初級單字

進階單字

常用句

理解 りかい　　　　　　　義 理解、認知　　▶名詞

例 私の理解では、これが正しいやり方です。

　就我的理解，這是正確的做法。

例 他人の気持ちを理解するのはとても難しいです。

　要理解他人的心情是非常困難的事。

例 なんでこんな簡単なこともできないのか理解できない。

　無法理解為什麼這麼簡單的事也辦不到。

リサイクル　　　　　　義 資源回收　　▶名詞

例 多くの人が環境に気を使い、積極的にリサイクルを行っています。

　許多人在意環境，積極地進行資源回收。

理想 りそう　　　　　　　義 理想　　　▶名詞

例 理想の仕事を見つけたい。

　想找到理想的工作。

リットル　　　　　　義 公升　　　▶名詞

例 医者から毎日２リットルの水を飲むように言われた。

　醫生跟我說每天要喝２公升的水。

立派 りっぱ　　　　　　　義 出色、漂亮、優秀　▶な形

例 彼は立派な政治家になった。

　他成為了傑出的政治家。

例 彼女は立派な家に住んでいる。

　她住在豪華的房子。

リボン　　　　　　義 緞帶　　　▶名詞

例 店員さんはプレゼントにきれいなリボンを結んでくれました。

　店員幫我在禮物上綁了漂亮的緞帶。

流行 りゅうこう　　　　　　義 流行　　　▶名詞

例 わたしは最新の流行を追うことが好きです。

　我喜歡追求最新流行。

両替する　　　義 換錢　　　▶動詞

例 たくさん小銭があるならお札に両替しますよ。

如果有很多零錢的話我可以幫你換成鈔票。

例 旅行前に、空港で円をドルに両替しました。

旅行前在機場把日幣換成了美金。

利用する　　　義 使用、利用　　　▶動詞

例 通勤するために毎日電車とバスを利用しています。

每天利用電車和公車通勤。

リラックスする　　　義 放鬆　　　▶動詞

例 明日は休日なんだ。家でリラックスして過ごしたい。

明天是假日。想在家放鬆度過。

履歴書　　　義 履歴表　　　▶名詞

例 写真付きの履歴書を準備してください。

請準備附有照片的履歴表。

ルール　　　義 規則、章法　　　▶名詞

例 ゲームのルールを守ってください。

請遵守遊戲規則。

留守　　　義 不在家　　　▶名詞

例 電気が消えていますから、お隣さんは留守のようです。

電燈沒開，隔壁好像不在。

例 しばらく留守にします。何が用事がある場合はメッセージを送ってください。

暫時不在家。如果有什麼事的話請傳訊息。

留守番　　　義 看家　　　▶名詞

例 家族は旅行に行っていますが、私は家で留守番です。

家人去旅行，但我在家看家。

例 小さい子供だけで留守番するのを禁止する法律があります。

有禁止只留幼童在家的法規。

單字篇 ま行

單字篇 や行

單字篇 ら行

單字篇 わ行

初級 單字

進階 單字

常用句

| 礼 れい | 義 道謝、禮儀 | ▶名詞 |

例 お世話になった相手にお礼をすべきです。

受到照顧必須對對方表達感謝。

| 例 れい | 義 例子 | ▶名詞 |

例 例を挙げて説明すると、子ども達はそれをよりよく理解します。

舉例說明的話，孩子們能更理解。

| 例外 れいがい | 義 例外 | ▶名詞 |

例 全ての規則に例外がある。

所有的規則都有例外。

| 冷凍食品 れいとうしょくひん | 義 冷凍食品 | ▶名詞 |

例 毎日冷凍食品を電子レンジで温めて食べています。

每天都用微波爐加熱冷凍食品吃。

| 冷凍する れいとう | 義 冷凍 | ▶動詞 |

例 鶏肉を切ってから冷凍する。

切了雞肉後拿去冷凍。

| レインコート | 義 雨衣 | ▶名詞 |

例 梅雨に備えて新しいレインコートを買わないと。

為了準備梅雨季該買新雨衣了。

| 歴史 れきし | 義 歴史 | ▶名詞 |

例 海外旅行に行ったとき、歴史の知識は役立ちます。

去國外旅行時，歴史知識很有用。

| レシート | 義 收據 | ▶名詞 |

例 レシートをいただけますか。

可以給我收據嗎？

| 列車 れっしゃ | 義 列車 | ▶名詞 |

例 4時の列車で着きますから駅まで迎えに来てもらえませんか。

我會搭4點到的列車，可以到車站來接我嗎？

レベル ⓖ 水準、等級 ▶名詞

例 この店は、料理のレベルが高くてどれもおいしいです。

這間店，料理的水準很高，每道菜都很好吃。

連休（れんきゅう） ⓖ 連續休假 ▶名詞

例 月曜日（げつようび）が祝日（しゅくじつ）だと、土日月（どにちげつ）の三連休（さんれんきゅう）になります。

星期一是國定假日的話，就變成六日一的 3 天連續假期。

連続（れんぞく） ⓖ 連續 ▶名詞

例 2 日間連続で残業（ざんぎょう）した。

連續 2 天加班。

レンタル ⓖ 租借 ▶名詞

例 キャンプ用品（ようひん）を買（か）う前（まえ）に、レンタルで使（つか）ってみた。

購入露營用品前，先以租借的方式試用看看。

例 会場（かいじょう）でモバイルバッテリーがレンタルできます

在會場可以租借行動電源。

レンタル料（りょう） ⓖ 租借費 ▶名詞

例 電動自転車（でんどうじてんしゃ）のレンタル料（りょう）は、1 日 1000 円（いちにちせんえん）です。

電動腳踏車的租借費是 1 天 1000 日圓。

廊下（ろうか） ⓖ 走廊 ▶名詞

例 部屋（へや）のゴミを廊下（ろうか）に置（お）かないでください。

請不要把房間的垃圾放在走廊。

録音（ろくおん） ⓖ 録音 ▶名詞

例 わたしも新（あたら）しい曲（きょく）の録音（ろくおん）に参加（さんか）した。

我也參加了新歌的錄音。

録画（ろくが） ⓖ 録影 ▶名詞

例 授業（じゅぎょう）を録画（ろくが）していいですか。

上課可以錄影嗎？

單字篇 ま行

單字篇 や行

單字篇 ら行

單字篇 わ行

初級 單字

進階 單字

常用句

路線　　　義 路線　　　▶名詞

例 東京の電車は路線がたくさんあって分かり辛いです。

東京的電車有很多路線很難懂。

ロッカー　　　義 保險櫃、衣櫃　　　▶名詞

例 マスクをいつも会社のロッカーに置いています。

總是把口罩放在公司的置物櫃。

ロボット　　　義 機器人　　　▶名詞

例 ロボットじゃないから誰でも体調不良になるよ。

因為不是機器人，任何人都會身體不舒服啊。

論文　　　義 論文　　　▶名詞

例 やっと論文を完成させました。

終於把論文完成了。

わ行

羽　　　義 隻　　　▶助數詞

例 湖に2羽の白鳥がいます。

湖裡有2隻天鵝。(白鳥：天鵝)

ワイン　　　義 葡萄酒　　　▶名詞

例 去年初めてワインを飲んで、好きになった。

去年第一次喝紅酒，就愛上了。

沸かす　　　義 燒開、使沸騰　　　▶動詞

例 お湯を沸かしてコーヒーをいれた。

燒開水沖了咖啡。

わがまま　　　義 任性　　　▶名詞、な形

例 子供が父親にわがままを言って、遊園地へ連れて行ってもらった。

孩子向父親任性要求帶自己去了遊樂園。

例 彼女はわがままな人です。

她是任性的人。

若者 　　義 年輕人 　　▶名詞

例 この映画は若者に人気です。

這部電影很受年輕人歡迎。

別れ 　　義 離別、分別 　　▶名詞

例 フランス語で別れの挨拶はなんと言いますか。

法語中道別的問候該怎麼說呢?

別れる 　　義 離別、分別 　　▶動詞

例 恋人と別れるのは悲しいです。

和戀人分開很傷心。

分かれる 　　義 分開 　　▶動詞

例 人の性格はいくつかのタイプに分かれる。

人的個性可以分成幾種類型。

沸く 　　義 沸騰、歡騰 　　▶動詞

例 お湯が沸くまでに、コーヒー豆を挽く。

在水煮開之前磨咖啡豆。(挽く:研磨)

湧く 　　義 湧出 　　▶動詞

例 この辺りには温泉が湧いている。

這附近有溫泉湧出。

ワクチン 　　義 疫苗 　　▶名詞

例 ワクチンを打つのを迷っています。

猶豫要不要打疫苗。

わくわく 　　義 興奮 　　▶副詞

例 新しい仲間が入ることを思うとわくわくします。

想到新夥伴要加入就很興奮。

單字篇 ま行

單字篇 や行

單字篇 ら-わ行

單字篇 わ行

初級單字

進階單字

常用句

分ける　　　　　義 區分、分類　　▶動詞

例 ケーキを 3 人分に分けた。
把蛋糕分成 3 人份。

わざと　　　　　義 故意　　　　▶副詞

例 こどもがわざとジュースをこぼした。
孩子故意打翻果汁。

和室　　　　　義 和室、日式房間　▶名詞

例 畳 の上で寝るのが大好きなので和室が好きです。
很喜歡睡在榻榻米上，所以喜歡和室。

わずか　　　　　義 僅僅、稀少、只　▶な形

例 わずかな時間で車が盗まれてしまいました。
只是很短的時間，車就被偷走了。

忘れ物　　　　　義 忘東西、遺失物　▶名詞

例 レストランに忘れ物をした。
把東西忘在餐廳裡。

例 忘れ物がないようにお気をつけてお帰りください。
回去前請留意是否忘了東西。

詫び　　　　　義 道歉、致歉　　▶名詞

例 お詫びを申し上げます。
致上歉意。

笑い　　　　　義 笑、笑聲　　▶名詞

例 面白かったので笑いをこらえるのに必死だった。
因為很有趣，拚了命地忍住笑。(こらえる：忍耐)

割合　　　　　義 比例　　　　▶名詞

例 あなたの国の女性政治家の割合はどれくらいですか。
你的國家女性政治家的比例大約是多少？

割引（わりびき）　義 打折、折扣　▶名詞

例 2個買ったら100円割引をもらえますよ。
買2個的話可以有100日圓折扣喔。

例 この商品は割引されていますか。
這商品有打折嗎？

割る（わる）　義 分開、打碎、除　▶動詞

例 スイカを割ってみんなで食べた。
切開西瓜，大家一起吃了。

例 お気に入りのグラスを割ってしまった。
不小心打破了喜歡的玻璃杯。

例 2割る2は1です。
2除以2等於1。

悪口（わるくち）　義 壞話　▶名詞

例 人の悪口はやめなさい。
不要說別人壞話。

椀（わん）　義 碗　▶名詞

例 お椀を手に持って、ご飯を食べます。
用手拿著碗吃飯。

ワンピース　義 連身裙　▶名詞

例 そのワンピース、とてもかわいいね。どこで買ったの。
那件連身裙很可愛呢。在哪買的？

單字篇
ま行

單字篇
や行

單字篇
ら行

單字篇
わ行

初級
單字

進階
單字

常用句

初級單字復習

<ruby>浅<rt>あさ</rt></ruby>い	義 淺的、淺薄的	▶ い形
<ruby>汗<rt>あせ</rt></ruby>	義 汗	▶ 名詞
<ruby>油<rt>あぶら</rt></ruby>	義 油	▶ 名詞
アルバイト / バイト	義 打工	▶ 名詞
アルバム	義 相簿、專輯	▶ 名詞
<ruby>行<rt>い</rt></ruby>き / <ruby>行<rt>ゆ</rt></ruby>き	義 去、往	▶ 名詞
いけない	義 不可以、糟糕	▶ 連語
<ruby>一生<rt>いっしょう</rt></ruby>	義 一輩子	▶ 名詞
インスタント	義 即食食品	▶ 名詞、な形
インターネット	義 網路	▶ 名詞
インタビュー	義 訪問、採訪	▶ 名詞
うどん	義 烏龍麵	▶ 名詞
うまい	義 美味、擅長、巧妙	▶ い形
うん	義 嗯 (表示同意)	▶ 感嘆詞
<ruby>営業<rt>えいぎょう</rt></ruby>	義 生意、營業、業務員	▶ 名詞
<ruby>笑顔<rt>えがお</rt></ruby>	義 笑容	▶ 名詞
<ruby>駅員<rt>えきいん</rt></ruby>	義 站務人員	▶ 名詞
<ruby>延期<rt>えんき</rt></ruby>	義 延期	▶ 名詞
<ruby>横断<rt>おうだん</rt></ruby>する	義 橫越	▶ 動詞
<ruby>横断歩道<rt>おうだんほどう</rt></ruby>	義 斑馬線	▶ 名詞
<ruby>奥<rt>おく</rt></ruby>	義 裡面、深處	▶ 名詞

おこ 怒る	義 動怒	▶動詞
オフィス	義 辦公室	▶名詞
おやゆび 親指	義 大姆指	▶名詞
オリンピック	義 奧運	▶名詞
かいさつぐち 改札口	義 剪票口	▶名詞
か 飼う	義 飼養	▶動詞
かお 香り	義 香味	▶名詞
かかる	義 得到、罹患、花費	▶動詞
かくにん 確認する	義 確認、證實	▶動詞
かず 数	義 數量	▶名詞
かた 硬い	義 堅硬的、僵硬的	▶い形
かたみち 片道	義 單程	▶名詞
かゆい	義 癢	▶い形
かわいそう	義 可憐	▶な形
かん 缶	義 罐、鐵鋁罐	▶名詞
かんばん 看板	義 招牌	▶名詞
きず 傷	義 創傷、傷口、損傷	▶名詞
きゅうりょう 給料	義 薪水	▶名詞
きょうかしょ 教科書	義 課本、教科書	▶名詞
きょうみ 興味	義 興趣、興致、關心	▶名詞
きんえん 禁煙	義 禁菸	▶名詞
ぎんこういん 銀行員	義 銀行行員	▶名詞

單字篇 ま行

單字篇 や行

單字篇 ら行

單字篇 わ行

初級 單字

進階 單字

常用句

緊張する <small>きんちょう</small>	義 緊張	▶動詞
曇り <small>くも</small>	義 陰天	▶名詞
クラスメイト / クラスメート	義 同學	▶名詞
グループ	義 組、團體	▶名詞
ケチャップ	義 番茄醬	▶名詞
合格する <small>ごうかく</small>	義 及格、通過	▶動詞
腰 <small>こし</small>	義 腰、身段	▶名詞
転ぶ <small>ころ</small>	義 跌倒	▶動詞
コンセント	義 插座	▶名詞
幸せ <small>しあわ</small>	義 幸福	▶名詞、な形
シートベルト	義 安全帶	▶名詞
時刻表 <small>じこくひょう</small>	義 時刻表	▶名詞
自動販売機 <small>じどうはんばいき</small>	義 自動販賣機	▶名詞
乗車 <small>じょうしゃ</small>	義 上車	▶名詞
消防車 <small>しょうぼうしゃ</small>	義 消防車	▶名詞
消防署 <small>しょうぼうしょ</small>	義 消防局	▶名詞
ジョギング	義 慢跑	▶名詞
進める <small>すす</small>	義 前進、進行、調快	▶動詞
頭痛 <small>ずつう</small>	義 頭痛	▶名詞
太陽 <small>たいよう</small>	義 太陽	▶名詞
駄目 <small>だめ</small>	義 不行、沒用	▶名詞、な形
遅刻する <small>ちこく</small>	義 遲到	▶動詞

ちちおや 父親	義 父親	▶ 名詞
はははおや 母親	義 母親	▶ 名詞
つまり	義 換言之、也就是說	▶ 副詞
ナイフ	義 刀	▶ 名詞
におい 匂い	義 氣味、味道	▶ 名詞
にが 苦い	義 苦的	▶ い形
にがて 苦手	義 不拿手	▶ な形
はみが 歯磨き	義 刷牙	▶ 名詞
びん 瓶	義 瓶、瓶子	▶ 名詞
ほうこう 方向	義 方向	▶ 名詞
まず	義 首先	▶ 副詞
また	義 又	▶ 副詞
まだ	義 仍是、還是、尚	▶ 副詞、な形
メール	義 電子郵件、簡訊	▶ 名詞
メッセージ	義 訊息、留言	▶ 名詞
りこん 離婚	義 離婚	▶ 名詞

單字篇 ま行

單字篇 や行

單字篇 ら行

單字篇 わ行

初級單字
進階單字

進階
單字

常用句

進階單字挑戰

あず 預かる	義 保留、保管、負責	▶ 動詞
あず 預ける	義 請人保管、寄放、交給	▶ 動詞
あてな 宛名	義 收件者姓名	▶ 名詞
いご 以後	義 之後、以後	▶ 名詞

以前 <small>いぜん</small>	義 之前、以前	▶名詞
インク	義 墨水	▶名詞
抑える <small>おさ</small>	義 抑制、限制	▶動詞
解釈 <small>かいしゃく</small>	義 解釋	▶名詞
活躍 <small>かつやく</small>	義 活躍	▶名詞
可能 <small>かのう</small>	義 可能	▶名詞、な形
粥 <small>かゆ</small>	義 粥	▶名詞
枯れる <small>か</small>	義 枯萎、凋零	▶動詞
貴重 <small>きちょう</small>	義 貴重	▶な形、名詞
寄付 <small>きふ</small>	義 捐獻、捐贈	▶名詞
キャンプ	義 露營	▶名詞
共通 <small>きょうつう</small>	義 共通、共同	▶名詞、な形
クーラー	義 冷氣	▶名詞
下り <small>くだ</small>	義 下行、下坡路	▶名詞
下る <small>くだ</small>	義 向下、下坡	▶動詞
契約 <small>けいやく</small>	義 合約、契約	▶名詞
経由 <small>けいゆ</small>	義 經過	▶名詞
桁 <small>けた</small>	義 位數、規模	▶名詞
桁違い <small>けたちが</small>	義 天差地別、不同等級	▶名詞、な形
結末 <small>けつまつ</small>	義 結局	▶名詞
結論 <small>けつろん</small>	義 結論	▶名詞
県庁 <small>けんちょう</small>	義 縣(市)政府	▶名詞

こうかん 交換する	義 交換	▶動詞
こうねつひ 光熱費	義 瓦斯電費的統稱	▶名詞
こうはん 後半	義 後半	▶名詞
こうふん 興奮する	義 興奮、激動	▶動詞
ごかい 誤解	義 誤會	▶名詞
こ 焦がす	義 烤焦、燒焦	▶動詞
こ 焦げる	義 焦、燒焦	▶動詞
サークル	義 社團、同好會	▶名詞
さか 坂	義 坡、坡道	▶名詞
さくねん 昨年	義 去年	▶名詞
さ 避ける	義 避開	▶動詞
さまざま 様々	義 各式各樣	▶名詞、 な形
サンプル	義 樣品、樣本	▶名詞
しっけ 湿気	義 潮濕、濕氣	▶名詞
しつど 湿度	義 濕度	▶名詞
じっこう 実行	義 實行	▶名詞
しぼう 死亡	義 死亡	▶名詞
しゃもじ	義 飯杓	▶名詞
しゅうへん 周辺	義 周遭、周圍	▶名詞
しゅだん 手段	義 手段、方法	▶名詞
じょうぎ 定規	義 尺	▶名詞
しょうじょ 少女	義 少女	▶名詞

單字篇 ま行

單字篇 や行

單字篇 ら行

單字篇 わ行

初級 單字

進階 單字

常用句

じょうじゅん 上旬	義 上旬	▶名詞
ちゅうじゅん 中旬	義 中旬	▶名詞
げじゅん 下旬	義 下旬	▶名詞
しるし 印	義 記號、證據	▶名詞
しんこく 深刻	義 嚴重、審慎	▶名詞、な形
しんちょう 慎重	義 慎重	▶名詞、な形
スポンジ	義 海棉	▶名詞
す 済ます	義 完成、處理完	▶動詞
す 済ませる	義 湊合、完成、應付	▶動詞
ソース	義 沾醬、醬汁	▶名詞
ソーセージ	義 德式香腸、熱狗	▶名詞
そくど 速度	義 速度	▶名詞
そぼく 素朴	義 樸素、樸實	▶名詞、な形
そろ 揃う	義 齊全、一致	▶動詞
そろ 揃える	義 湊齊、備齊	▶動詞
ちかごろ 近頃	義 最近	▶名詞、副詞
ちょくぜん 直前	義 前夕、即將	▶名詞
ちょくご 直後	義 緊接著、之後立刻	▶名詞
つか 掴む	義 抓住	▶動詞
つ あた 突き当り	義 盡頭	▶名詞
つ 詰まる	義 塞滿、堵塞	▶動詞
つ 詰める	義 塞入、縮短	▶動詞

ていりゅうじょ 停留所	義 停靠站	▶名詞
できごと 出来事	義 事件、發生的事	▶名詞
でんたく 電卓	義 計算機	▶名詞
てんねん 天然	義 天然、少根筋	▶名詞、な形
とうとう	義 終於、最終	▶副詞
とお こ 通り越す	義 超越、走過	▶動詞
ドキュメンタリー	義 紀錄片、紀實	▶名詞
トランプ	義 撲克牌	▶名詞
なるべく	義 盡量、盡可能	▶副詞
ぬ 縫う	義 縫紉、縫合	▶動詞
ぬ 濡らす	義 弄濕、沾濕	▶動詞
ぬ 濡れる	義 淋濕、沾濕	▶動詞
のうか 農家	義 農家	▶名詞
の こ 乗り越す	義 坐過站(刻意的)	▶動詞
の す 乗り過ごす	義 坐過站(不小心的)	▶動詞
は 生える	義 長出、發出	▶動詞
はくしゅ 拍手	義 鼓掌、拍手	▶名詞
はたけ 畑	義 田園、園地	▶名詞
ばったり	義 偶然、突然、突然停止	▶副詞
ハラハラ	義 輕飄落下、心驚膽顫	▶副詞
バラバラ	義 四分五裂、散亂、嘩啦嘩啦	▶な形、副詞
ひがい 被害	義 被害、受害	▶名詞

單字篇
ま行

單字篇
や行

單字篇
ら行

單字篇
わ行

初級
單字

進階
單字

常用句

びしょ濡^ぬれ	義 濕透	▶名詞
ひそひそ	義 悄悄地	▶副詞
評価^{ひょうか}	義 評價、評分	▶名詞
評論^{ひょうろん}	義 評論	▶名詞
不可能^{ふかのう}	義 不可能	▶名詞、な形
ぶかぶか	義 太大的、膨脹的	▶な形、副詞
不幸^{ふこう}	義 不幸	▶名詞、な形
防^{ふせ}ぐ	義 防止、預防	▶動詞
不注意^{ふちゅうい}	義 疏忽	▶名詞、な形
不要^{ふよう}	義 不需要、不必要	▶名詞、な形
フリーター	義 打工族	▶名詞
プリペイドカード	義 儲值卡、預付卡	▶名詞
平凡^{へいぼん}	義 平凡	▶名詞、な形
ベテラン	義 資深老手	▶名詞
ペンキ	義 油漆	▶名詞
暴力^{ぼうりょく}	義 暴力	▶名詞
細長^{ほそなが}い	義 細長	▶い形
前^{まえ}もって	義 事先	▶副詞
蒔^まく	義 播種、種	▶動詞
見落^{みお}とす	義 忽略、遺漏	▶動詞
見下^{みお}ろす	義 俯看	▶動詞
身^みだしなみ	義 儀容	▶名詞

未満 <ruby>みまん</ruby>	義 未滿、未達	▶名詞
むかむか	義 反胃、不悅	▶副詞
むっと	義 不悅、怒上心頭	▶副詞
模様 <ruby>もよう</ruby>	義 情況、樣子、花樣	▶名詞
ヤギ	義 山羊	▶名詞
ユーモア	義 幽默	▶名詞
陽気 <ruby>ようき</ruby>	義 陽光的	▶な形、名詞
利口 <ruby>りこう</ruby>	義 機靈、伶俐、乖巧懂事	▶名詞、な形
わいわい	義 吵吵鬧鬧	▶副詞
輪ゴム <ruby>わ</ruby>	義 橡皮筋	▶名詞

常用句

頭が痛い <ruby>あたま</ruby> <ruby>いた</ruby>	義 苦惱、頭疼
頭にくる <ruby>あたま</ruby>	義 生氣
目が覚める <ruby>め</ruby> <ruby>さ</ruby>	義 醒來
目を覚ます <ruby>め</ruby> <ruby>さ</ruby>	義 醒來、使清醒
目が回る <ruby>め</ruby> <ruby>まわ</ruby>	義 眼花撩亂
目に浮かぶ <ruby>め</ruby> <ruby>う</ruby>	義 浮現眼前
鼻が高い <ruby>はな</ruby> <ruby>たか</ruby>	義 感到驕傲
顔が広い <ruby>かお</ruby> <ruby>ひろ</ruby>	義 人脈廣闊
顔を出す <ruby>かお</ruby> <ruby>だ</ruby>	義 出席、露面
口が堅い <ruby>くち</ruby> <ruby>かた</ruby>	義 口風很緊

單字篇
ま行

單字篇
や行

單字篇
ら行

單字篇
わ行

初級
單字

進階單字
常用句

常用句

口が軽い	義 大嘴巴、守不住祕密
口に合う	義 合胃口、合口味
口を出す	義 說出口、插嘴
耳が痛い	義 忠言逆耳、戳到痛處、刺耳
耳にする	義 聽聞、聽到
手が空く	義 有空
手が足りない	義 人手不足、忙不過來
手を貸す	義 幫忙
気がつく	義 注意到
気が合う	義 合得來
気にする	義 在意
気がする	義 覺得
気に入る	義 喜歡
気になる	義 在意、擔心
気を使う	義 費心
クビになる	義 被開除
腹を立てる	義 生氣
腹が立つ	義 生氣
腹が空く	義 肚子餓
喉が渇く	義 口渴
食欲がある	義 有食欲
食欲がない	義 沒食欲

皮を剥く（かわ　む）	義 剝皮、削皮
お湯を沸かす（ゆ　わ）	義 煮水
米を研ぐ（こめ　と）	義 洗米
ご飯を炊く（はん　た）	義 煮米飯
ご飯をよそう（はん）	義 盛飯
お酒を注ぐ / お酒を注ぐ（さけ　つ / さけ　そそ）	義 倒酒
醤油をつける（しょうゆ）	義 沾醬油
醤油をかける（しょうゆ）	義 淋上醬油
味を見る（あじ　み）	義 試味道
味が濃い（あじ　こ）	義 重口味
味が薄い（あじ　うす）	義 口味清淡
間に合う（ま　あ）	義 來得及、趕上
席を譲る（せき　ゆず）	義 讓座
タクシーを拾う（ひろ）	義 叫計程車、攔計程車
お金を崩す（かね　くず）	義 把大鈔換成零錢
お金を下ろす（かね　お）	義 領錢
列に並ぶ（れつ　なら）	義 排隊
日が昇る（ひ　のぼ）	義 日出
日が沈む（ひ　しず）	義 日落
心を込める（こころ　こ）	義 真心誠意
気分が悪い（きぶん　わる）	義 覺得不舒服
仲がいい（なか）	義 感情好

單字篇 ま行

單字篇 や行

單字篇 ら行

單字篇 わ行

初級 單字

進階 單字

常用句

仲が悪い	義 感情不睦
胸が苦しい	義 覺得痛苦難受
胸が痛い	義 心疼
熱が出る	義 發燒
鍵をかける	義 上鎖
ゴミを出す	義 倒垃圾
掃除機をかける	義 用吸塵器
迷惑をかける	義 造成困擾
心配をかける	義 讓人擔心
音がする	義 發出聲響
席を立つ	義 從位子上站起來
腰をかける	義 坐下
面倒を見る	義 照顧
電源を入れる	義 開啟電源
電源を切る	義 關閉電源
おかけください	義 請坐、請入座
お待ちください	義 請稍候
お待たせしました	義 讓您久等了
おめでとうございます	義 恭喜
お目にかかる	義 和長輩見面 (謙讓語)
お先にどうぞ	義 您先請
ご遠慮なく	義 不必客氣、不必在意、盡量

ご心配_{しんぱい}なく	義	不必擔心
腰_{こし}が低_{ひく}い	義	謙虚、低姿態
腰_{こし}が重_{おも}い	義	沒有動力、不想做
年_{とし}をとる	義	歲數增加
面倒_{めんどう}を見_みる	義	照顧
夢_{ゆめ}を見_みる	義	做夢、夢想著
様子_{ようす}を見_みる	義	觀察狀況
身_みにつける	義	掌握、養成、隨身帶
水_{みず}をやる	義	澆水
もしかしたら	義	說不定、或許
もしかして	義	也許、如果
もしかすると	義	說不定、或許
あっという間_まに	義	轉眼間、一瞬間
いつの間_まにか	義	不知不覺、曾幾何時
間_まに合_あう	義	趕上、夠用
お世話_{せわ}になりました	義	受您照顧了
おかえり / おかえりなさい	義	歡迎回來
ただいま / ただいま戻_{もど}りました	義	我回來了
しまった	義	糟了、完了
すまない	義	對不起、過意不去
すみません / すいません	義	對不起、謝謝
申_{もう}し訳_{わけ}ありません	義	很抱歉

單字篇 ま行

單字篇 や行

單字篇 ら行

單字篇 わ行

初級 單字

進階 單字

常用句

國家圖書館出版品預行編目(CIP)資料

保證得分！日檢言語知識 ：N3文法. 文字. 語彙 ／

雅典日研所企編. -- 初版. -- 新北市：雅典

文化事業有限公司, 民113.06

面； 公分. -- (日語大師；24)

ISBN 978-626-7245-50-7(平裝)

1.CST： 日語 2.CST： 能力測驗

803.189 113004746

日語大師 24

保證得分！日檢言語知識：N3文法.文字.語彙

編著／雅典日研所
責編／許惠萍
美術編輯／許惠萍
封面設計／林鈺恆

法律顧問：方圓法律事務所／涂成樞律師

總經銷：永續圖書有限公司

雲端回函卡

出版日／2024年06月

雅典文化

出
版
社
22103 新北市汐止區大同路三段194號9樓之1
TEL (02) 8647-3663
FAX (02) 8647-3660